Kalbine Huzur Verecek İki Zikir

Yâ Bâkî Entel Bâkî

Mehmet Yıldız

YÂ BÂKÎ ENTEL BÂKÎ

Mehmet Yıldız

TİMAŞ YAYINLARI | 5792 | Aile Kitaplığı | Ailede Din Eğitim | 48

EDİTÖR
Ali Günaydın

KAPAK TASARIMI
Serdar Ekici

İÇ TASARIM
Reyhan Ulutel

1. BASKI
Nisan 2023

6. BASKI
Şubat 2026

ISBN
978-605-08-4730-7

TİMAŞ YAYINLARI

Bahçelievler Mah. Zübeyde Hanım Cad. No: 8
Üsküdar / İstanbul Telefon: (0212) 511 24 24

timas.com.tr
timas@timas.com.tr
timasyayingrubu

Kültür Bakanlığı Yayıncılık
Sertifika No: 45587

BASKI VE CİLT
WPC Matbaacılık
Osmangazi Mah. Mehmet Deniz Kopuz Cad. No: 17-1
Esenyurt / İstanbul
TEL: (0212) 886 83 30 Matbaa Sertifika No: 50884

YÂ BÂKÎ
ENTEL BÂKÎ

Ya Rab! Sen bâkisin.
Giden gitsin, Sen yetersin.

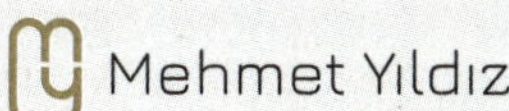

Hayatınızın keyifli geçtiğini zannettiğiniz günlerde, bir bakmışsınız Firavun misali bir adam oluvermişsinizdir. İşte böyle yaşarken bile kalbim daraldığında, çevremde kimsenin elinin kalbime yetmemesi kalbimi yapan sanatkarın arayışına itiverdi beni.

İyi ki de itmiş, elhamdülillah ite kaka bulduk bu yolu.

Sonra kader diğer sürprizlerini tecelli ettirmek için benim biletimi İzmir'e kesmiş meğer...

Ege Üniversitesi'nde matematik bölümünü bitirdikten sonra ise ikinci meslek olarak matematik öğretmenliğine başlamıştım. İlk mesleğim mi? Rabbimi tanımak...

Mersin'de birkaç üniversiteli gencin birleşerek, bir bebeğin annesinin meme musluklarından beslendiği gibi, Risale-i Nur'un iman hakikatlerine doyurduğu musluklardan beslenerek serüvenimiz başladı. Sonra dertlenmeye başladık... Bildiklerimizi, bilemeyenlere bildirmek için dertlenmeye...

Allah(c.c.), kader planında bu acı ile kıvranan birkaç arkadaşla denk getirince 300 metrekarelik bir mekânda sosyal medya kullanarak milyonlarca insana ulaşmaya vesile olduk. Demek bizim gibi kusurlu adamlar bile bu eserlerle bu hâle gelebili-yormuş! Yaptığımız sohbetleri YouTube, Facebook, X, Instagram gibi sosyal medya araçlarını kullanarak birçok kardeşimize ulaştırmaya çalıştığımızdan, birkaç yıl içinde bir de baktık milyonlara ulaşmak nasip olmuş. Bize gelen binlerce mesajda, bizleri tıpkı kendileri gibi gördüklerinden ve kendilerinin de bu işleri yapabileceğine güven duymaya başladıklarından bahsediyorlar. Kısa bir süre zarfında milyonlara ulaşınca anladım ki, Allah(c.c.) bizim gibi küçükleri böyle büyük işlere vesile ederek kendi büyüklüğünü gösteriyormuş...

Bu güzel yolda güzel projeler yapabilmek için ömrümüzün sonuna kadar mücadele etmeye niyetliyiz.

Ve sizin hayat hikayeniz de...

Şayet benzer cümlelerden dem vuruyorsa, sizleri bir gün Hayalhanem'de karanfil kokulu demli çayımız ile bekliyor olacağız.

Sosyal Medya:

youtube.com/hayalhanem

x.com/mehmedimyldz

instagram.com/mehmedimyldz

facebook.com/mehmedimyldz

www.mehmetyildiz.org.tr

İÇİNDEKİLER

MUTSUZ İNSANLAR **MUTLU FOTOĞRAFLAR**

Bu çağın en büyük vebası, kalplerimizin derinliklerinde ayrılık acıları ve ümitsizlikler yaşarken; bu sıkıntıların bizi adeta bir kanser gibi yiyip bitirmesine rağmen, dış dünyamıza, eşimize ve dostumuza sorunsuz bir hayatımız var gibi yansıtmamızdır. Lakin Allah(c.c.), göklerin ve yerin gaybını bilendir. Şüphesiz O(c.c.), kalplerde olanı hakkıyla bilir. Bu yüzden insan hem kendini hem çevresindekileri ne kadar kandırmaya çalışırsa çalışsın, bu gerçeği, kalbimizin özünde olan ukbâya, ahirete özlemi değiştirmez.

Bir gün ırmağa sığmadığı için bedeni dışarıda kalmış bir balina görsek anlarız ki bu balina bu suyun balığı değildir. O balinanın varlığı bize büyük bir okyanusun varlığını gösterir. Aynı, ırmaktaki balina gibi insanın ruhu da bu dünya ile uyumlu değildir, bu dünyaya büyük gelir. Bu sebepten insan bu dünyada üzülmek istememesine rağmen üzülür. Ayrılık semtime uğramasın der ama yeri gelir anadan, yârdan, evlâd ü iyâlden yani tüm sevdiklerinden ayrılmak zorunda kalır. İçimiz-deki balina bu dünyanın suyuna fazla gelir de sığmaz cihana...

Dünyadaki ihtiyaçlarımızı karşılamayan sebepler bizlere daha büyük bir diyardan, sonsuz cennetten haber verir. İnsanın sonsuz cennette ebedî huzura kavuşmasının tek yolu iç alemini o diyarın frekansına göre ayarlamasıdır. Zaten huzur, balinanın okyanusta yüzmesi ise biz dünyada huzuru nasıl bulacağız?

İnsanların yavaş yavaş inanmamayı, sevmemeyi, güvenmemeyi ve kronik şüpheci olmayı öğrendiği bu çağda, kalbimize iyi gelecek öyle iki zikir var ki! Bu iki zikir "Ya Bâki entel Bâki! Ya Bâki entel Bâki!"dir. Bu iki zikri doğru kullanabilen bir insan kısa bir süre içerisinde kalbinde huzuru bulur ve ayrılıkların acısından kurtulur. Esasında iki zikir aynı gibi görünse de etkileri farklıdır. "Bâkî kalan ancak Sensin, ey Bâkî." manasındaki bu zikrin birincisi neşter görevi görür. Kalbimizdeki kanser olmuş hücreleri temizleyerek hastalıklı kısımları ameliyatla keser atar ve bu sırada biraz canımız acır. Ameliyat bittikten sonra ikinci kez kullanacağımız "Ya Bâki entel Bâki!" zikri ise neşterin kesip acıttığı yerlere bir merhem olur ve oraları tedavi eder.

Bizlerin içimizdeki mutsuzlukları ve huzursuzlukları dengeleyebilmek için "Ya Bâki entel Bâki!" zikrinin hakikatini yaşamaya çok ihtiyacımız var. Yoksa etrafımızı saran haram sevmeler, kalbimizin mahvına sebep olacak ve onların içinde boğulup kalacağız.

Allah(c.c.) için olmayan her sevgi haramdır. Lakin bu çağda en büyük darbeler karşı cinsi sevmekten kaynaklandığı için onun üzerinden bir örnek verelim.

Bir gün haram sevmekte kendisine zarar verecek seviyelere gelmiş bir kardeşle muhabbet ediyordum. Kendisi haram sevda hükmünde bir muhabbetten ayrılmış ve bana: "Beni bir kez olsun aramadı, sormadı. Hiç mi sevmedi beni, her şey sah-

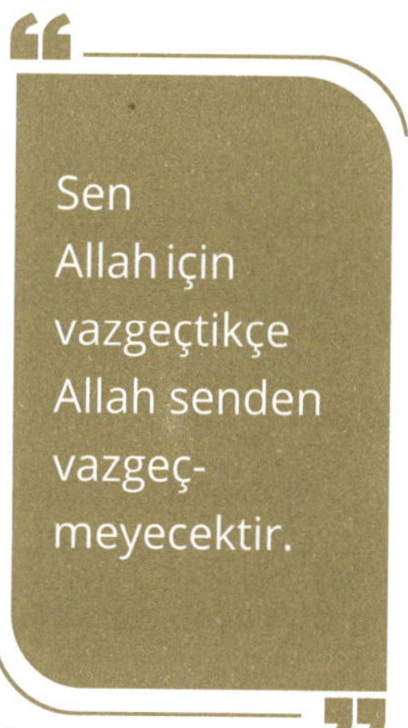

te miydi?" diye ruhunun feryatlarını dile getirirken ben de dayanamadım ve "Kardeşim ben sizi ayıranı biliyorum." dedim. Duyduklarına çok şaşırdı ve benim onların ortamlarını bildiğimi zannetti. "Kim abi bizi ayıran, söylesene?" dedi. "Kardeşim sizi ayıran bizzat Allah'ın kendisidir. Çünkü Allah senin kalbini kendisine tahsis etmişti. Kendi muhabbeti için yaratmıştı. Sen ise o kalbe başka bir muhabbeti hırsız gibi soktuğundan Allah sana bu azabı verdi." dedim. Aldığı cevap karşısında şaşkınlığının yanına bir de üzüntü eklenen güzel kardeşimiz bu sefer de "Abi niye öyle yaptı, Allah beni sevmiyor mu?" diye sordu.

Kuluna olan muhabbeti uğruna kâinatı onun emrine veren Allah(c.c.) kulunu sevmez olur mu hiç? Asıl kulunu sevdiği için bunu yaptı. Onun kalbinde gayrimeşru bir muhabbet vardı. Allah(c.c.) da o kalbi sevdiğinden dolayı gücü yetti ve o muhabbeti oradan çıkardı. Zira sevmeseydi, onun kalbini gayrimeşru sevgiye terk ederdi. Ama Allah(c.c.) bunu yapmadı ve kulunun kalbine talip oldu.

Çoğumuzun evinde refika-i hayatı vardır. Bir gün eşimiz "Benim kalbimde başkasına muhabbet var." dese çok üzülür, adeta yıkılırız. Gücümüz yetse eşimizin kalbinden o sevgiyi çıkarmak isteriz. Allah(c.c.), bizler kalbimizde başka sevgiye neden müsaade edilmediğini anlayalım diye o duygunun numunesini bize de vermiştir. Biz neden sevdiğimiz insanın kalbinde başka bir muhabbete yer vermesine müsaade etmiyorsak, Allah(c.c.) da sevdiği kulun kalbinde şirke medar olacak haram sevmelere müsaade etmiyor. Kalbimizi kanser misali çepeçevre sarmış haram sevmelerle ameliyat masasında kalmayalım diye gücü yettiğinden neşteri vurup o muhabbeti kalpten çıkarıyor. Bizler ise bunun bir tedavi olduğunu anlamadığımızdan "Sevdiğim bana yâr olmadı." diyor, acı çekiyoruz. Hâlbuki bilmiyoruz ki bu sıkıntıları çekmemizin sebebi ayrılığın acısı değil; Allah'ın(c.c.) bâki olduğunu unutmamızdır. Haramda huzur aradığımız için huzurun bize haram olmasıdır. Hem velev ki sevdiğin sana yâr olmadı. Olmasın ne olacak ki? Sen Allah'ı(c.c.) razı edersen Allah(c.c.) ahirette sana daha güzelini veremez mi? Hayatına bir baksana. Allah(c.c.) daha sen istemeden senin en sevdiğin şeyleri yaratmış. Sen daha neyi seveceğini, sevdiğin şeyi nasıl isteyeceğini bile bilmezken sana şefkat kahramanı bir anne, koruyup kollayan bir baba, midene göre rızık, gözüne göre güneş vermiş. Sen eğer, daha sen istemeden bütün sevdiğin şeyleri yaratıp sana veren Allah'ı(c.c.) razı etsen, istediğin istemediğin ne varsa sana vermez mi? Elbette verir. İşte bizler bu sırları içinde barındıran "Ya Bâki entel Bâki!" zikrinin hakikatini bir anlayabilsek, bizden uzaklaşan ve bizi terk eden herhangi bir şeyin huzurumuzu kaçırmasının mümkün olmadığını da göreceğiz.

Bediüzzaman Said Nursî Hazretlerinin kıymetli talebesi Zübeyir Gündüzalp Üçüncü Lem'a risalesi için "Bu ders benim ruhumun çağlayanıdır." demiştir. Ancak dünyada itibar edilecek bir şeyin olmadığını anlayan insanlar bu tarz cümleler kurabilir. Yalnızca "Ya Bâki entel Bâki!" zikrinin hakikatini, lezzetini ve tesirini bilenler onu kalp potasında eriterek hayatının her safhasında yaşamaya çalışabilir.

> **ÜÇÜNCÜ LEM'A**
> Bu Lem'aya bir derece his ve zevk karışmış. His ve zevkin coşkunlukları ise, aklın düsturlarını, fikrin mizanlarını çok dinlemediklerinden ve müraat etmediklerinden, bu Üçüncü Lem'a mantık mizanlarıyla tartılmamalı.

İnsana verilen azaların lezzet alma çeşidi birbirinden farklıdır. Baklavadan dilimiz lezzet alırken burnumuz lezzet almaz. Parfümden ise burnumuz lezzet alırken dilimiz lezzet almaz. Çünkü ikisinin lezzet alma çeşidi birbirinden farklıdır. İnsanın bedenine takılan duyu organlarının hissetmesi ve zevk alması birbirinden nasıl farklı ise akıl, kalp, ruh, vicdan, şefkat gibi duyguların ve latifelerin hissetmesi ve zevk alması da öyle farklıdır.

Akıl idrak etmenin, kalp ise sevgi ve korkunun merkezidir. Sevgi ve korku üzerine yazılmış bir yazıdan kalp tam istifade ederken, akıl biraz daha geri planda kalır. Mesela, şefkatin coşkunluğuna kapılan bir anne, yavrusunu tehlikeden kurtarmak için hiç düşünmeden kendini ölüme atar. Tam o esnada akıl hükmetse annenin kafası karışır ve belki o riske girmek istemez. Demek kalpteki şefkat düsturu ile aklın idrak düsturu farklı çalışıp, farklı mülahazalarda bulanabiliyor.

Risale-i Nur'larda sadece akla veya sadece kalbe hitap eden meseleler yoktur. Her ikisi daima birlikte çalışır. Ancak bazı konularda akıl daha çok istifade ederken, bazılarında da kalbin zevkleri öne çıkar. Hissiyatın ve zevkin galip olduğu yerleri, hissî ve kalbî ölçüler ile tartmak gerekir. Onun için Said Nursî Hazretleri bunu daha konuya başlamadan bildirir ve okuyucularının dikkatlerini çeker. Üçüncü Lem'a Risalesi kalbin düsturları olan muhabbet, korku, ayrılık acısı gibi konuları barındırdığından daha çok kalbimize hitap eder. Bu yüzden aklımızı bir parça geride tutmamız gerekir ki kalp o saf lezzeti tam alabilsin.

بِسْمِ اللّٰهِ الرَّحْمٰنِ الرَّحِيمِ

* كُلُّ شَىْءٍ هَالِكٌ اِلاَّ وَجْهَهُ لَهُ الْحُكْمُ وَاِلَيْهِ تُرْجَعُونَ

"Her şey helâk olup gidicidir — Ona bakan yüzü müstesnâ. Hüküm sadece Ona aittir; siz de Ona döndürüleceksiniz." (Kasas Sûresi, 28:88.) âyetinin meâlini ifade eden يَا بَاقِى أَنْتَ الْبَاقِى * يَا بَاقِى أَنْتَ الْبَاقِى (ya Bâkî entel Bâkî - ya Bâkî entel Bâkî) cümlesi, mühim iki hakikati ifade ediyorlar. Madem o azîm âyetin meâlini bu iki cümle ifade ediyor. Biz bu iki cümlenin ifade ettiği iki hakikat-i mühimmenin birkaç nüktesini beyan edeceğiz.

BİRİNCİ NÜKTE

Birinci defa يَا بَاقِى أَنْتَ الْبَاقِى (ya Bâkî entel Bâkî) bir ameliyat-ı cerrahiye hükmünde kalbi mâsivâdan tecrit ediyor, kesiyor.

Masiva, "Allah dışındaki her şey." demektir. Bunun özel bir nesnesi yoktur. İnsanın alakası ile ilgili bir meseledir. Eğer sen alakanı eşine, evladına teksif edip onları Allah(c.c.) için sevmen gerektiğini unutarak yalnızca nefsin için seversen bu masivadandır. Ya da rızkı yalnızca Allah'ın(c.c.) verdiğini unutarak tüm teşekkürünü patrona sunarsan bu da masiva olur. Kişi hayatında alaka duyduğu şeylerden hangisini Allah'tan(c.c.) kopararak sevmeye ya da nefret etmeye devam etse her biri masivadan olur.

Kalp, mahall-i imandır yani imanın yeridir. Allah(c.c.) kalbi kendisine tahsis ettiğinden kalp başka sevgilerde ızdırap çeker. Nasıl vücutta bir kanser oluşunca metastaz yapmasın diye doktor onu çıkarır, tâ ki vücut kurtulsun ve hasta yaşayabilsin. Bu zikir de kalbi Allah(c.c.) namına fethedip, masivayı neşterle keser. İnsan, kalbinde masivaya ne kadar derin yer verdiyse söküp atılırken de o kadar canı acır. Bizler kalbimizde masivadan bir şeye yer verdiğimizde eğer Allah(c.c.) hâlâ bizimle ilgileniyorsa manevi bir ameliyata maruz kalıyoruz demektir. Allah(c.c.) adeta, "Dur! Gönlünü verdiğin bu şey sana zarar verecek!" der ve kalbimizden o zararlı alakayı neşterle kazır, atar. Böylelikle kalbimizin bir çöplük olmasını engeller. Kalbimizdeki putları kırar ve "La ilahe illallah" dedirtir.

Bir insan sadece; "Allah'a inandım." demekle tevhide ulaşmış olmaz. Tevhitte, "Put olan ne varsa her birisini yıktım ve sadece Allah'a inandım." manası vardır. O yüzden tevhid cümlesi "La ilahe!" tüm putları yıkmak ile başlar. Zira kelime-i tevhid Allah'ın(c.c.) varlığını kabul etmenin ifadesi değil, Allah'tan(c.c.) başka ilahların varlığını reddetmenin ifadesidir.

Allah(c.c.) kâinatta hiçbir şeyi "Ben bunu put olarak yarattım." diye belirtmemiştir. Put; insanın kendi kendine ürettiği bir şey olup kişinin hislerini yöneten şeydir. Senin hislerin neye köleyse o senin putundur. Senin hislerine Allah'ın(c.c.) yön vermesi; mutluluğunu, hüznünü, şevkini belirleyen temel unsurun Allah'ın(c.c.) rızası olması gerekirken eğer sen bir şeye fazla muhabbet ettin ve o şey senin üzülmeni, korkmanı, öfkelenmeni ve gülmeni etkiliyorsa, hayırlı olsun "Bir putun var." demektir. Çünkü sen Allah'a sarf edeceğin hissiyatı ona sarf ettin ve tüm hüznünü, mutluluğunu, şevkini o belirledi. Zaten tapmak da bu demek değil mi?

> Şöyle ki: İnsan, mahiyet-i câmiiyeti itibarıyla, mevcudatın hemen ekserîsiyle alâkadardır.

İnsan bedenine takılan harika cihazlar, ruhuna takılan eşsiz duygu ve latifeler cihetiyle, bütün kâinat ile alakadar olabilecek bir mahiyette yaratılmıştır. İnsanın aklı, kalbi, ruhu, vicdanı, duygu ve latifeleri bütün kâinat ile irtibat kurmaktadır. Mesela, aklımız kâinat kitabını okuyan bir tefekkür makinasıdır. Dilimiz yeryüzünde bulunan bütün leziz yiyecek ve içecekleri tadan, gözümüz kâinatta var olan bütün renkleri gören, burnumuz ise eşyanın kendilerine mahsus kokularını hisseden bir merkez gibidir. Diğer cihazlarımız gibi kalbimiz de dünyanın cazibesinden dolayı kâinatın tamamı ile alakadardır. Alaka; aşkın, sevginin ilk tohum hâlidir ve insan ihtirasa medar olacak bu duygularını, kuvvetlenip, kalbinin ızdırabına sebep olmadan evvel fark etmelidir. Zira bir koyunun yavrusunu yanında kesseler geviş getirmeye devam eder. Ozon delinmiş, deprem olmuş, ekonomi kötüye gidiyormuş gibi meseleler koyunun umurunda olmaz. Ama insan öyle mi? Dünyanın öbür ucunda bir balina karaya vursa insan buna dahi üzülür. Dünyadaki bütün değişimler bizim alaka sahamıza girer. Yeni ayakkabımızı giyeceğimiz ilk gün yağmur yağsa sinirlenir "Şimdi yağmurun sırası mıydı?" deriz. Dışarıda arkadaşlarla yemek yemeye çıktığımızda yemeğe gelen zam bile moralimizi bozmaya yeter. Dünyanın öbür ucunda bir olay olsa ona bile sessiz kalmayız. Çünkü insan câmiiyeti itibariyle dünyanın tamamıyla alakadardır.

Eğer senin kalbin dünyanın tamamıyla alakadar olur ve alaka duyduğu her şeyde moralini bozan bir netice çıkarsa, kalbinin kanamaktan başka çaresi yoktur. Sen sevgi ayarını yapamaz, alaka tohumunu büyütüp de sonsuz sevme kabiliyetini alaka duyduğun şeylere verirsen; eş, evlat, dükkân, dostların, en sevdiğin elbisen, alaka duyduğun ne varsa bir gün seni terk edeceğinden çok ciddi bir azap duyacaksın.

> ”Hem insanın mahiyet-i câmiasında hadsiz bir istidad-ı muhabbet derç edilmiştir. Onun için, insan da umum mevcudata karşı bir muhabbet besliyor. Koca dünyayı bir hanesi gibi seviyor. Ebedî Cennete bahçesi gibi muhabbet ediyor. Hâlbuki muhabbet ettiği mevcudat durmuyorlar, gidiyorlar.

İnsan her cihetten sınırlı bir varlıktır. Boyu ve kilosu sınırlı olduğu gibi, yemesi, duyması, anlaması da sınırlıdır. Ancak, sevgi hissi bundan müstesnadır. İnsandaki sevgi hissinin sınırı yoktur. Ne kadar çok şeyi severse sevsin yine tatmin olmaz. İnsanın kalbindeki bu sonsuz muhabbet çok tehlikeli bir durumdur. Kişi sonsuz sevme kabiliyeti ile dünyanın tamamı ile alakadardır.

İnsan okyanusun üstündeki gemiyle alakadar olduğu gibi en derinliklerindeki inci mercan ile de alakadardır. Okyanusun kenarında karaya vurmuş bir balina görse bundan müteessir olacağı gibi okyanusa doğru yüzen caretta carettaları görse bundan da mutluluk duyar. Bizler annemizdeki merhameti çok severiz ama bu sevgi annemizle de sınırlı kalmaz. Yolda hiç tanımadığımız bir insan kediye mama verse ondaki merhameti de severiz, o insanla dahi alakadar oluruz. Suda boğulan çocuğu kurtaran adamı haberlerde görsek ondaki cesarete hayran olacağımız gibi eşini öldüren birini görsek ondan da nefret ederiz. Okyanuslardan kıtalara, annemizden tanımadığımız diğer insanlara, çam ağacından kertenkeleye kadar umum mevcudata muhabbet besleriz. Bizdeki muhabbet herkese ve her şeye yeter. Çünkü kalbimizde dünyanın tamamını barındıracak kadar yer vardır. Onun için insan bir şeyi kendini telef edene kadar sevebilir. Gençliğini, güzelliğini, sağlığını, dostlarını, yol arkadaşını...

Lakin insanın muhabbet beslediği gençliği, güzelliği, sağlığı ve sevdiği ne varsa hiçbiri durmaz, gider. Güzelliğine âşık olduğu hanımı yaşlanır. Endamına vurulduğu adamın bile beli bükülür. Yıllarca bakım yaptığı cildi buruşur. Neticede her giden şey kalbinde derin yaralar açıp öyle gider ve insan her gidenin arkasından ayrı bir ızdırap çeker. İnsan, kalbinde alaka duyduğu şeyleri çoğalttıkça o kalpte Allah'a(c.c.) yer kalmaz. Allah'a(c.c.) yer kalmayan bir kalpte de huzur bulunmaz.

Bizler alaka duyduğumuz şeylerden ayrıldığımız zaman duyduğumuz acıyı gidermek için Allah'a(c.c.) başvurursak, Allah(c.c.) mahlukatın açtığı yarayı sarar ve tedavi eder ama kalpte Allah'a yer kalmamasının açtığı yarayı hiçbir mahlûkat saramaz, o boşluğu hiçbir şey dolduramaz.

O yüzden bizlerin dünya güzellikleri gitmeden önce kalbimizin kullanma kılavuzu olan "Ya Bâki entel Bâki!" metodunu iyi okumamız ve dünya bizi terk etmeden evvel bizim dünyayı terk etmemiz gerekir.

> Hâlbuki, muhabbet ettiği mevcudat durmuyorlar, gidiyorlar. Firaktan daima azap çekiyor. Onun o hadsiz muhabbeti, hadsiz bir mânevî azaba medar oluyor.

Kendindeki sonsuz sevme kabiliyeti ile kâinatın tamamına alakadar olan insan, alaka duyduğu şeyler kendisini bir bir terk etmeye başladığında kalbi buna dayanamıyor ve firak acısı yani ayrılığın acısını çekiyor. Bazen kazanamadığı üniversiteden bazen alamadığı pantolondan bazen de aşkın acısından ızdırap çekiyor. Bir sevdaya düşüyor, "Aklım çıkıyor, o çıkmıyor." diyen şair gibi zihninin her yerine onun olduğu hayaller ekiyor. Sonra da o hayallerin gerçekleşmesi için birtakım beklentilere girip daha kavuşmadan ayrılığın ızdırabını duyuyor. Aynı insan tatile gitmeden, dönüşünü düşünüp ondan bile ızdırap çekiyor ve "O güzelim güneş, deniz, yeşillik nasıl bırakılır!" diyor.

Bir şeyin ayrılığından alınan acı, kavuşmasının lezzetinden büyükse eğer, böyle bir şeye sevgimizi vermeye değer mi? İnsan, sevgisini Allah'tan(c.c.) başka neye verirse ondan ayrılmanın acısını kalbinde yüzde yüz duyacaksa eğer, kalbe bile bile bu zulüm edilir mi?

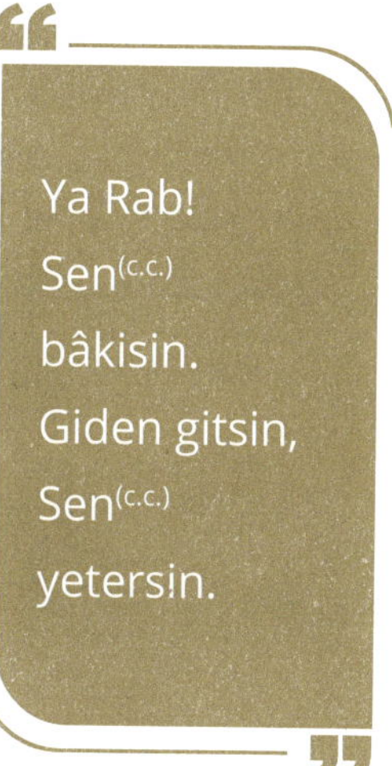

İşte insan kalbin mahall-i iman olduğunu bilmezse kendine bu zulmü daha çok eder. Hakiki dost olarak Allah'ı(c.c.) kabul etmediği için çok sevdiği dostunu bir gün başkasının en yakın dostu olarak görür, üzülür. Ölümün hakikatini bilmediğinden sevdiği birini toprağın altına verirken kahrolur. Daha önce hiç tatmadığı ölüm bile ona acı vermeye yeter. Çünkü ona acı veren ölüm değil sevdiği ve muhabbet duyduğu şeylerin ayrılığıdır. İnsan ölümle sevdiklerinden ayrı kaldığı için ızdırap çeker lakin bilmez ki ölen yalnızca cesettir. İnsan ölür ama ruhu ölmez. İnsan bu hakikatleri bilse kalbindeki ayrılığın acısı dinecektir ancak bilmeyip kalben her şeye sonsuz alaka duyarsa, onu ne terk etse sanki balığa atılan kanca gibi kalbine bir kanca atılmış da her gidenle bir parçasını koparıp götürmüş gibi canı yanar.

Bizler sosyal medya hesaplarımızda, "İmani noktada problemi olan olursa bize ulaşsın." diye yazıyoruz. Gelen sorular daha çok "Ev aldım borcunu nasıl ödeyeyim? Dolar yükseldi her şey pahalandı. Hiçbir şeye gücüm yetmiyor ne yapayım? Sevdiğimden ayrıldım bunun acısını dindirecek bir şey var mı?" şeklinde oluyor. İmani konular ile ilgili diye belirtmemize rağmen insanlar dünyevi sebepler içinde o kadar boğulmuşlar ki imanla ilgili bir problemleri var mı yok mu farkında bile değiller. Esasen Allah'a(c.c.) sunması gereken sevgisini, dünyada elinin yetmediği diğer şeylere sunduğu için her birisi ona azap veriyor ve kişi asıl nazarını vermesi gereken konuya nazarını bile veremiyor. Çünkü dünya kalpte, kalp azap içerisinde... Edebiyatı, şarkıları, şiirleri sıksan hepsinden firakın acısı çıkıyor. Bunun bir ilacı olmalı.

Kalp aslında ne için yaratıldıysa onu arar. Yumurtadan çıkan ördek yavrusunun suyu, toprak altında çatlayan ve yüzeye çıkan tohumun güneşi, kafesten kaçan kuşun gökyüzünü aradığı gibi insan da Rabb'ini arar.

Kalp sonsuzu ararken fâniler eline geçiyor ve canını acıtıyor. Eğer biz bu zikrin hakikati ile aradığımız sonsuzluğu bulamazsak, bu arayış bitene kadar huzuru da bulamayacağız.

> O azabı çekmekte kabahat, kusur ona aittir. Çünkü kalbindeki hadsiz istidad-ı muhabbet, hadsiz bir cemâl-ı bâkiye mâlik bir Zâta tevcih etmek için verilmiş. O insan sû-i istimal ederek o muhabbeti fâni mevcudata sarf ettiği cihetle kusur ediyor, kusurunun cezasını firâkın azabıyla çekiyor.

Allah(c.c.) hem sonsuz sevme kabiliyeti verip hem de bu sevmelerde kabahat sende deyince insanın aklında şu soru oluşuyor: "Madem hem sev diyor hem de sevdiriyor o hâlde kabahat neden bende olsun?"

Çünkü sen sevgini yanlış yere kullandın. Allah(c.c.) sana sonsuz sevme kabiliyetini, Sonsuzu sevmen için verdi ve sen o sevgiyi fâni, geçici bir şeye sarf ettiğinde kusur sana ait oldu. Allah(c.c.) insana kendi cemal ve kemalini sevecek ve fâni güzelliklerle tatmin olmayacak genişlikte bir kalp verdi. İnsanın bu geniş kalbi, ancak ebedî bir güzellik ile tatmin olabilirdi. Bize verilen bu kalp dünyadaki fâni güzellikler için değil, o güzelliklerin membaı olan ebedî bir güzelliği sevmek için tahsis edilmişti. Biz eğer suistimal edip, Allah'ı(c.c.) sevmek için verilen kalbimizi fâni mahlukata tevcih edersek, bunun tokadını hem burada, hem ahirette yeriz.

Tüccar bir baba düşünelim. Bu baba bir gün evladına bir milyon dolar verse ve "Oğlum yıllardır ailemizin adı dünyanın her yerinde tanınıyor. Al bakalım bu sermayeyi, ailemizin adını devam ettirecek bir ticarete giriş." dese. İki ay sonra baksa ki oğlu mahalle pazarında bir tezgâh açmış leblebi satıyor. Böyle bir durumda o baba ne yapar? "Gel bakalım oğlum, gel. Onca sermaye ile senin yaptığın ticaret bu mu?" der ve birden başlayıp milyon dolara kadar oğlunu döver. Bu hikâyede çocuk o dayağı yemekte haklıdır. Çünkü ona verilen büyük sermaye o ticaret için değildi. Aynen öyle de, dünyada sevdiğimiz her şeyi başımıza bela eden biziz. Çünkü bize verilen sonsuz sevme kabiliyeti fânileri sevelim diye verilmedi. Ama biz sonlu şeyleri severek Allah'ı[c.c.] darılttık ve Allah[c.c.], sevdiğimiz geçici mevcudatı bize ızdırap olarak verdi. İşte bu hâl insanın kalbindeki bütün ağrıların sebebidir. Kalbini ağrıtan ne varsa onun sebebi Allah[c.c.] için sevememesidir.

Ben bir gün arkadaşımın evine gittiğimde bunu daha iyi anladım. Ev halkı ağlamaktan heder olmuş, ev ise tam bir matemhaneye bürünmüştü. Bu ahvalin sebebini sorduğumda kedilerinin öldüğünü söylemişlerdi. İnsanın ölen kedisine üzülmesi, ağlaması normaldir. Lakin bu durumu "Onsuz yaşayamam." kıvamına getirmek tehlikelidir. İnsanın itikatında büyük gedikler açar. Allah[c.c.] o kediyi o eve "Beni tanıyın. Bu kedi benim antika sanatım. Buradan kudretimi, esmamı ve sıfatlarımı okuyun." diye misafir olarak göndermişti. Acaba o evde o kedi hiç Allah'ın[c.c.] esmalarını anlatan kitap cihetinde okundu mu? Mesela o kedinin renklerine bakıp "Mülevvin", süslerine bakıp "Müzeyyin" denildi mi? Suretine bakıp "Musavvir", vücuduna bakıp "Hakîm, Bâri, Hâlık" denildi mi? O kedinin mırmırlarının sesini işitip "Ez-Zakir", yürümesindeki o güzel nizam ve intizama bakıp "Rab" denildi mi? Yemesine bakılıp "Er-Rahman, El-Kerim", diğer kedilere benzemesi veyahut benzememesine bakılıp "Vahid, Ehad, Ferd" isimleri zikredildi mi? Bunlar hiç görüldü mü, okunuldu mu, tefekkür edildi mi? Aslında

Allah[c.c.], esmalarını izlemeleri için o eve bir film göndermiş, o kediye kendi isim ve sıfatlarını yazmıştı. Lakin kedi o evde oyuncak zannedildiğinden gidişiyle sadece acısını bıraktı. Aslında bakarsanız o insanların kedinin ölmesine değil kedinin üstündeki Allah'ın[c.c.] esmalarını okuyamadıkları için kendilerine ağlamaları gerekirdi. Çünkü kedi kendine düşen vazifesini gördü, Allah'ın[c.c.] esmalarına ayna oldu. Vazifesi bitti, ruhu baki alemlerde kendine has bir lezzet ile mütelezziz oldu. Ama o insanlar bunu göremediklerinden firakın acısıyla ağlayıp durdular. Okunması gereken bir kitabı süs eşyası zannettiler. Bizler kalbimize aldığımız şeyleri Allah'ın[c.c.] esmalarını anlatan bir kitap diye mi alıyoruz yoksa bir oyuncak zannıyla mı? Eğer oyuncak zannıyla alıyorsak bir kedi bile ayrılığın acısıyla bizi üzüp ağlatabilir. Ama Allah'ın[c.c.] esmalarına bir ayine olarak alıyorsak biliriz ki Allah'ta[c.c.] sevdiğimiz her şeyden sonsuz var. Zira bizler daha bir kediden ayrılmanın acısına dayanamazken, anne babadan, eşten dosttan ayrılmanın azabına nasıl dayanacağız? En sevdiklerimizin üzerine toprak atma acısını nasıl kaldıracağız? İşte buna dayanabilmenin çaresi, onlar bizden ayrılmadan önce bizim onlardan ayrılmayı öğrenmemizdir.

İnsan sevmeyi suistimal ettiği için kusurunun cezasını firakın azabıyla çekmeye mahkûmdur. Çünkü insanın, kalbin batınıyla yani Allah'ı[c.c.] seveceği yer ile başka şeyleri sevmeye hakkı yoktur. Bize verilen sevme kabiliyeti sonsuzdur ve sonsuz bir sermaye ile alınacak şey de sonsuz olmalıdır. Bizler sonsuz sevme kabiliyetimizi 50-60 yıllık, biten bir muhabbete sarf ederek israf ediyoruz. Bu sonsuz duygular üç günlük dünyayı kazanmak için verilmiş olabilir mi? Zira üç günlük dünyayı kazanmak için hayvan olmak bile yeterli. Sizce Allah[c.c.] bize insanlık rütbesini hayvan gibi sadece dünyayı kazanalım diye mi verdi?

İnsan bakkala giderken elini cebine atsa ve cebinden on lira para çıksa o paranın ekmek almak için olduğunu anlar. Ama cebinden on milyon para çıksa o paranın ekmek almak için değil daha büyük bir işe girişmek için cebinde olduğunu bilir. Size verilen cihazatlara ve duygulara baktığınızda gözünüz, aklınız, gayretiniz, gücünüz bakkaldan ekmek almanız misali üç kuruşluk dünyayı sevmeniz için verilmiş olamaz. Tüm bunlar belli ki daha ulvi bir gaye için verilmiş. Bir gün bu cihazatların sahibi "Ben seni bir hikmete binaen yarattım. Peki sen bu insanlık rütbenle nelerin peşinde koştun?" dese; sen de "Vallahi Ya Rab! Ben rızkımın peşinden koştum." diye cevap vermen uygun olur mu hiç? Kainattaki diğer mahlukata bir baksana! Kurt da kuş da ekmeğinin peşinden koşturuyor. Sen de sadece ekmek peşinde koşturursan diğer mahlukattan ne farkın kalır?

Bir gün birisi seyyar satıcıya gidiyor ve kaşıkların yanında duran bir elmas görüyor. Ancak elmasın asıl değerini adam da satıcı da bilmiyor. Adam: "Bu nedir?" diye sorunca satıcı: "O kaşıkçı elmasıdır." diyor. Adam ülke satın alabilecek kıymetteki o elması yok pahasına alıyor. Sizce satan adam o elmasın kıymetini bilseydi o fiyata satar mıydı? Kesinlikle satmazdı. İşte biz de bize verilen sermayenin kıymetini bilmiyoruz. Bizde cenneti alabilecek bir sermaye var ama onu üç kuruşluk dünyaya veriyoruz. İnanın bana Allah'ı(c.c.) tanımadan, bilmeden lüks ve gösteriş içerisinde geçen yaşantılara özeniyorsak eğer, bizler imanı tam anlamıyla anlamamışız demektir. Onların hâli özenilecek değil, üzülecek bir hâldir. Bizim onlara bakıp imrenmemiz değil onlara bakıp gözyaşı dökmemiz gerekir. Sonsuz cenneti alacak sermaye ile Uludağ'da bir kışlık, Antalya'da bir yazlık, denizin üstünde gidecek bir bot, karada gidecek dört teker almışlar. Bu mantıklı bir ticaret mi sizce? Kaşıkçı elmasını kaşıkların yanında üç kuruşa satmak ne kadar mantıklıysa cenneti alabilecek bir sermaye ile bu dünyanın tamamını satın almak da o kadar mantıklıdır. Bizler böyle hayatlara üzülmek yerine imreniyorsak eğer, okuduğumuz derslerin hakikatini anlamamışız demektir.

Zira bu derslerin hayatımızda bir turnusol kâğıdı olması gerekir. Senin bu dersi anlayıp anlamadığın dışarıda gördüğün hayatlara verdiğin tepkilerden bellidir. Sen dünyanın süsüne, ışıltısına kapılmış hayatlara bakınca "Ya ne güzel bir dünya yaşıyorlar." diye imrenip özeniyor musun yoksa "Bu hayatın içerisinde namaz yok, Allah'ı bilmek, tanımak yok, Kur'an yok!" deyip onlara üzülüyor musun? Bir düşün bakalım.

İnsan bazen bu dünyayı elde etmek istiyor. Oysa bazılarının imrendiği şaşaalı hayatlar ve o hayatları elinde tespih gibi çeken insanlar, Allah'ı(c.c.) tanımadıklarından dolayı onların hayatı diğerlerinden daha acınası bir hâlde. Çünkü ihtiyaç daireleri daha geniş. Yani birçoklarının imrendiği hayat, imrenen insanın hayatından farksız durumda. İmrenilen kişinin sevdiği ve sahip olduğu şeyler daha fazla olduğundan ayrılığın ızdırap ve üzüntüsünü daha çok yaşıyor. Zira maddi durumu olmayan bir insan gözlüğünü kaybettiğinde intihara meyletmiyor. Ancak dünyayı satın alacak serveti olan bir insan bütün servetini kaybetme ızdırabına ve ayrılığına dayanamadığında canına bile kastedebiliyor. Hangisi daha büyük firak acısı acaba?

Bizler işin hakikatini bilmediğimizden o hayatlara mutluluğun formülü gözüyle bakıp özeniyoruz ve "Ah ben de şöyle bir hayat yaşasam! Ah şu üniversiteyi bir bitirirsem! Bitirdikten sonra da iş bulsam, eş bulsam, bir de o eşle yaşayabileceğim bir ev alsam ben daha Allah'tan ne isterim ki!" diyoruz. İnan bana sen bunları istemekle Allah'tan(c.c.)

hiçbir şey istemedin. Çok az ve basit şeyler istedin. Allah'ın(c.c.) sana O'nun(c.c.) rızasını istediğinde ganimet olarak vereceği şeyleri peşinen istedin. Eğer sen "Allah'ım ben yalnızca Senin rızanı talep ediyorum ve dünyanın her tarafına iman nurunu taşımak istiyorum." deseydin okul, iş, eş, ev zaten yanında eşantiyon olarak verilecekti. Ama sen bahşişe razı geldin ana parayı unuttun. Bunları istemekle cennetin yanında Allah'tan(c.c.) hiçbir şey istememiş oldun.

İnsanın ulaşmak istediği şeyler ancak ulaşıncaya kadar kıymetlidir. Ulaştıktan sonra ne kıymeti kalır ne lezzeti. Bize kalan yalnızca firakın elemidir. Aklı başında bir insan bu eleme talip olmaz. Gönlünde yer verdiği şeyler kendisini terk etmeden evvel, o onları kalben "Ya Bâki entel Bâki!" neşterini vurarak terk eder. Bu elbette başta biraz can acıtır. Kanser ne kadar derinleşmişse, kişi Allah(c.c.) dışındaki her şeye gönlünde ne kadar yer vermişse, dünya üzerine ne kadar sinmişse, neşter o kadar acıtır. Bir üniversite talebesi için belki bir telefon kadar; iş sahasına girmiş bir insan için evler, arabalar, yatlar, katlar kadar acıtır.

> "İşte bu kusurdan teberri edip o fâni mahbubattan kat-ı alâka etmek, o mahbuplar onu terk etmeden evvel o onları terk etmek cihetiyle Mahbub-u Bâkîye hasr-ı muhabbeti ifade eden يَا بَاقِى أَنْتَ الْبَاقِى (Ya Bâki entel Bâki) olan birinci cümlesi, "Bâkî-i Hakikî yalnız Sensin. Mâsivâ fânidir. Fâni olan, elbette bâki bir muhabbete ve ezelî ve ebedî bir aşka ve ebed için yaratılan bir kalbin alâkasına medar olamaz" mânâsını ifade ediyor.

Kâinatın ve içindeki bütün güzelliklerin üzerinde fânilik damgası vardır. Sevdiğimiz o güzellik, ya eskir ya da bize karşılık vermez ve söner. Onun için bizim daha tohum hükmünde olan sevgiler, aşklar, muhabbetler alakamızı çektiği an, yolun en başında onların üstündeki fâni mührünü görüp alakamızı kesmemiz şarttır. Yeni aldığın telefonu çok mu sevdin? Senin "Ey kalp! Bu güzelliklerin her birinin kaynağı olan Allah'ı sevmek dururken sen neden bir telefonla oyalanıp duruyorsun?" deyip işin en başında kat-ı alaka etmen gerekir. Çünkü yarın bir gün düşecek, kırılacak, güncellemesi kalmayacak, bir üst modeli çıkacak bir şey zaten senden kesin gidecektir. Onun için o senden gitmeden senin ondan daha yolun başında alakanı kesmen gerekir.

Alakanın tek bir noktada birikmesi demek olan hasr-ı muhabbet Allah(c.c.) dışındaki varlıklara odaklandığında tehlikeli bir hâl alır. Fâni olan, baki bir muhabbeti ve sonsuz için yaratılan bir kalbin alakasını hak etmediğinden o kalbi azapta bırakır. Kalbimizdeki bu hastalığı tedavi etmenin yolu iman ve tefekkür üzerinde yoğunlaşıp, dünyevî güzellikler üzerinde fânilik damgalarını okuyarak, sevgi ve aşkımızı gerçek sahibine tevdi etmektir.

Bir gün hasr-ı muhabbetini Leyla'sına veren Mecnun, Leyla'nın derdiyle çölde gezerken namaz kılan bir adamın önünden geçer ve adam bu duruma celallenir. "Görmüyor musun be adam, namaz kılıyorum! Önümden nasıl geçersin?" der. Mecnun "Önünden geçtim ama benim özrüm vardı. Leyla'nın muhabbeti benim gözümü kör etti, seni görmedim. Eğer Mevla'nın muhabbeti de senin gözünü kör etseydi sen de beni görmezdin." diye karşılık verir. Eğer bizler muhabbetini Leyla'sına hasreden mecnun gibi muhabbetimizi yalnız Allah'a(c.c.) veremezsek dünyanın cazibesi bizi daha çok aldatır. Madem masiva fânidir. Fâni şeyler, sonsuz için yaratılan bir kalbin alakasını hak etmez. Ama bizler alaka konusunda maalesef o kadar zayıfız ki dünyalıkları pençelerimizle tutuyoruz.

Gençlik insan hayatının en kıymetli dönemidir. Gençken dinçsindir, birçok şeyi yapabilecek güç ve kabiliyettesindir. İşte sen gençliğini dünyanın geçici lezzetlerinin peşinde koşmak için tüketir, ihtiyarlayınca da "Ya Rab dünyayı terk ettim Sana yöneldim." dersen, gençlik elden gittikten sonra vazgeçmenin bu noktada bir önemi kalmayabilir. Ne zaman ve ne şekilde olursa olsun elbette Allah'a(c.c.) dönmenin bir sevabı, bir hayrı vardır. Ancak günahlara meylin ve yeteneğin yüksek olduğu gençlikte o günahlardan elini çekmenin hayrıyla, ihtiyarlıkta bir şeyleri terk etmenin hayrı kesinlikle kıyaslanamaz.

> Tek derdimiz Allah'ı razı etmek olmalıydı. Zaten öyle olsaydı başka derdimiz kalmayacaktı.

Gençlik gibi para da insanın elindeki kıymetli hazinelerden biridir. Sarf ettiğimiz yere göre sonsuz hayatımız şekillenir. Ama insan gençliği gibi parasından da çok zor vazgeçer. Hatta bazısı vazgeçemeyişine kılıf olarak "Şu işim olsun, ben de Allah için infak edeceğim. Malım olsa verirdim. Evlenince takılan altınları vereceğim." gibi cümleler sarf eder. İyi de sen Allah'ın(c.c.) sana önden verdiklerinden ve elinde olanlardan ne kadarını Allah(c.c.) için verdin de ileride vereceklerinden de infak edeceksin? Var olandan veremeyen gelecek olandan nasıl versin?

> "Madem o hadsiz mahbubat fânidirler, beni bırakıp gidiyorlar. Onlar beni bırakmadan evvel ben onları يَا بَاقِى أَنْتَ الْبَاقِى (Ya Bâki entel Bâki!) demekle bırakıyorum.

Dünyayı bırakmak demek; sevdiğimiz her şeyden elimizi çekmek, bir daha sevdiğimiz yiyeceklerden yememek, beğendiğimiz kıyafetlerden giymemek, gitmek istediğimiz yerlere gitmemek, mevcudatı bütün bütün terk edip bir köşeye çekilmek demek değildir. Bırakmak demek; masivadan kalbî alakayı kesip elimizde ne varsa, bütün sermayemizi sadece Allah namına kullanmak demektir. Bizim ilk sermayemiz nefis ve nefesimizdir. Bizim en evvel onları nerede tükettiğimizi sorgulamamız gerekir. "Cebimde otuz lira kalmıştı, onu Allah için vereyim." kısmı en son değineceğimiz yerdir. Merhum Zübeyir Gündüzalp "Bir insan akşama kadar neyi düşünüyorsa odur." demiştir. Öyleyse nefislerimiz ve nefeslerimizden başlayıp günümüzün ne için ve kimin için geçtiğine bakmalıyız.

Sen gün boyu işini mi düşünüyorsun yoksa cenneti, Resûlullah'ı, Rabb'ini mi? İşine mi daha çok önem veriyorsun yoksa Allah(c.c.) için yaptığın vazifelere mi? Allah(c.c.) sana kendi yolunda koşturman için bir kapı açmışken sen evine, eşine, evladına mı daha hassassın yoksa imanını kurtarmak için koşturduğun insanlara mı? İman hizmetini geliştirmek, yaptığın işi daha kaliteli yapmak için mi daha çok araştırma yapıyorsun yoksa alacağın araba modelini, evinin kirasını, yapacağın yemeğin tarifini mi dert ediyorsun? Zira hangisini önde tutuyorsan sen osun! Allah'tan(c.c.) bir gün uzak kalmak veya bu hakikat derslerini kaçırmak mı senin canını daha çok yakıyor yoksa patronunun çağırıp "Bu sana ilk ve son uyarım. Bir daha böyle bir durumla karşılaşırsam işine son veririm!" tehdidi mi? Hayatının gidişatını, hayatına mihenk olarak koyduğun şeyi anne baban, eşin evladın mı belirliyor yoksa Allah(c.c.) yolunda omuz omuza koşturduğun dostların mı? Senin hislerini, heyecanını, heveslerini ne yoğuruyor? Sahabelere izdüşüm olacak şekilde birilerinin imanına vesile olmak mı yoksa evdeki koltuk takımı, bebeğinin gülüşü, eşinin sevgisi mi?

Bizlerin tam bu noktalarda Allah(c.c.) için masivadan vazgeçmenin manasını kendimizde iyi test etmemiz gerekir. Çünkü hangisini düşünüyorsak bizim ederimiz odur. Kalbimizdeki huzuru, mutluluğu ne değiştiriyorsa Rabbimiz odur. Bizlerin bu dersi böyle okuması şarttır. Bu dersin faydasını görmek istiyorsak evvela sevdiklerimizi, en yakınımızda olan şeyleri düşüneceğiz. İşimizi, gençliğimizi, sağlığımızı, huzurlu yuvalarımızı, biriktirdiğimiz servetimizi, bizzat kendimizi düşüneceğiz. Acaba bir gün bu sevdiklerimden ayrılırsam ne olur diye sürekli mülahaza edeceğiz. Edeceğiz ki hem ederimiz hem de kalbimizi bağladıklarımız açığa çıksın.

Zira bu dünyada kuaför saçını yanlış kesti diye, düğünü istediği düğün salonunda olmadı, evini lüks dizemedi diye bir ay psikolojisi bozulan insanlar var. Bu insanlar kalbinin derinlerinde kendilerini öyle çok sevmişler ki, kalbi çevirsen içinden saçına tapan, perdeye önem veren, düğündeki takılan altınların tek tek hesabını tutan biri çıkıyor ama programı yapılmış bir namaz çizelgesi çıkmıyor. Bu hafta bir gece teheccüte kalkayım da Allah'ı(c.c.) razı edeyim planı çıkmıyor. Çünkü kalbinin içinde o kadar çok malayani şeyler biriktirmiş ki sen başkasının olduğu bir kalpte neden olmak istemiyorsan Allah(c.c.) da o şirklerin biriktiği kalpte o yüzden olmak istemiyor.

Allah(c.c.) seni zaman zaman imtihan ediyor ve kalbinde yer verdiklerini senden çekip alıyor. Ama sen bunun bir imtihan olduğunun bile farkına varmadan "Canımı al malımı alma. Canımı al evladımı alma ya Rabb!" diyorsun. Günün birinde ya sen ya gönül verdiğin şeyler kesin ve kesin birbirinizden ayrılacaksınız. Mukadderattan kaçamayacaksın ama sen yine de sonsuz sevme kabiliyetini malayani şeylere verebiliyorsun.

Kendine, arabana, evladına gereğinden fazla değer veriyorsun. Allah(c.c.) ise eğer senden hâlâ vazgeçmediyse seni bu şirklerden kurtarmak için yardım ediyor. "Ey kulum! Madem sen dünya girdabından kendi başına kurtulamayacaksın, ben sana bir neşter vurayım da onların fâni olduğunu anla." diyor. Kimi zaman malını mülkünü elinden alıyor. Kimi zaman da sağlığını elinden alıyor, seni hasta ediyor. Günümüzde birçok insan kendine tapar durumda yaşıyor. Allah(c.c.) kullarını bu hâlden kurtarmak için kulunun sağlığını bozuyor ve işte o zaman insan bedeninin ve beden idaresinin kendine ait olmadığını ona bir emanet olarak verildiğini anlıyor. Ya da şirketinin batmasını sağlıyor, o zaman insan rızkı kendi iktidarı ile elde etmediğini, merhametli bir Zat(c.c.) tarafından verildiğini anlıyor. Madem elimizden çekilen şeyler bize esas sahibin kim olduğunu hatırlatıyor o hâlde insanın zaman zaman başının ağrıması, dişinin kırılması, arabasını duvara çarpması rahmettir.

Şeytan evvela insanı bir şeye taptırmak için çabalıyor. Çünkü seni arabaya taptırma konusunda başarılı olabilirse sendeki arabaya tapma kabiliyetini alıp başka yerlerde, evde, eşyada, eşte, evlatta da kullanabilecek. Bir müddet sonra seni "Ben evladım olmadan yaşayamam. Sabahları bir fincan kahve içmeden güne başlayamam." der hâle getirecek. Sonra sen hayatının her alanında şeytanın kurduğu bu tuzağa düşerek, kabiliyetini o yönde kullana kullana teferûn edeceksin ve ortaya yeni bir Firavun, Nemrut, Şeddad çıkacak. Zira asırlar önce yaşayan Asr-ı Saadetteki Ebû Cehiller, Ümeyye b. Halefler, Ebû Lehebler nasıl oluştu zannediyorsunuz?

Bizler kalbinde Allah'tan(c.c.) gayrı çok şey barındıran insanlar olarak, muhabbetimizin dengesini iyi kurmak zorundayız. Eğer kalbimizde yer verdiğimiz şeyler bizden alınınca dengemiz bozulacaksa kalbimizde tevhid hakikati tam değil demektir. Onun için Allah(c.c.) sana dünya cihetinde böyle imtihanlar veriyorsa gerçekten seninle ilgilendiği içindir.

"Ya Bâki entel Bâki!" zikrinde kalbimizdeki putları kırmaktan ziyade bir mana daha vardır ki bu mana insana adeta bir müjdedir. Bizler eğer bu zikrin hakikatini anlayıp hayatımıza geçirebilirsek ileriki dönemde çekeceğimiz sıkıntıların önü kesilecek ve gelecek musibetler gelmeyeceklerdir. Zira Allah(c.c.) bu zikri neşter olarak, biz kalbimize masivadan bir şeyler aldığımız zaman vuruyor. Araba, ev, sağlık bizde putlaşmaya başladığı zaman Allah(c.c.) bizi düştüğümüz girdaptan çıkarmak için canımızı yakıyor. Eğer masiva bizi terk etmeden biz masivayı terk edebilir, her yaptığımızı Allah(c.c.) için yapabilirsek, Allah(c.c.) "Bu kalpte hastalık olmadığından ameliyat-ı cerrahiyeye de gerek yok." diyecek ve gelecekteki musibetler bize gelmeyecektir. Bizler eğer daimî huzuru istiyorsak bu zikrin hakikatini yaşamaya mecburuz.

> Yalnız Sen bâkisin ve Senin ibkàn ile mevcudat bekà bulabildiğini bilip itikad ederim. Öyleyse, Senin muhabbetinle onlar sevilir. Yoksa alâka-i kalbe lâyık değiller" demektir. İşte bu hâlette kalb hadsiz mahbubatından vazgeçiyor. Hüsün ve cemalleri üstünde fânilik damgasını görür, alâka-i kalbi keser. Eğer kesmezse, mahbupları adedince mânevî cerihalar oluyor.

Kalbin mecazi sevgililerden ilgi ve alakasını kesmesi, ancak ilahi marifet ve aşk ile mümkündür. Yani insanın kalbinde Allah'ın(c.c.) marifeti ve muhabbeti hâkim olursa, mecazi aşklar orada yer bulamaz. Zira bir kalpte iki aşkın bulunması muhaldir, imkansızdır. Nasıl ki, bir mekânda aynı anda hem ışık hem karanlık içtima edemiyor ise, insanın kalbinde de hem Allah(c.c.) aşkı hem de mecazi aşk beraber bulunamaz.

İbkâ, bir şeye devamlılık özelliği vermek, bâkileştirmek demektir. Çok sevdiğimiz şeyleri düşünelim. Mesela eşimizi, evladımızı, annemizi, gençliğimizi... Bizler sevdiklerimizi kalbimizde bakîleştirdiğimizden onlara çok fazla değer veriyoruz. Oysaki Allah(c.c.) onları var etmek istediği için onlar vardır ve onlar tablacı hükmündedirler. Varlıkları ile bizlere esas sahiplerini gösterirler. Bizler eğer tezgâhtarlara bu kadar kıymet verip dükkânın sahibine gereken kıymeti vermez, Allah'tan(c.c.) gafil yaşarsak onlar ile imtihan oluruz.

Öyleyse bizim onları Allah(c.c.) için, Allah'ın(c.c.) bize olan muhabbeti için sevmemiz gerekir. Yoksa hiçbiri kalbi bir alakaya layık değildir. İşte, insan ancak burayı anladığı zaman "Giden gitsin Allah'ım! Sen bana yetersin." diyebiliyor. Yoksa geçici bir bahara, zaten eskiyecek olan bir pantolona gönül bağlıyor. Hâlbuki bu yaz zaten geçecek, yazı sevip ne yapacaksın? Bu pantolon zaten eskiyecek, pantolonu sevip ne yapacaksın? Saçların dökülecek, belin bükülecek, eriyip giden bu gençliği ne yapacaksın? Senin, sevdiğin bütün mevcudattaki fâni mührünü görüp, muhabbetini geçmeyecek, bitmeyecek, eskimeyecek bâki bir zata sarf etmen lazım. Bütün mahlukat fânidir, gelip geçicidir. Bâki, Kadîm ve Vacibü'l-Vücud Allah'tır(c.c.). Akıllı insan, dünyaya çalışmakla birlikte ona gönül bağlamayan ve onunla tatmin olma kuruntusuna kapılmayan insandır. Akıllı insan, saçındaki ve sakalındaki aklarda ölümün güzel yüzünü gören ve dünyadan çok daha güzel olan berzah âlemine güzel ameller, sevimli arkadaşlar gönderen insandır. Sen istesen de istemesen de elinde buz gibi eriyecek olan gençliğini Allah'ın(c.c.) yolunda satarsan, Allah(c.c.) da bundan razı olursa ahirette sana sonsuz gençlik verecektir. Zira sonlu bir şeyi verip yerine sonsuz bir şeyi almak paha biçilemez bir ticarettir. O yüzden saff-ı evveldeki sahabeler tarım ve hayvancılığın olmadığı, geçimin tamamen ticaretle sağlandığı Mekke coğrafyasında bulunmuşlardır. Çünkü İslam, ticareti çok iyi bilen bu güzide nesle "Fâni hayatını sat, baki ahiret yurdunu al." diye hitap etmiştir. Allah(c.c.) bizi de onlardan eylesin.

Kitabımızın bu kısmına kadar "Ya Bâki entel Bâki!" zikrinin neşter özelliğini anlattık. Bu satırlardan sonra ise merhem özelliğini anlatacağız. Buraya kadar yaralarımız açıldı, kesildi. Artık buradan sonrası o yaraları dikme ve merhem sürme vakti.

> İkinci cümle olan يَا بَاقِى أَنْتَ الْبَاقِى (Ya Bâki entel Bâki) o hadsiz cerihalara hem merhem, hem tiryak oluyor. Yani, "يَا بَاقِى (ya Bâki) madem Sen bâkisin, yeter. Herşeye bedelsin. Madem Sen varsın, herşey var."
> Evet, mevcudatta sebeb-i muhabbet olan hüsün ve ihsan ve kemal, umumiyetle Bâkî-i Hakikînin hüsün ve ihsan ve kemâlâtının işârâtı ve çok perdelerden geçmiş zayıf gölgeleridir, belki cilve-i Esmâ-i Hüsnânın gölgelerinin gölgeleridir.

İnsan nerede bir güzellik, ihsan, kemalat görse sever. Çünkü insanın fıtratında cemâle karşı muhabbet, kemâle karşı perestiş etmek ve ihsana karşı da sevmek vardır. Her kalp, kendine iyilikte bulunanı sever ve hakikî mükemmelliğe muhabbet eder ve ulvî cemâle meftun olur. Hatta kendiyle beraber sevdiği ve şefkat ettiği zâtlara dahi iyilikte bulunanı daha çok sever. Lakin insan, sevgisini suistimal edip nerede ve nasıl kullanacağını bilmezse bu sevmeler ona acı olarak geri döner. Bir kalp sevdiği şeyi Allah(c.c.) için sever ve güzelliğin, mükemmelliğin, ihsanın yalnızca Allah'tan(c.c.) olduğunu bilirse ancak o zaman acı çekmez.

Bizler yeryüzündeki ışıkların Güneş'ten geldiğini bilmezsek güneş batınca parıltısı da kaybolacağı için üzülürüz. Baharda çok sevdiğimiz papatya güzün solar. Gece vakti parıltısına bakıp huzur bulduğumuz ayı gündüz göremeyiz. Yazın afiyetle yediğimiz karpuz kışın olmaz, üzülürüz. Ama biz bilsek ki papatyanın sarısı papatyadan değil güneşten; karpuzun yeşili, ayın parıltısı, sevdiğimiz ne varsa hepsine ait güzellikler güneşten. Papatya, karpuz, ay, anne, evlat, hepsi yalnızca güneşin ışığını yansıtan bir hediye paketidir. O zaman aslında papatyayı değil papatyada görünen güneşi sevdiğimizi anlar, bütün muhabbetimizi ona sarf ederiz.

Annesinin şefkatini sevmeyen insan yoktur. İşte annenin şefkati de Allah'ın(c.c.) sonsuz şefkatinden gelir. Allah(c.c.) kendisindeki okyanus misali şefkatten bir damla yeryüzüne indirmiş ve kâinattaki bütün annelere dağıtmıştır. Allah'taki(c.c.) şefkatin gölgesinin gölgesi kadar şefkate sahip olan anne, evladı yere düşse onu anında sarıp sarmalıyor, bağrına basıyor. Anne bile evladını bu kadar severken anneye o şefkati veren sonsuz şefkat sahibi, kulunu ne kadar seviyordur siz düşünün. Annedeki şefkati yaratan Allah(c.c.), hâşâ, bir annen kadar seni sevmiyor olabilir mi? Allah(c.c.) bizi çok seviyor. Sevdiği için de hediye paketinde şefkat kahramanı bir anne göndermiş. İnsanın annesinin varlığı bile Allah'ın(c.c.) onu ne kadar sevdiğine delildir. Aynen öyle de hayatımızda sevdiğimiz ne varsa bir hediye paketi hükmündedir ve onların her birini gönderen bizzat Allah'ın(c.c.) ta kendisidir. Allah(c.c.) seni sevdiği için yuvana huzur kaynağı olacak eş, evlat vermiş. Seni sevdiği için zor zamanlarında yanında olacak anne baba dostlar vermiş. Seni sevdiği için midene has rızıklar, gözüne uygun kâinat, gönlüne uygun muhabbetler vermiş. Sana ise burada düşen tek şey onları vereni unutmamak ve her birinin birer numune olduğunu bilip asıl kaynağın Allah(c.c.) olduğunu anlamak. Zira gün gelecek sana huzur veren sağlığın, gençliğin, sevdiklerin senden gidecek. Ama eğer sen bitmeyen bir güneşin kaynak olduğunu anlayabilirsen ancak o zaman eskilerin tabiriyle "Ballar balını buldum, gayrı kovanım yağma olsun." diyebileceksin.

Bir insan Allah'ı(c.c.) razı etse, Allah(c.c.) onun mutlu olduğu şeylerin milyon katı fazlasını ona verebilir. Bir insan hakiki Güneş'i bulursa eğer, gölgesinin gölgesi hükmünde dünya numunelerini kaybettiği için üzülmez. Dünyada bizim müptela olduğumuz geçici güzellikler birer işaret tabelasıdır. Bizler bir yerde işaret tabelası gördüğümüz zaman işaret tabelasına değil, işaret ettiği yere gideriz. Aynen öyle de insan yeryüzünde gördüğü bütün güzelliklerin Allah'ı(c.c.) bulduracak birer işaret tabelaları olduğunu bilirse o güzelliklere değil güzelliklerin işaret ettiği Cemîl-i Zülcelâl'e gider. Lakin tabela okumak bir ilimdir ve bu ilmi bilmeyenin işaret tabelalarını okuyup ilerlemesi mümkün değildir. İşte bizim cemâl, kemâl ve ıhsandaki ilmi okuyabilmemiz için bu hakikat derslerini bilmemiz elzemdir. Zira bizler bu derslerde tabela okumanın ilmini öğreniyoruz.

Allah(c.c.) bize öyle kabiliyetler vermiş ki kuyumcudaki hassas terazi gibi ince olanı tartacak bir terazimiz var. Fakat biz altın tartacak terazi ile kömür tartıyoruz; ameliyat yapacak neşterle odun kesmeye kalkıyoruz. Verilen kabiliyeti de köreltiyoruz. Ondan sonra asıl okumamız gereken şu ince manaları bir türlü okuyamıyor, "Ben iman gözüyle bu hakikatleri neden göremiyorum?" diyoruz. Neden göremiyorsun acaba? Verilen cihazatları kendi elinle bozduğun için olabilir mi?

Güneş'i bulan gölgeyi kaybettiğine üzülmez. Eğer üzülüyorsa bu Güneş'i bulamadığının alametidir. Allah'ı(c.c.) bulan, dükkânından müşterinin, evinden huzurun, bedeninden sağlığın gittiğine üzülmez. Eğer üzülüyorsa bu gerçekte Allah'ı(c.c.) bulamadığını, rızkı dükkânından, huzuru eşinden, sağlığı ilaçtan beklediğini gösterir. Zira Allah'ı(c.c.) hakkı ile bilmenin alameti dünyalıklardan ayrılırken ayrılığın acısını çekmemektir. Allah'ı(c.c.) bulan kaybettiği güzelliğe ağlamaz. Yeryüzündeki bütün parıltıların sebebi gökteki güneş olduğu gibi, yeryüzündeki tüm güzelleri güzelleştiren Allah(c.c.) olduğundan, Mevla'yı bulan, Leylaları kaybetse de gam yemez. Ama o insan Mevla'yı bulamazsa dünya da, ahiret de zindan insana...

İnsan, hayatı boyunca bu imtihana tabi tutulacak ve defalarca eleklerden elenecektir. Tam işlerin sıkıştığı bir anda karşısına iki fırsat çıkacak ve bu fırsatlardan ilki Allah'ın(c.c.) rızasını kazanacağı, ikincisi ise dünyada önemsediği bir şeyi elde edeceği bir fırsat olacaktır. İşte senin bu durumda hangisini tercih ettiğin de bu dersi ne kadar anlayıp ne kadarını hayatına geçirdiğinin göstergesi olacaktır. Bizler maalesef bazı şeyleri çok abartıyoruz. Bazı şeylere ederinden fazla değer veriyoruz. "Dükkânı açmadan bu çark nasıl döner? İşleri takip etmeden olmaz." diyoruz sonra Allah(c.c.) bir virüs yaratıyor iki yıl dükkânlarımızı açamayacak hâle geliyoruz. "Ben bunsuz yapamam. O olmadan olmaz." diye kendimize şartladığımız o kadar çok şey var ki. Şunu bir türlü anlamıyoruz "Her şeysiz olur ama kalpte Allah olmadan hiçbir şey olmaz!" Bizler bunu kalben bir türlü diyemediğimizden hakiki imanı da elde edemiyoruz. Allah'ın(c.c.) bize esmalarını okuyalım diye gönderdiği iş, gençlik, sağlık, huzur, evlat mektuplarını oyuncak sanıp oyalanıyoruz.

Bir insan tüm bunları anlasa, kabul etse ve "Ya Rab! Ben Senin rızanı o kadar fazla ihmal ettim ki! Ben Senin rızanı dünyada üç kuruşa çok sattım. Beni affet! Bundan sonra netice ne olursa olsun Senin yolunda gideceğim. Ne ile karşılaşırsam biliyorum ki ben bunu hak ediyorum." dese Allah(c.c.) o kuluna öyle yardımlar eder ki kul kendisi bile hayrette kalır. Zira bizler Allah(c.c.) için vazgeçtikçe Allah(c.c.) bizden vazgeçmeyecektir.

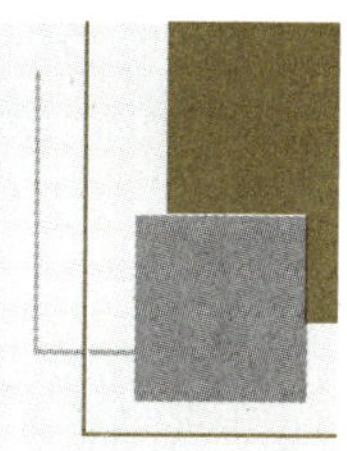

RUH DARLIĞINDAN **KURTULMA YOLU**

Bir gün Nobel Ödülü almış Aziz Sancar Bey'i dinlemiştim. Konuşmasında çalışma saatlerinden bahsediyordu. "Eskiden günlük 18 saat çalışıyordum ama şimdi biraz ihtiyarladım, çalışma saatim günlük 12 saate düştü." dedi. Hayatını çalışmaya adamış böyle bir insana iki adet oyuncak versek ve 12 saat boyunca onunla oynamasını istesek, o insan bunalımdan bunalıma girer. Bu şekilde bir görev vermek ona zulümden başka bir şey değildir. Aynen öyle de bu dünyaya fıtratının gereğini yapıp Allah'ın(c.c.) esma tecellileri ile doymak için gönderilmiş insana, geçici dünyevi lezzetler verildiğinde o insanın ruhu da zulüm içinde kalır. Ebed için yaratılmış kalbe "Hadi şu barlarda biraz gez, eğlen. Gençliğin gitmesin diye o estetik senin bu makyaj benim yaptır. Makam, mevki peşinde koş. Biraz siyasetle oyalan, dünya işlerinde hürmet gör ama ihtiyarlayınca herkes seni unutsun." dendiği anda böyle bir insan içsel karışıklıktan asla ve asla kurtulamaz. Çünkü insanın yaratılış algoritması buna uygun değildir.

İnsanın yaratılışında fıtraten Allah'a(c.c.) âşık olmak vardır. Biz o aşkı dünyada oyalanacağımız şeylere sunmaya kalkarsak bir profesörün çocukların oyuncakları ile 12 saat oynamasındaki ruh sıkıntısından daha beter bir hâle geliriz.

Madem bizler Allah(c.c.) aşkından başka bir şeyle tatmin olamayız, fıtratımızda böyle bir açlık var, iman etmemize rağmen neden bunu hissedemiyoruz? Çünkü imana iştahımızda problem var. Bir insan doktora gitse, doktor hastalığını anlamak için ona ilk olarak iştahını sorar. O kişi: "Üç beş gündür bir şey yiyemiyorum." derse, doktor onda bir hastalık olduğuna kanaat getirir. Bizim, Allah'ın(c.c.) aşkına karşı iştahımızın olmayışı hasta olduğumuzu gösterir. Ahirete olan iştahsızlığımızın altında iman zafiyeti hastalığı vardır.

Öyleyse fıtratımızın ve ruh darlıklarımızın nasıl giderileceğinin ilacını tane tane veren, sevdiğimiz insanlardan, eşyalardan, işlerden, gençliğimizden, sağlığımızdan ayrılmaktan duyduğumuz üzüntüye çözümler sunan şu birkaç satırı tane tane okuyalım.

3. LEM'A

İKİNCİ NÜKTE

İnsanın fıtratında bekàya karşı gayet şedit bir aşk var. Hattâ her sevdiği şeyde, kuvve-i vâhime cihetiyle bir nevi bekà tevehhüm eder, sonra sever. Ne vakit zevâlini düşünse veya görse, derinden derine feryat eder.

İnsan fıtraten ebedî yaşamaya müptela derecesinde âşıktır. İnsanın fıtratında bulunan bütün cihazlar, duygular, latifeler ve kemaller beka yani sonsuzluk duygusu ile mânâ kazanır. Beka olmasa bütün bu değerler ve kemaller manasız ve köksüz kalır. Lakin herkes kendinde olan bu şedit aşkı hissedemez. İman zafiyeti hastalığına yakalananlar bunu hissedemedikleri için içlerindeki sonsuzluk ihtiyacını eşyalardan karşılamaya çalışırlar. Dostları onları terk etmesin, sevdiğinden ayrılmasın, telefonu kırılmasın, saçları dökülmesin, gençliği elden gitmesin isterler.

Kuvve-i vahime, hakikati olmayan şeyleri vehmeden yani varmış gibi gösteren bir duygudur. Fâni şeylerde beka tasavvur etmek de bu duyguya ait bir iştir. İnsan bir şeye muhabbet ederken onu sonsuzluğun boyası ile boyamazsa sevemez. Mesela ben tantuni yemek için bir yere otursam ve karşımda adamın biri silahla beni vurmak için beklese. Ben bir adama, bir dürüme baktığım esnada adama: "Neden karşımda dikiliyorsun? Elindeki silahla ne yapacaksın?" diye sorsam, adam: "Sen dürümünü yemene bak, ben bir ara kafana sıkacağım." dese ben her an mermi yeme stresi ile o dürümü yiyemem, yesem de zehir olur.

İki dost kahkahalar eşliğinde esprileşip eğlenirlerken oturdukları mekâna eli bıçaklı on adam girse, ikisi de şok olur. Eli bıçaklı adamlara: "Ne yapıyorsunuz? O elinizdeki bıçaklar ile ne yapacaksınız?" diye sorsalar, onlar da "Siz gülmeye devam edin, biz bir ara sizi bıçaklayacağız." deseler, o iki dost gülmeye devam edebilir mi? İmkânı yok devam edemezler, bütün keyifleri kaçar.

Demek ki bir insan Azrail'in[(a.s.)] her an yanında olduğunu ve vazifesini ansızın yapabileceğini hissetse bu dünyadan gerçekten lezzet alamaz. Çünkü insanın bu dünyadan lezzet alabilmesi için sevdiği ve muhabbet ettiği şeyleri beka boyası ile boyaması gerekir. İnsan, kol saatini "Nasılsa bir gün kırılacak, eskiyecek!" diye değil; "Bu saat bana ne de yakışır!" diyerek alır. Eğer o insana "Peki sana ne kadar yakışır?" diye sorsanız, "Hep yakışır, her zaman yakışır." diye cevap verir. Alırken onun kırılma ihtimalini düşünmez.

Birçoğumuz telefonumuzun hafızası dolana kadar galerimizde evladımızın, annemizin, dostlarımızın, sevdiğimiz anıların fotoğrafını biriktiririz. Zaman zaman galerimizdeki fotoğraflarlara bakarak o ana dönmek isteriz. Adeta geçmiş, gelecek ve şimdiki zamanın hepsini mezcedip aynı anda tatmak isteriz. İşte bizdeki bu biriktirme arzusu sonsuzluk ve beka özlemimizden kaynaklanır.

Onun için yazılan aşk şarkılarının hepsi bekaya özlemi çağrıştırır. Kişi şarkıda aşkını hâşâ "Sen varsan her yer huzur. Huzurla dolar içim. Cenneti bile değişmem saçının teline." diye ilan eder. Bu sözler aşkın sonsuzluğunu istemekten ve düşünmekten kaynaklanır. Çünkü insan bir şeye muhabbet edeceği zaman onun bir gün zeval bulacağını düşünürse ondan lezzet alamaz.

Kişi en ziyade kendi nefsini sever. İnsana verilen ceset, maddi âlemle mânâ âlemi arasındaki ilişkiyi kurmak için verilmiştir. Eğer siz maddi âlemde su içerken "Allah mideme, dilime göre bu suyu nasıl yaratmış? Demek O'nun(c.c.) sofrasında daha ne nimetler var!" diye düşünürseniz, bir yudum su ile Rabb'inizi tanımış olursunuz. "Annemin şefkati tüm dertlerime derman oluyor. O başımı okşayınca sanki bütün yükler omuzumdan bir bir dökülüyor. Annemdeki şefkat bile bana bu kadar huzur verirken sonsuz şefkat sahibi Allah'ı bulsam demek daimî huzuru da elde edeceğim." derseniz bir damla şefkatin sahibinden sonsuz şefkat sahibine vasıl olursunuz. Deryada damla iken damladan deryaya ulaşırsınız. Çünkü ceset, maddi âlemle mânâ alemi arasındaki ilişkiyi kurmak için anahtar hükmündedir. Eğer siz cesedinizin bu sebepten dolayı verildiğine aldırmayıp "Yiyip içip gezelim. Hayatın tadını çıkaralım. Barlara diskolara gidelim güzelleşelim. Bir daha mı geleceğiz dünyaya?" der ve mânâ alemi ile hiçbir ilişkisi olmayan şeyleri yaparsanız, bütün yatırımı maddi aleme yani cesede yapmış olursunuz. Gün gelip Azrail(a.s.) fâni cesedinizi baki ruhunuzdan çekip alınca da bütün yatırımınız havada kalır, çöpe gider. İşte insan bu zevali düşünse veya görse derinden derine feryat eder.

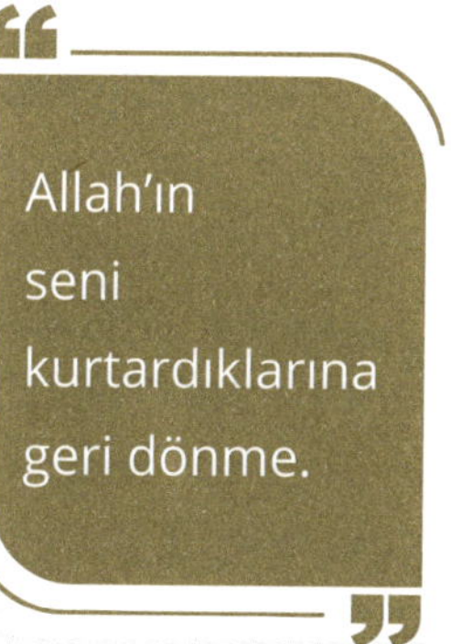

Bizler elimizden telefon düşüp kırılınca dayanamıyoruz. Günlerce, "Nasıl düşürdüm?" diye üzülüyoruz. Telefona dayanamayan insan; çocuğunu, annesini, babasını, gençliğini, kendini kaybetmeye nasıl dayanacak? İnsanın bu feryatları dindirebilmesinin bir yolu bu iman derslerini bilmesidir. Bazen insanlar bu feryadı ediyorlar ama çözümün ne olduğunu bilmediklerinden çözümü yine dünyada, haram aşklar, uyuşturucu, arkadaş ortamları, gezi turları gibi fâni şeylerde arıyorlar. Hâlbuki sonsuza özlemden açılan bir yara sonlu bir şeyle iyileştirilebilir mi? Allah'tan(c.c.) uzak kalmanın acısını hangi dünyalıklar tedavi edebilir? Bizler bilmeliyiz ki sevdiklerimizden ayrılma acısını Allah(c.c.) tedavi edebilir ama Allah'tan(c.c.) uzak olmamızın acısını hiçbir şey tedavi edemez.

> Bütün firaklardan gelen feryatlar, aşk-ı bekàdan gelen ağlamaların tercümanlarıdır.

Ayrılık acısından gelen feryat ve inlemeler insanın yaratılış bakımından bekaya yani sonsuz bir hayat sürmeye aşk derecesinde müptela olduğunu gösterir. Evet, insan ebede âşıktır ve ona ekmek ve su gibi muhtaç bir fıtratta yaratılmıştır. Bu yüzden ölüm ve ayrılıklar insanın ruhuna ve kalbine elim bir azap verir.

Her insan sevdiğinden ayrılınca acı duyar. Evladından ayrı kalan hangi anne üzülmez ki? Annesini kaybetmiş hangi evladın yüreği dağlanmaz? Bugün her gencin kalbinde bir aşk acısı yok mu? İşte ayrılıklardaki bu feryat figan aslında onlardan ayrıldığımız için değil, aşk-ı bekadan, sonsuza duyulan özlemden gelen ağlamaların tercümanı oluyor. Biz kalbimizi ne kadar hor kullanırsak kullanalım bu kalp ne için yaratılmışsa önce onu arıyor. Yumurtadan çıkan ördek yavrusunun suyu aradığı gibi insanın kalbi de Rabb'ini arıyor. Toprak altında çatlayan ve yüzeye çıkan tohumun güneşi, kafesten kaçan kuşun gökyüzünü aradığı gibi arıyor. Çünkü sonsuzu veyahut sonsuza giden yolu bulmadan bu dünyada insana huzur yok!

Dünyada Cenneti Aramak

Kimileri bazen çevresindekilerin doyumsuzluğundan bunalıp "İnsanların bu lüks düşkünlüğü ne zaman bitecek?" diye soruyor. Ben söyleyeyim hiçbir zaman bitmeyecek. Çünkü insan sonsuz için yaratıldı ve daima cenneti arıyor. Mesela bundan yıllar önce insanlar her yere yürüyerek giderdi. Sonra bu gidiş, at, eşek, deve üstünde devam etti. Daha sonra tekerlek bulundu ve tekerleklerin üstü kapatılıp içine bir de motor takıldı ve araba icat edildi. Sonra bu mütemadiyen devam etti. Kimi arabasının tekerleklerini genişletti. Kimi düz vitesin konforunu yeterli görmediği için otomatik vitese geçti. Kimi patlama hızını kimi de arabanın çekişinin kuvvetli oluşunu sevdiği için yakıtlar kişinin isteğine göre dizel, benzin diye ayrıldı. Sarı ampul sevmeyenler için led ampuller icat edildi. Bagajı elle açmak ağırına gidenler için otomatik düğmeyle açılan bagajlar üretildi. Kimi "Ben arabada kahve içmek istiyorum, kahve yeri de olsun." dedi. Kimi "Telefon şarj etmeyen araba mı olur? Tabi ki arabam telefonumu da şarj etsin." dedi. İsteklerin ardı arkası kesilmedi. Her yeni eklenen şey de insana yetmedi, hep daha fazlası istendi. Hasılı o araba insanı yatağından kaldırıp giydirse bile yine yetmeyecek çünkü insan cenneti arıyor. Cenneti bu dünyada bulma ihtimali olmadığından arayışı da bitmeyecek. Kişi Rabb'ini bulmadıkça bu arayış dünyayı insana cehennem eyleyecek.

Eşya İle Oyalanma Hastalığı

İnsan cesedini meşgul ederek ruhunun çığlıklarını susturmaya çalışıyor. İnsanın bu kadar arayış içerisinde sürekli eşya ile oyalanması maalesef bir hastalıktır. Sürekli alışveriş merkezi gezen, yeni eşyalar alan, moda takip eden, futbolla ilgilenen, her yeni çıkan telefon modelini anında alan insanların hâli tam da bu hâldir. Dışarıda gördüğünüz karmaşa ve yoğunluğun en büyük nedeni işte budur. İnsanın ruhunu, cesedini oyalayarak meşgul etmeye çalışmasıdır. Düşünsenize bebeğiniz acıkmış sizden süt istiyor. Siz bebeğinizi doyurmak yerine oyalanması için eline oyuncak verirseniz eğer, bebek o oyuncağı üç saniye sonra atar. Çünkü bebek, o oyuncağın, açlığını doyurmadığını anlar. Bizlerin de ahvali tam bu şekildedir. Ruhumuz doymak istiyor. Biz ise ruhumuzu doyurmayı bilmediğimiz için bedenimizi oyalamaya çalışıyoruz. Sonra da o bebek gibi, "Bu beni doyurmuyor." deyip bizi tatmin etmesi için aldığımız şeyleri birkaç gün sonra bir köşeye atıyoruz. Yeni aldığımız koltuk takımı üç gün sonra dikkatimizi çekmiyor. Çok büyük heveslerle aldığımız telefonu beş gün sonra bir köşede unutuyoruz. Çok beğenerek aldığımız elbiseyi iki ay sonra dolabın en sonuna asıyoruz. Çünkü aradığımızı onlarda da bulamıyoruz.

Her birinizin bu yaşına kadar sayısız hedefi olmuştur. İlkokul ile başlayan hayat gayeniz "Matematiği iyi anlamak, lise sınavlarını kazanmak, üniversiteye girmek, iyi bir iş bulmak, evlenmek..." diye yenilenerek devam etmiştir. Her hedefe ulaştığınızda o hedef sizi tatmin etmemiş ve kendinize yeni bir hedef edinmişsinizdir. Tabi her seferinde o hedefinizin en büyük hedef olduğuna kendinizi ikna etmişsinizdir. Mesela ortaokul döneminde hedefiniz en iyi liseyi kazanmaktı. Zamanı geldi en iyi liseyi kazandınız, maksudunuza ulaştınız ama yine rahatlamadınız. "Üniversiteyi de kazanmam lazım." diye kendinize yeni bir hedef belirlediniz. Sonra üniversiteyi kazandınız yine tatmin olmadınız. Çünkü iyi bir iş bulmanız gerekiyordu. İşi de buldunuz ama yine bir şey değişmedi. Bu sefer de evlenmek en büyük gayeniz oldu. Zaten akıllı insan iki üç tane benzer tecrübe yaşadığında "Bu dünya beni doyurmuyor, kandırıyor. Benimle çok nişanlanıyor ama hiç evlenmiyor. Benim arzuladığım, iştah duyduğum her şey ulaşıncaya kadar kıymetli, sonrasında kıymeti kalmıyor." der ve dünyanın peşinden koşmaktan vazgeçer. Zira bu dünyada ulaştığımız hiçbir şeyle doymayan ruhumuz, neye ulaşırsak ulaşalım bizi ızdırap içerisinde bırakıyor, kabz hâlinde sıkıp daraltıyorsa ve biz hâlen çözümü dünyada arıyorsak "Burada bir akıl tutulması mı var?" diye de düşünmemiz gerekir.

Bu Dünyada Her Şey Yarım Kalır

İnsanın bu dünyadaki bütün ağlamaları yarım kalan hikâyelerini tamamlama çabasındandır. Nerede bir yarım kalmışlık varsa insanın ruhunu acıtır. Bahar gider insan bahara şiir yazar. Beli ağrır, sıcak su torbası ile sandalyede otururken gençliğim gidiyor diye üzülür. Mide çikolatadan, göz denizden, kalp sevdiğinden ayrı kalınca üzülür. Nefis seni üzen şeyin ayrılıklar olduğunu söylese de tam burada iman; "Aslında sen ayrılıklara değil, Allah'ın aşkından uzaklaştığın için üzülüyorsun. Numunelerini tattığın nimetlerin asıllarını istiyorsun. Sadece bunu bilmediğinden üzüntünü elinden giden sebeplere bağlıyorsun." der.

Sen Süleymaniye Camii'ni seviyorsun ama orada senin asıl sevdiğin caminin demiri, betonu değildir. Senin orada asıl sevdiğin Mimar Sinan'ın ruhunun Süleymaniye'ye yansımadır. Eğer demiri, betonu sevecek olsaydın başka demirleri ve betonları da Süleymaniye'yi sevdiğin kadar severdin. Diyelim ki sen Süleymaniye Camii'nin güzelliğini temaşa ederken o esnada belediye ekibinden birkaç kişi gelseler ve o camiyi yıkacaklarını söyleseler. Sana da "Burayı yıkacağız ama üzülme. Burada bulunan ne kadar demir, çimento varsa hepsini sana gramı gramına geri vereceğiz." deseler, sen: "Vermeyin! Ben o demiri, çimentoyu sevmiyorum. Ben orada Mimar Sinan'ın ruhunu gördüm, o ruhu seviyorum." der, üzülür, o camiyi yıktırmazsın. Ama o esnada Mimar Sinan karşına dikilse ve "Üzülme, ben buradayım." dese, o zaman sen: "Yıkın! On tane daha Süleymaniye Camii olsa onunu da yıkın!" dersin. Çünkü Süleymaniyelerden binlercesi zaten Mimar Sinan'ın kendisinde vardır. Sen Mimar Sinan'ı bulsan binlerce Süleymaniye'yi buldun demektir. Mimar Sinan buradaysa senin Süleymaniye'den ayrılığın söz konusu değildir. Çünkü Süleymaniye, Selimiye, Mihrimah Sultan hepsi Mimar Sinan'ın zatında saklıdır.

Biz kâinatta sevdiğimiz, muhabbet beslediğimiz her şeyi Allah'ın(c.c.) esma boyaları ile boyandığı için severiz. Her birimiz annemizin şefkatini severiz çünkü o Rahman, Rahim ismiyle boyanmıştır. Cömert insanları severiz çünkü o Cûd, Cevvâd isimleri ile boyanmıştır. Bizim, içtiğimiz sudan tutun kâinatta sevdiğimiz ne varsa her biri atomlarına kadar Allah'ın(c.c.) isim tecellileridir. Onların her biri Allah'ın(c.c.) zatında sonsuz vardır. Sana baldan şerbetten tatlı gelen evladın vefat mı etti? Çok sevdiğin çiçeğin mi soldu? Nice emeklerle aldığın evin bir deprem neticesinde çöktü mü? En güvendiğin dostun sana yalan mı söyledi? Zamanında seni mutlu eden ama elinden giden şeyler için üzülme. Çünkü seni mutlu eden ne varsa hepsi Allah'ın(c.c.) sonsuz güzellikteki esmalarından yalnızca birinin tecellisiydi. Giden gitsin, o gidenlerin bitmez hâli Allah'ın(c.c.) zatında sonsuz var. O'nun(c.c.) hazinesi tükenmez.

Madem Allah Var Her Şey Var

İnsanın bu dünyadan aldığı lezzet dünya koşulları gereği sınırlıdır. Mesela burada bir dostunla konuşurken aynı anda diğer dostunla konuşamazsın. Ya da sevdiğin bir gömleği üzerine giyerken aynı anda diğer sevdiğin gömleği de giyemezsin. Ama sonsuzluğun diyarı olan ahiret öyle mi? Orada sıra bekleme derdi yok. Orada tüm sevdiklerinle aynı anda muhabbet edebilecek, sevdiğin her şeyi aynı anda giyip aynı anda yiyebileceksin. İşte insan tüm bunları bilse, yaşadığı sıkıntılara, kendini üzen ayrılıklara iman penceresinden bakabilse o insanda ne gam kalır ne tasa. Ama bunları bilmez de imandan uzak bir nazar ile bakarsa ölen sevdiklerine bir daha kavuşamayacak, dökülen saçları bir daha yerine gelmeyecek, bükülen beli düzelmeyecek, elinde buz gibi eriyen gençliğini bir daha elde edemeyecek zanneder. Tüm bu zannetmeler ise kalbi mahveder. En yakın dostundan ayrılır, üzülür. Sağlığı bozulur, üzülür. Anne babası vefat eder, üzülür. Eğer sen Allah'ın(c.c.) esma tecellisinin gölgesinin gölgesinden bile ayrılmaya tahammül edemiyorsan aslında sen Allah'a(c.c.) âşıksın demektir. Zira bahar Cemil isminin tecellisidir. Biz Cemil isminden ayrılığa dayanamıyoruz. Bahardaki güzellikleri Allah'ın(c.c.) zatında bilmeyip bahar sayfasında gördüğümüzden bahar bitince o güzellikler de kayboldu diyoruz. Eğer her baharda gizlenmiş Cemil ismini görebilseydik kaç bahar geçerse geçsin kalbimiz üzülmeyecekti. Sen tüm sevdiklerinin Allah'ın(c.c.) zatında olduğunu bilsen ayrılıklar seni üzemez. Madem Allah(c.c.) var, demek ki tüm sevdiklerin de var.

Allah'ı Seviyor musun?

Bir gün birisi bana geldi ve "Ben Allah'ı sevmiyorum." dedi. Ben de ona: "Sen aslında Allah'ı seviyorsun." dedim ama kabul etmedi. Sevmediği konusunda ısrar etti. Nasıl ki insan ben aydınlığı seviyorum ama Güneş'i sevmiyorum diyemezse, Allah'ı(c.c.) sevmediğini de söyleyemez. Çünkü bizim sevdiğimiz ve muhabbet ettiğimiz her şey Allah'ın(c.c.) yaratmasıdır. İnsan eşini, evladını, gözlerinin rengini, annesindeki merhameti, iş yerindeki makamı, kırmızı çileği, yeşil elmayı, gezmeyi, eğlenmeyi seviyorsa Allah'ı(c.c.) da sevmek zorundadır. Allah'ın(c.c.) esma tecellileri ile yaratılan bunca şeyi seven insan ben Allah'ı(c.c.) sevmiyorum diyemez. Aslında hepimiz Allah'ı(c.c.) seviyoruz ama sebepler perdesi yırtılmadığı için naz yapıyoruz. Perde bir yırtılsa her şeyi Allah'ın(c.c.) yarattığını anlayacak ve bütün muhabbetimizi O'na(c.c.) sunacağız. Nasıl bir çocuk elindeki çikolata alınınca gidip çikolata kutusuna değil annesine ağlıyor. Çünkü o çikolataları annesinin verdiğini biliyor. Biz de kâinattaki her şeyin Allah'ın(c.c.) esma boyası ile boyalı olduğunu ve hepsinin bitmez tükenmez hazinesinin Allah'ın(c.c.) zatında olduğunu bilirsek aslında sonsuzluğa ağladığımızı anlayacağız. Ağlamalarımız "Allah'ım ben sensizliğe ağlıyorum." demenin tercümanı olacak.

> Eğer tevehhüm-ü bekà olmazsa muhabbet edemez. Hattâ denilebilir ki, âlem-i bekànın ve ebedî Cennetin bir sebeb-i vücudu, şu mahiyet-i insaniyedeki o şiddetli aşk-ı bekàdan çıkan gayet kuvvetli arzu-yu bekà ve bekà için fıtrî, umumî duadır ki, Bâkî-i Zülcelâl, o şedit, sarsılmaz, fıtrî arzuyu, o tesirli, kuvvetli, umumî duayı kabul etmiştir ki, fâni insanlar için bâki bir âlemi halk etmiş.

Bir kitap, eğer okuyucusu varsa yazılır. Çay, içecek birisi varsa demlenir. Yemek, yiyen varsa pişirilir. Bir şeyin önce muhatabı olur, sonra neticesi doğar. Onun için Allah(c.c.) önce muhatap olarak insanı yaratmıştır. Sonra da o muhatabının kalbindeki sonsuz aşk, bekaya iştiyak, yok olmamak, sıkıntı çekmemek, hiç ayrılmamak gibi sonsuz istekleri için cenneti yaratmıştır. Cennetin yaratılmasının bir sebebi hikmeti de budur.

İnsandaki arzular ve istekler var olan ihtiyaca karşı ortaya çıkar. Yorucu bir antrenman yaptığınızda mideniz hararet alarmı verir. Bu alarmın karşılığı sudur. Siz spordan sonra midenize: "Ya sen niye hararet yaptın, neye susadın?" deseniz, mideniz size: "Suya susadım." diyecektir. Su var ki susadı, olmasa nasıl susayacaktı?

Bir yerde istek varsa, onun karşılığı da olmak zorundadır. Allah(c.c.) yumruk kadar midenin açlığının karşılığında yeryüzünü envai çeşit nimetlerle donatmış, onu insana bir sofra hükmünde yaratmıştır. Sadece midemiz için değil, kimin neye ihtiyacı varsa hepsini yaratmıştır. Akciğerlerimiz için oksijen, böbreğimiz için su, ayakta kalabilmemiz için enerji, gözümüzü koruması için kirpik, sevme sevilme ihtiyacı için anne, baba, muhabbet ihtiyacı için dostlar, dinlenme ihtiyacı için uykuyu yaratmıştır. Nerede bir istek varsa o karşılanmıştır. Sizin hiç görüp bilmediğiniz bir meyveyi canınızın çektiği oldu mu? Olamaz çünkü bilmiyorsunuz, daha önce tatmamışsınız. Madem insanın canı bilmediği bir şeyi çekemez o zaman ruhumuz neden ebediyeti çekiyor? Çünkü yaratılmadan önce bekayı tattı, nasıl bir şey olduğunu biliyor.

> Bir günahın içerisindeki lanetli lezzetten daha fazlası, o günahı terk etmekte var. Denesene...

Allah(c.c.) dünyayı ve içindeki varlıkları yaratmadan evvel, öncelikle gelmiş ve gelecek bütün insanların ruhlarını yarattı. Bunları ruhlar âlemi denilen bir âlemde bir araya getirdi. Daha sonra hepsini birden huzurunda toplayarak kendilerine hitâben "Ben sizin Rabb'iniz değil miyim?" diye sordu. Ruhlar da "Evet, sen bizim Rabb'imizsin." diye cevap verdiler. "Ancak sana ibâdet eder, senden yardım dileriz." dediler. İşte bu konuşmanın vuku bulduğu zamana "Kâlû Belâ" denir. Allah(c.c.) Kâlû Belâ'dan sonra insan ruhunun bu sözünde ne derece samimî ve doğru olduğunu ortaya çıkarmak için dünyayı bir imtihan yeri olarak yarattı ve her bir ruhu ayrı bir bedene yerleştirerek, onları belli zaman aralıklarıyla şu imtihan meydanına gönderdi. İşte insan daha önce sonsuzluğu tattığı için kim uyanık vicdanına sorsa "Ebed! Ebed!" çığlıklarını işitecektir. İşte bu çığlıkların dineceği tek yer cennettir.

Yumruk kadar midenin açlık duasını işitip ona mukabil kâinatı sofra olarak yaratan Allah(c.c.), imanın merkezi olan kalbin "Ebed! Ebed!" çığlıklarına karşılık cenneti yaratmaz olur mu hiç? Bir Zat düşünün ki sineğin sesini işitecek ama gök gürültüsünü işitmeyecek. Sineğin vızıltısı hükmündeki midenin sesini işiten Allah(c.c.) kalbin çığlıklarını da elbette duyacaktır. Cesedimin ihtiyacı için kâinatı önüme seren Allah(c.c.) ruhumu ebedî cehennemde hapsetmeyecektir.

Bu Dünyadan Nasıl Lezzet Alınır?

Ebed için yaratılmış bir insan dünyada da lezzet alabilir mi? Yoksa biz bu dünyadan hiç mi lezzet almayacağız? İnsan elbette ki bu dünyadan lezzet alabilir ve bunun iki yolu vardır. Bu yollardan biri fıtratın gereğini yapmak, diğeri ise Allah'ın(c.c.) esmalarına ayinedarlık etmektir.

Kuşun fıtratının gereği uçmak, balığın fıtratının gereği yüzmek, atınki ise koşmaktır. Biz kuşu altın kafese de koysak orada mutlu olmayacaktır. Çünkü kuş uçmaktan lezzet alır. Balığı Şanlıurfa'nın gölünden çıkarıp kebap yedirmeye de götürsek bundan memnun olmayacaktır. Çünkü balığın aldığı lezzet suda yüzmektir. Ata elmastan ahır da yapsak at bundan lezzet almayacaktır. Çünkü atın lezzet aldığı şey fıtratının gereği olan koşmaktır. Mahlukatın en büyük zevki yaratılış vazifelerinin içindedir. Vazifesi gereği eşeğin bile yük taşırken aldığı bir lezzet vardır. Çünkü yük taşıyarak o da fıtratının gereğini yapmış olur. Kâinattaki her mahlukat gibi insan da ancak fıtratının gereğini yaptığında mutlu olabilir. İnsan bu dünyadaki asli vazifesi olan "Ne için yaratıldım? Allah benden ne istiyor?" sorusuna cevap bulamazsa gerçek mutluluğu yakalayamayacaktır. Çünkü insanın fıtratının gereği evvela Rabb'ini tanımak, O'nun(c.c.) rızasını kazanma yollarını bilmek, o yollarda mücadeleye girişmek, Allah'ın(c.c.) davasında bir sorumluluk almak ve üzerine düşen vazifeleri hakkıyla yerine getirmektir.

İnsan fıtratının gereğini yerine getirdiğinde lezzet aldığı gibi Allah'ın(c.c.) esmalarına ayinedarlık ettiğinde de en büyük lezzeti alır.

Bizler lezzeti; tantuni yediğimiz zaman dil, parfüm sıktığımız zaman burun, Kur'an dinlediğimiz zaman kulak, İstanbul Boğazı'na nazır villada çay içerken göz cihazatımızla alırız. Peki tövbe ettikten sonra aldığımız lezzeti hangi cihazatımız ile alırız? Dille mi, kulakla mı, elle mi? Madem bunların hiçbiri tövbe ettikten sonra aldığımız lezzeti almamızı sağlayamaz o zaman bizim içimizde Allah'ın(c.c.) Kuddûs isminden lezzet alan başka bir cihaz var demektir. Bizler tövbe ettiğimizde Zat-ı Pak olan Kuddûs esmasına ayinedarlık ediyoruz ve içimizde ona ayinedarlık eden makine çalıştığı an lezzet alıyoruz.

İnsan adaleti tesis ettiğinde içinde İsm-i Adl'a ayinedarlık eden cihaz çalışıp lezzet aldığı gibi, hikmetli bir iş yaptığında da ismi Hakîm'e ayinedarlık eden cihazı çalışıyor ve bu sefer de ondan bir lezzet alıyor. İnsanın içinde Allah'ın(c.c.) esmalarına ayinedarlık eden cihazların her biri tıpkı bedenin azaları olan kulak, burun, göz gibi insana lezzet veriyor. Çoğu zaman almaktan lezzet alınır ama insan bazen de vermekten lezzet alıyor. Çünkü cömert insanların içinde Allah'ın(c.c.) Cevvâd ve Cûd ismine ayinedarlık eden cihazlar bulunuyor.

Normalde insanın yediği, içtiği şeylerden hayvanlar da kendi çapında lezzet alabiliyor ama esmaya ayinedarlıktaki lezzeti yalnızca insan alıyor. İşte bu lezzet insanı hayvandan ayırıyor.

Neden Bu Lezzetin Farkında Değiliz?

Bir gün kapının önüne çıksak ve herkesin bir yöne koştuğunu görsek biz de onlarla beraber koşarız. Yolda bile "Nereye gidiyoruz?" diye sormayız. Bir ara mola verdiğimizde yanımızdakilere: "Biz niye koşuyoruz?" diye sorsak emin olun çoğu nereye ve ne için koştuğunu bilmez. "Önümdekiler koşuyordu ben de koştum." der. İşte bu kalabalık psikolojisi bizde doğar doğmaz başlıyor. Bizden öncekiler "Okul, üniversite, kariyer, iş, evlilik, çocuk." diye bir silsilenin içinde bunları zaruri bilip koşturmuş biz de onlara uymaya çalışıyor ve kendimizi aynı yarışa dahil ediyoruz. Asli vazifemiz olan yaratılış gayemizi bir köşeye atıp bitmeyen tutku ve arzuların peşinden koşuyoruz. Bir gün emri hak vaki olup kabre girdiğimizde, Münker ve Nekir karşımıza gelip: "Allah seni dünyaya Kendisini bulman ve O'na(c.c.) ibadet etmen için göndermişti. Sen niye dünyadakiler gibi fâni şeylerin peşinde koşturdun?" diye sorsa; "Bilmiyorum ki! Arkadaşlarım, anne babam, çevremdeki herkes koşturuyordu, ben de onlara uydum koşturdum." diye cevap vereceğiz herhâlde. Lakin bilmeliyiz ki "İşler bildiğin gibi değil. Çok yoğunum. Evin durumu hiç müsait değil. İlk müsait zamanda ben de geleceğim. Eşim sorun yapıyor." gibi bahanelerle ancak dünyada birbirimizi kandırabiliriz. Münker ve Nekir kabirde bu bahanelere kanmayacaktır. Onun için bizlerin kabre girmeden önce kalabalık psikolojisinden sıyrılıp Allah(c.c.) ile birebir alakamız ve intisabımız olduğunu anlamamız şarttır. Bizim anadan, atadan, yardan, işten, makamdan önce Allah(c.c.) ile bire bir öz sorumluluğumuz bulunmaktadır. Eğer bizler bu öz sorumluluğumuzu anlayıp ona göre davranmazsak dünyada aradığımız şey cennet olsa da bulduğumuz şey cehennemden başka bir şey olmayacaktır.

Bizler birinci sırada Allah(c.c.) ile ilişkimizi düzeltmezsek, Resûlullah'ın(s.a.v.) mesajı bile bize çare olmayacaktır ki zamanında Ebû Cehil'e olmamıştır. Efendimiz'in(s.a.v.) sözü ona tesir etmediğinden o küfür üzere ölmüştür. O yüzden bizler bütün dertlerimizi, ilgimizi, konsantremizi Allah'ı(c.c.) razı etmeye odaklayıp tevhide ulaşmak zorundayız. Zira Resûlullah(s.a.v.) şöyle buyuruyor: "Her kim dertleri terk bir dert yaparsa Allah onun, dünya ve ahiret işlerinden dert ettiği her şeye kâfi gelir. Her kim de dertlerini çoğaltırsa Allah-u Teâla onun, dünya vadilerinden hangi vadide helak olduğuna aldırmaz." (Beyhakî)

Allah(c.c.) bizim dert olarak gördüğümüz elektrik, su, doğalgaz faturasını, çocukların masraflarını, evin erzak parasını, sağlığımızdaki bozuklukları, aile imtihanlarımızı boşuna yaratmıyor. Aslında tüm bunlar ahiret imtihanımızın dışında değil bizzat içinde olan dertlerdir. Ama biz tüm bunları ahiretimizden ayrı düşünüyor ve "Dünyalıkları bir halledeyim sonra da ahiretim için çabalayacağım." diyoruz. Sonra da hırsla sarıldığımız dükkânlarımızdan çıkmıyor, ulaştığımızda bizi tatmin etmeyecek hedeflerin peşinde koşmaya devam ediyoruz. Hâlbuki bizim öz sorumluluğumuz Allah'a(c.c.) karşıdır. Bu dünyadaki eksikler bu dünyanın bitmesi ile elbet biter ama öz sorumluluğumuz olan Allah'ı(c.c.) tanıma ve bilme bu dünyada yerine getirilmezse sonsuzlukla olan hesabımız hiçbir zaman bitmez. Bu yüzden Allah(c.c.), tek ve esas derdimizi her daim kendisi yapsın ve bize yerken, içerken, dükkânlarımızda otururken, sokakta iki adım yürürken bile yalnızca kendisini düşündürsün inşallah. Amin...

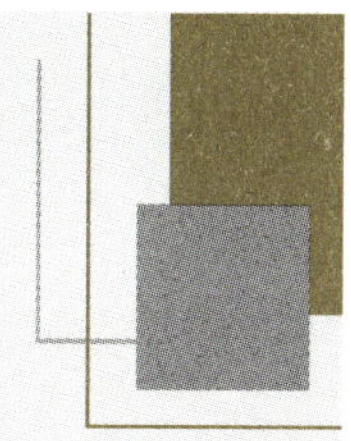

ANI YAŞA
CARPE DİEM

Sevgi yüzyıllar boyu tüm insanlar için hep bir imtihan sebebi olmuştur. Kimi çok sevdiği için kimi sevip de sevgisine karşılık bulamadığı için heder olup durmuştur. Her kalbin kendi takatine göre derdi olmuştur. Hâlbuki bize verilen kalp kederler içinde kalalım diye verilmemiştir. Kalp ne hüznün ne de elemin yeri değildir. Kalp ayine-i Samed'dir. Kendisinin hiçbir şeye ihtiyacı olmayıp her şeyin kendisine muhtaç olduğu Cenab-ı Hakk'ın tecelli ettiği aynadır. Onun için kalp öyle birisine muhtaçtır ki, O(c.c.) başka hiçbir şeye muhtaç değildir ve olmamalıdır. Eğer sen sadece sonsuz ile tatmin olabilecek kalbine, gayr-i meşru ve haram muhabbetleri koyarsan işte o zaman kalbin çürümeye mahkumdur. Çünkü Allah Azze ve Celle kalbi kendisine ibadet edilmesi için hususi bir yer olarak ayırmıştır.

Onun için kalbe giren haramlar Allah'ın(c.c.) o kalbi terk etmesine sebep olur. Allah(c.c.) kendisiyle beraber başkasını o kalpte istemez. Eğer o kalpte başka mahbublara, sevgililere yer verilirse Allah(c.c.) darılır ve o kalbi terk eder.

Allah(c.c.) kalpte kendisinden başka sevmelere yer verilmesine neden izin vermiyor, daha iyi anlamamız için bu hâlin numunesini bize de vermiştir. İnsan, sevdiğiyle hayatını birleştirmeye karar verse ve o kişi kendisine "Benim kalbimde başkasına da muhabbet var." dese, böyle bir muhabbeti asla kabul etmez. "O kalp sadece benimdi. Madem o kalbe başka muhabbet koydun, ben de o kalbi terk ediyorum." der. İşte sen refika-i hayatın olarak gördüğün insanın böyle bir muhabbetini kabul etmeyip neden o kalbi terk ediyorsan, Allah(c.c.) da aynı sebepten şirke medar muhabbetler giren senin kalbini terk ediyor. Bugün hapishanelere baktığımızda çoğunun oraya düşme sebebini genç yaşlarda işlenen haram sevmeler oluşturuyor. Allah(c.c.) kendisine tahsis ettiği kalbe putlaşmış sevgileri koyana rahat vermiyor. "Sen misin Rabb'inin(c.c.) huzurunda başkasından huzur bekleyen? Sen misin o kalbe çöplük gibi tüm sevgileri dolduran?" diyor ve dünyayı o kulunun burnundan fitil fitil getiriyor. Kimden sevgi bekliyorsan, onun eliyle seni tokatlıyor.

Sevme kabiliyeti sonsuz ise sevilecek olan da sonsuz olmalıdır. Allah(c.c.) sonsuz sevme kabiliyetini bize sonlu şeyleri sevelim diye vermemiştir. Ama biz sevgimizi yanlış kullandığımızdan hayatta en çok yarayı hep en sevdiklerimizden almışızdır. Çünkü biz sevmeyi bilmiyoruz. Sevdiğimiz şeyleri haşa Allah'ı(c.c.) sever gibi seviyoruz. Fânilere baki muhabbet tevcih ediyoruz. Muhabbette şirke düşüp muhabbet müşriği oluyoruz. Böyle olunca da küçük bir ayrılık bile kalbimizde büyük yaralar açıyor. Sağlığın elden gittiğinde, arabanla kaza yaptığında, saçların döküldüğünde bile günlerce üzülüyorsun. Hâlbuki tüm bunlar fâni olduğu için zaten senden gidecekti. Ne oldu da zaten gidecek olan bir şey gidişiyle sana bu kadar azap verdi? Çünkü senin kalbinde sonsuz bir sevme kabiliyeti vardı. Sen onunla neyi, nasıl seveceğini bilemedin. Onlara gereğinden çok değer verdiğin için bedenindeki hastalığa, arabandaki çiziğe, telefonundaki kırığa takıldın. Kalbin ayrılık zamanı geldiğinde feryat etti ve küçücük bir sorun dahi sende büyük bir azaba dönüşmeye başladı.

Ölüm Korkusunun Altında Yatan Sebep

Bizlerde olan ölüm korkusunun altında yatan sebep, sevdiklerimizden ayrılacak olmamızdır. Yoksa biz daha önce ölümü tatmadık ki neden korkalım? Demek biz ölümden değil ayrılıktan korkuyoruz. Çünkü ölümün neticesi olan ayrılığın azabını biliyoruz. Onun için de ölüm bize korkunç bir şeymiş gibi geliyor. Bir zat bir fıkrasında **"Eğer dostlardan mufarakat (ayrılık) olmasaydı, ölüm ruhlarımıza yol bulamazdı ki gelsin, alsın."** demiştir. Demek, en ziyade insanı öldüren, ahbaplarından ayrılıktır. Hiçbir şey insanı o vaziyet kadar yandırmamış, ağlatmamıştır. Bizler muhabbetimizi dünyaya sevk ettiğimizden ayrılıklar, aldanışlar, dünyanın geçici dertleri üst üste üzerimize binmiş ve her biri bize dert olarak dönmüştür. Hâlbuki bizler muhabbetimizi yalnız Allah'a(c.c.) tevcih edebilsek ve "Ya Rab! Sen bâkisin. Giden gitsin, Sen yetersin." diyebilsek işte o zaman Allah'ın(c.c.) bakiliği yaralarımıza merhem olarak sürülecektir. Biz Allah(c.c.) için vazgeçtikçe Allah(c.c.) bizden vazgeçmeyecektir.

Risale-i Nur'lardaki Üçüncü Lem'a risalesi bizi muhabbet müşriği olmaktan kurtaracak bir eserdir. Çünkü tefsir iki kısımdır. Biri, ayetin ibaresini ve lâfzını tefsir eder; biri de, ayetin mana ve hakikatlerini izah ile ispat eder. Risale-i Nur bu ikinci kısma girer ve bu eserlerin tamamı imanı kuvvetlendirir.

Ben bu eserleri ilk okumaya başladığım zamanlar Üçüncü Lem'a olan "Ya Bâki entel Bâki!" meselesinin iman tefsirinde neden yer aldığını anlamamıştım. Ama muhabbetin kalplerde adeta bir puta dönüştüğü günümüzde artık daha iyi anlıyorum ki bu ders inşallah bizleri muhabbet müşriği olmaktan kurtaracak ve kalbimizde yer verdiğimiz putları bir bir kırmaya bir vesile olacaktır.

> **LEM'ALAR / 3.LEM'A**
>
> ÜÇÜNCÜ NÜKTE
>
> Şu dünyada zamanın fenâ ve zevâl-i eşyadaki tesiratı gayet muhteliftir. Ve mevcudat ise, mütedahil daireler gibi birbiri içinde iken, hükümleri zeval noktasında ayrı ayrı oluyor.
>
> Nasıl ki saatin saniyelerini sayan dairesi, dakikayı ve saati ve günleri sayan daireleri zâhiren birbirine benzer, fakat sür'atte birbirine muhaliftir. Öyle de, insandaki cisim, nefis, kalb, ruh daireleri öyle mütefavittir.

Zaman çeşitli ve görecelidir. Zamanın göreceliği eşyaya ve cisme göre değişmektedir. Mesela aynı saatin içerisinde akrep, yelkovan ve saniye göstergesi bulunmaktadır. Bunlar aynı zaman diliminde farklı hareketler yapmaktadırlar. Akrep bir birim hareket edene kadar yelkovan 60, saniye göstergesi ise 3600 birim hareket etmektedir. Geçen zaman aynı olsa da hareketleri birbirlerinden farklıdır. Çünkü zamanın eşyaya tesiri farklıdır. Aynen öyle de cisim, nefis, kalp ve ruh hepsi aynı hayatta yaşar ama hızları ve istifadeleri birbirinden farklıdır.

Cisim maddidir ve maddî kayıtlara mahkûmdur. Maddî kayıtlar açısından bakıldığında maddeye hükmeden ve kısıtlayan iki ana unsur vardır. Birisi zaman, diğeri mekândır.

Maddi âlemdeki zaman çok dar ve sınırlıdır. Cismin zamanla ilişkisine baktığımızda cisim sadece anı yaşar. "Carpe

> Sizden biri Allah için bir şeyi terk ederse Allah, ondan daha hayırlısını, hiç ummadığı yerden nasip eder.

diem! - Anı yaşa!" diye savunulan görüş cisme bakar ve hayvani bir özelliktir. Bu mertebede insan elinde tuttuğu bir bardak çaydan tatmadığı müddetçe lezzet alamaz. Onun o çaydan lezzet alabilmesinin tek yolu ağzı ile temas etmesi, o çayı içmesidir. Daha önce hiç rast gelmediğimiz bir çiçeğin Almanya'da var olması bize lezzet veremez. Bizim o çiçeğin kokusundan lezzet alabilmemiz için kokunun burnumuzla temas etmesi gerekir. Ya da duymadığımız bir müzikten lezzet alamayız. Bizim o müzikten lezzet alabilmemizin şartı kulağımızla temas etmesidir.

İnsan mekân açısından da sınırlıdır. Cisim olarak insan ancak bir yerde bulunabilir. Aynı anda farklı yerlerde bulunması imkânsızdır. Beden maddî olduğu için onun etki sahası sadece bulunduğu an ve mekândır. Ne geçmişe gidebilir ne de geleceğe hükmedebilir. Nefis de cisim ile aynı özelliğe sahiptir.

Kalbin hayat mertebesinde lezzet alabilmek için ise anı yaşamak şart değildir. Kalp mertebesi uçakla yukarıdan bakmak gibidir ve nazar dairesi daha geniştir. Zamana hakimiyet fazladır. İnsan geçen ay yaşadığı bir tecrübeyi kalbinde tüm tazeliği ile saklayabilir. Üç ay önce ilk kez deneyimlediği vapur turundan aldığı lezzeti, aklına her geldiğinde aynıyla tekrar alabilir. Çünkü kalbin zaman noktasındaki genişliği cisimden ve nefisten fazladır.

Ruhun zaman noktasındaki genişliği ise kalpten daha fazladır. Ruh yıllar öncesinin lezzet ve elemini, yıllar sonrasının ise manasını hissedebilir. Bir insan yirmi yıl önce dedesiyle köyde yaşadığı anılar aklına geldiğinde, aynı heyecan ve kahkahalar ile onu arkadaşlarına anlatabilir. Evladının ilk anne baba deyişini hatırlayıp o günkü lezzeti yıllar sonra tekrar alabilir. Çünkü cismin ve ruhun zamanı aynı değildir. Ruhun cevelan sahası, ruhtaki zaman seli cismin çok üstündedir. Ruh yıllar önce ve sonraya nüfuz edebilir.

Bizler saatin içindeki akrebe cismi(nefsi), yelkovana kalbi, saniye göstergesine de ruhu bindirsek her birinin bir saat içinde gördüğü şeyler birbirinden farklı olur. Saniyeye binenin gördüğünü, akrebe binen yüz yıl geçse göremez. Cisim daracık bir anı görürken ruh dünyayı defalarca gezer, dolaşır, temaşa eder. Demek ki cismin bir saatte aldığı lezzete karşılık ruh, aynı süreye dünyaları sığdırabilecek kadar fazla lezzet alabilir. İkisi arasında ciddi bir lezzet farkı vardır.

Cismin zamanında sürekli lezzet almak mümkün değildir. Cismin zamanı için yarın yoktur. Cisim sadece andan lezzet aldığı için, dün içtiği çay bugün cisme tat vermez. Cisim anlık düşünerek "Bana aynı lezzeti tekrar ver." diye ısrarla, her gün ve her an yeni haz ister. Yani cisim(nefis) asla doymaz. Tantuni yemeyi mi sevdi? Arkadaşlarla gittiğiniz bir kafeyi mi beğendi? Sevdiği ne varsa hepsinin tekrar tekrar verilmesini ister. Tabi bir süre sonra bu tekrarlar da onu tatmin etmez, nefis ondan da usanır. Hep aynı lezzetleri aldığında "Tantuni ve köpüklü ayran bana lezzet vermiyor." demeye başlar. Dünkü tattığı lezzet, nefis için bugün bir şey ifade etmez. Anlık lezzeti doruklarda yaşamak isteyeceğinden artık helal-haram onun için önemini kaybeder. Bu yüzden anlık alabileceği en yüksek menhus lezzet ne ise onu ister. İçki mi, kimyasal maddeler mi, haram aşk mı her neyden fazla lezzet alıyorsa onu arzular. Anlık lezzetin dozunu ancak bu şekilde arttırabilir. Mesela uyuşturucu kullanmaya başlayan bir insan önce düşük dozlarda başlar. Ama bir süre sonra kullandığı maddenin dozu bedenine yani cismine yetmemeye başlar. Anlık lezzet kendisine yetmeyince cisim daha fazlasını ister ve işin sonu "Altın vuruş" denilen ölüm ile neticelenir. Çünkü bir insan cismin ve nefsin hayat mertebesinde yaşarsa, onların tek aldığı lezzet sadece o anda olduğundan aklına artık hangi haram geliyorsa onunla o lezzeti arttırma yoluna gitmek isteyecektir. Daha fazla isteye isteye artık o haramın bile belli bir dozu onu kesmeyecektir. "Daha fazla, daha fazla!" derken, artık işin sonu hiç istenmeyen şekilde neticelenecektir. Çünkü bu, cismin ve nefsin lezzet cihetinde doymama özelliğidir.

Cismin ve nefsin hayat mertebesinde durum böyleyken kalbin ve ruhun hayat mertebesinde tam aksi istikamettedir. İnsan kalbin ve ruhun zamanında yaşarsa zaman onun için lezzet-i zaman hâline döner. Kişinin bedeni dostlarıyla buluşacağı kahvaltıya gitmeden lezzet alamaz ama ruhu orada edilecek muhabbetten daha gitmeden lezzet alabilir. Bu hâl, insanın mahiyetindeki istidadın fiile dönmesiyle olur. Ruhun cevelan sahası çok geniş olduğundan daha o mekâna gitmeden ve o ânı yaşamadan lezzet alır.

Bu devirde insanın eve kapanıp bütün cismani lezzetlerden vazgeçmesi, haram sevdalardan uzaklaşması mümkün değildir. Bizler nefsimizi hapsederek bu mücadeleyi kazanamayız. Zira her birimiz sosyal hayatta yaşayan insanlarız. Her birimizin farklı farklı hayatları var. Kimimiz devlet memuruyuz, kimimiz özel sektörde çalışıyoruz, kimimiz ticaretle uğraşıyoruz. Madem bizlerin nefsini "Hadi eve kapan ve bütün cismani lezzetlerden vazgeç." diye ikna etmesi mümkün değildir. O hâlde ruhumuza öyle bir lezzet tattırmalıyız ki aldığımız o derin lezzet neticesinde cismani lezzetleri zaman kaybı olduğunu düşünecek kadar basit, küçük ve değersiz görebilelim. Çünkü ancak ruhun ve kalbin aldığı lezzet, bizi bütün dünyadan vazgeçirebilecek bir lezzet çeşididir. Bizler o mertebeye çıkabilirsek eğer, cennete gitmeden cennetin varlığından lezzet alabileceğiz. Musibetlere maruz kaldığımız ve kimsenin bizi anlamadığı zamanlarda kalbimizi Resûlullah'a(s.a.v.) kavuşma ümidi ile ferahlatabileceğiz. Zira ruhumuzun cevelan sahası o kadar geniştir ki 1400 yıl öncesine gidip, Mekke döneminde yaşanan hadiseleri temaşa edip, Hâlid bin Velîd(r.a.), Mus'ab bin Umeyr(r.a.), Esad bin Zürâre(r.a.), Zeyd bin Hârise(r.a.) gibi sahabelere bakarak onların hakiki dostluğundan lezzet alarak "Sizin çektiğiniz dertler yanında benimki de dert mi? İnşallah ben de size yoldaş olacağım. Cennette beni de bekleyin." diyebiliriz. İşte bu durum, ruhun hayat mertebesinde olur. Görmediği insanlar kendisine, gördüğü insanlardan çok daha âlâ bir lezzet verebilir. Onun için bu asırda birilerine "Bunu yapma! Şu haramlara girme!" demek söz konusu ve mümkün değildir. Madem öyle bizim önce kendi nefsimize sonra da diğer insanların nefislerine kalbin ve ruhun öyle bir lezzetini tattırması icap eder ki o insan dönüp bir daha cismani lezzetlere tenezzül etmesin.

> Meselâ, cismin bekàsı, hayatı, vücudu, bulunduğu bir gün, belki bir saat olduğu ve mazi ve müstakbeli mâdum ve meyyit bulunduğu hâlde, kalbin hazır günden çok gün evvel, çok gün sonraki zamana kadar daire-i vücudu ve hayatı geniştir. Ruhun hazır günden seneler evvel ve seneler sonraki bir daire-i azîme, daire-i hayatına ve vücuduna dahildir.

İnsan cisim açısından maddî âlemde bir "an" içinde hapsolmuştur. Cisim için geçmiş ve gelecek ölü ve yok hükmündedir. Cismen ahiretteki cenneti tatmanız için içine girmeniz gerekir. Ama ruhen böyle bir gereklilik yoktur. O cennetin varlığını bilmek bizi rahatlatır. Çünkü ruhun cevelan sahası çok geniştir. Göz çelik kapının ardını göremezken, kulak kapının arkasından gelen sesi duyabilir. Göz güneşi görürken dokunma hissi hiçbir zaman güneşe ulaşamaz. Ama ruh muranî bir latif olduğu için tesir sahası çok geniştir. Geçmişe gidip hüzünlenebildiği gibi, geleceğe de varıp endişelenebilir. Ruhun hayat mertebesinde zamanın kısıtlamaları ortadan kalkar ve bir anda bedendeki milyarlarca hücreyi, bütün organları ve duyguları idare eder. Bir iş bir işine engel olmaz. Mesela insanın cismi hapiste iken, ruhu dışarıda rahatlıkla dolaşabilir. Cisme konulan sınırlandırma ruha konulamaz. Bu yüzden insandaki ruhun latif olmasından dolayı cisme nispeten dairesi çok geniş ve kayıtları azdır. Cisim geçmiş ve geleceği hissedemez ama ruh geçmiş ve geleceğe gidip oralarla irtibata geçebilir.

Hayat Mertebeleri

Bizler cisim, nefis, kalp ve ruh dairelerine sahip dört katlı bir binada yaşıyoruz. Bu binanın birinci katı müştemilattır, penceresi bile yoktur. İşte burası cismin hayatıdır. Cismin bu hayatına nebati yani bitkisel hayat da denir. Binanın ikinci katında ise sadece pencereler vardır. Orası da nefis hayatıdır. Bu kısma hayvani hayat da denir. Üçüncü katta ek olarak balkon da vardır. Orası kalbin hayatıdır. Bu kısmın diğer adı ise insani hayattır. En son dördüncü katta ise teras bile vardır. Orası da ruhun hayatıdır. Bu kısma meleki hayat da denir.

Eğer insan dört katlı bu binanın penceresi bile olmayan birinci katında yaşarsa, dört duvar arasında dolanır durur. Dördüncü katında yaşarsa bahçenin, güneşin güzelliğini görür. Orada bütün şehir ayakları altındadır, öyle güzel bir manzarası vardır. İşte dördüncü kattaki kişi güneşi, yeşilliği, denizi, ayı, yıldızları görüp hanımeli ve limon ağaçlarından kokular alıp gül bahçelerinin güzelliğinden mest olarak "Şu manzaradan aldığım lezzet hiçbir şeyde yok." dese de birinci kattaki kişi "Ben de aynı yere bakıyorum ama bir şey göremiyorum, anlattığın hakikatlerin hiçbirisi yok, bunlar hayal." der. Birinci kattaki kişi depoda dolanıp durduğundan dördüncü kattaki kişinin gördüğünü göremez. Çünkü cismani hayattan bir türlü kurtulamamıştır.

Aynen öyle de imanı ve imanın içindeki lezzeti tatmış bir insan aldığı lezzeti "İmanın getirdiği muhabbet, uhuvvet, dostluk hiçbir yerde yok. Saatlerce Kur'an okumanın, namaz kılmanın, Allah yolunda dostlarla beraber mücadele etmenin, gecelerini gayen için bölüp dua etmenin verdiği lezzet dünya saltanatından değerli. Bu lezzet başka hiçbir şeyde yok." diye anlattığında, o lezzeti hiç tatmamış ehl-i dünya birisi onun anlattıklarını anlamaz ve "İnsan gezip, eğlenmeden bu hayattan nasıl lezzet alır. Sizin bu söyledikleriniz bu dünyada nerede var? Saçmalamayın bunların hepsi bir hayal!" der. Çünkü ehl-i iman dördüncü katın teras manzarasını anlatır diğer kişi ise birinci kattaki depoda dolanır durur. En üst kattakinin bir saniyede gördüğünü birinci kattaki kişi bir günde göremez. Zaman aynı olsa da eşyaya tesiri farklıdır. En üstteki kişi için bir saniye dünyaları kapsarken, en alttaki kişi yıllar da geçse o lezzeti alamaz.

Peki, bizler hayata kaçıncı kattan bakıyoruz, biraz da ondan bahsedelim. Bir insan eğer sürekli yemek ile dilini, manzara ile gözünü, yatak ile vücudunu meşgul ediyor ve ruhu daima cesediyle ilgilenmek zorunda kalıyorsa, o insan birinci katta yaşıyor demektir.

Çünkü cisim acıkıyor ve "Ben birazdan bu yemeği

yiyeceğim ama vücudumun bu işi yapabilmesi ve lezzet alabilmesi için ruha ihtiyacı var." diyor. Yemeği yiyebilmek için zile basıyor "Aşağı in. Yemek yiyeceğim." diyerek dördüncü kattaki ruhu çağırıyor. Yemeği yedikten sonra "Ya biraz gezsem fena olmayacak." diyor ve Allah(c.c.) ile alakası olmayan, malayani bir gezi istiyor. Yine zile basıyor, ruha "Aşağı in çünkü benim gezip bir yerleri görmem lazım." diyor. Cisim her seferinde ruha ihtiyaç duyuyor. Çünkü asıl gören göz değil, ruhtur. Göz sadece penceredir. Asıl duyan kulak değil, ruhtur. Kulak ona açılan bir penceredir. Cisim daha sonra dinlenmek istiyor ve "Benim uyumam lazım, bugün on saat dinleneceğim." diyor. Sonra da "Beni uyut." diye yine ruhun ziline basıyor. Cisim sürekli yemek, gezmek, uyumak, kafeye gitmek için, haram sevdayla buluşmak, içki içmek, aradığı tüm gayr-ı meşru lezzetleri elde edebilmek için dördüncü kattaki ruhun ziline bastıkça ruh en son dayanamıyor ve "Yeter artık, ben sürekli birinci kata inip çıkacağıma, en iyisi bavullarımı alıp birinci kata taşınayım." diyor. Neticede ise insan hayvani hayat mertebesinde yaşıyor ve tek zevki yemek, içmek, gezmek, eğlenmek oluyor. Böylece artık o insanın ruhtan alabileceği hiçbir lezzet kalmıyor.

İnsan nereyi ikaz ederse oranın katında yaşar. Eğer siz sürekli ruhu ikaz eder, Kur'an'la, oruçla, namazla, tefekkürle, ruha hitap eden şeylerle ilgilenirseniz bu sefer cesediniz daima ruhla ilgilenmek zorunda kalır ve siz dördüncü katta yaşamaya başlarsınız. Çünkü ruh Allah(c.c.) ile buluşmaya acıkır, namaz için birinci kattaki cismin ziline basar ve "Hadi oyalanma! Allah ile buluşmaya gideceğim." der. Cisim biraz nazlansa da gider ve o namazı kılar. Daha sonra ruh tekrar birinci katın ziline basar ve "Namaz bitti ama tesbihat var. Allah'a şükretmeden, Resûlullah'a salavat getirmeden olmaz." der. Cisim tekrar dördüncü kata çıkar. Ruh ramazan ayında oruç için, her gece teheccüd namazı için, düzenli Kur'an okumak için, Allah'ın(c.c.) anlatıldığı meclislere gidip Efendimiz'e(s.a.v.) benzemek adına orada hizmet etmek için, sahabelerin ayak izlerini takip edip dini ihya etmek için sürekli cismin ziline basınca bu sefer cisim inip çıkmaktan usanır ve "Ben sürekli dördüncü kata inip çıkacağıma en iyisi bavullarımı alıp dördüncü kata taşınayım." der. Çünkü insan hangi katı ikaz ederse o katın hayat mertebesinde yaşar.

Üstad Bediüzzaman Said Nursî Hazretleri Risale-i Nur'larda bu konu ile ilgili; **"Şimdi ne kadar kalb ikaz edilirse, vicdan tahrik edilse, ruha ihsas verilse, lezzet ziyade olur."** buyuruyor. Yani bizler kalbimizi iman dersleri ile, namazla, şefkat etmekle, adaletli davranmakla, gıybet etmemekle, sahabeler gibi insanların imanına koşmakla ne kadar uyarabilirsek lezzetimiz o kadar artacaktır.

Kâinatta en büyük belâ ve musibete hep peygamberler düçar olmuşlardır. Fakat bütün bu belâ ve musibetler onları davalarını anlatmaktan alıkoyamamış, aksine onlar sabır ve sebatla Allah'ın(c.c.) emirlerini tebliğde berdevam olmuşlardır. Efendimiz'in(s.a.v.) ulvi vazifesini yüklendikten sonraki bütün hayatı dini tebliğ ile geçmiştir. O kapı kapı dolaşmış ve imanı, İslam'ı kendilerine tebliğde bulunabileceği gönüller aramıştır. Karşı cephenin taşkınlıkları öncelikle ilgisizlik ve boykot şeklinde olup daha sonra alay etme ile devam etmiştir. Sonrasında ise bu durum işkencenin her çeşidiyle sürüp gitmiştir. Geçeceği yollara dikenler serpilmiş, namaz kılarken başına işkembe konulmuş ve kendisine her türlü hakaret reva görülmüştür. Ne var ki, Allah Resûlü(s.a.v.) bunların hiçbiriyle yılmamış ve usanmamıştır. Çünkü üst katlarda yaşayan bir insanı alt katlarda olan olaylar etkileyemez, amacından ve gayesinden döndüremez.

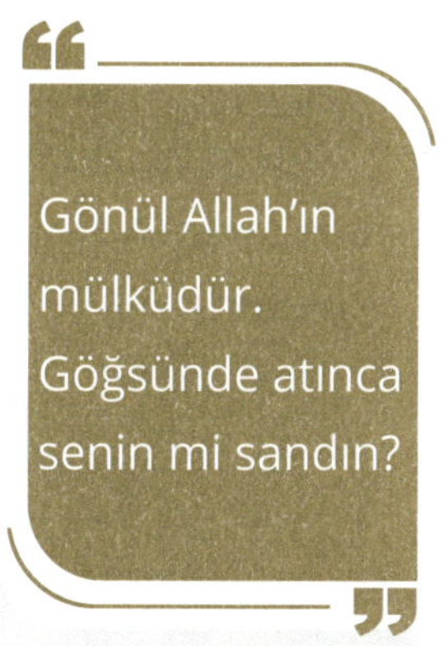

Resûlullah(s.a.v.) gibi onun yolundan giden Üstad Bediüzzaman Said Nursî Hazretleri de çok sıkıntılar çekti. Onun cismini zindana attılar, 28 yıl sürgün sürgün gezdirdiler. Etmedikleri işkence kalmadı. On dokuz kez zehirlediler. Ama musibetler birinci katta onun cesedi ile meşgul olurken o dördüncü katta ruhun hayat mertebesinde yaşadığından cesedine ilişen şeylere zerre önem vermedi. Onu hiçbir şey imana hizmetinden geri koyamadı ve bizlerin bugün anlamakta dahi güçlük çektiğimiz o şaheserlerin birçoğu hapishanelerde neşredildi. Bizler Said Nursî Hazretlerinin yazdıklarına bakınca görüyoruz ki bunların hiçbirisi hapishane köşelerinde kıvranan bir insanın yazacağı meseleler değildir. Lakin kendisi birinci katta kalmadığından, cesedin hayat mertebesinde yaşamadığından başına gelenlerle ilgilenmedi. Öyle ki o yapılan zulümler için; **"Musibetlerin tenevvüü (çeşitliliği), musikinin nağmelerinin tenevvüü gibi bana geliyordu."** demiştir. Çünkü o dördüncü katta yaşarken zulmedenler birinci katın kapısını yumrukluyordu. Demek ki insan dördüncü katta yaşamaya başlayınca birinci katta yaşanan kavga onu etkilemiyor.

Bazen insanlar namazın lezzetini anlamıyorlar. "Namazın lezzeti ne gibidir? Tantunide bir lezzet var, künefede bir lezzet var? Namazda nasıl bir lezzet olabilir ki?" diye soruyorlar. Hiç tatmayan bir insana bu lezzeti nasıl anlatacaksın? Doğuştan görme engelli birisi "Gülün güzelliği neye benziyor?" dese ona bunu anlatabilir misin? O görmenin nasıl bir nimet olduğunu bilmiyor, gözünü hiç kullanmamış ki. Her insanda maddi organlar gibi manevi organlar dediğimiz latifeler mevcuttur. İnsan namazdan, duadan, iman hizmetinden lezzet almaya başladığı an ruhu dördüncü kattan aşağı inmek istemez ve o insan tarifi mümkün olmayan bir lezzet alır. Ama latifelerini hiç kullanmamış bir insana manevi güzellikleri anlatabilmenin imkânı yoktur.

Böyle bir insan bu hayata nasıl dayanır? Kalp kâinatın sahibi ile iletişime geçmeden dünyanın üç günlük oyuncakları ile nasıl avunur? Kâinatı yaratan kudret seni muhatap almışken sen dünyanın üç günlük geçici oyuncakları ile lezzet diye nasıl oyalanabilirsin ki! Esasında bir insanın namazın lezzetini bilmemesi kadar böyle geçici lezzetlerle avunması da çok şaşırtıcıdır.

Düşünsene ölene kadar yumruk kadar midenin lezzeti için mal, mülk biriktiriyorsun. Ondan da istediğin lezzeti tam alamıyorsun. Zira mide için bu kadar şey biriktirmek fazla gelir, onun lezzet sınırını aşar. Midenin lezzeti anlık olduğu için ancak içine alabildiği kadardır. Ama sen hırsla dünyaya sarılıyor ve lezzetini alamadığın şeyleri yine de biriktiriyorsun. Kendine ve sevdiğin her şeye sürekli yatırım yapıyorsun. Vücudunu sevdiğin için sağlıklı besleniyor midene yatırım yapıyorsun. Rahat edeyim diye ev, araba alıyor mala mülke yatırım yapıyorsun. Eşinle aranı iyi tutmak için onu gezmeye götürüyor, istediklerini alıyorsun. Çocuğunun gönlünü etmek için bir dediğini iki etmiyorsun. Her gün eve bir poşet abur cubur ile gidiyor, ona sevdiği oyuncakları alıyorsun. Aile şirketindeki hisseni korumak için anne babanın sözünden çıkmıyor, onlar ne derse sorgusuz sualsiz kabul ediyorsun. Bir yatırım da onlara yapıyorsun. Onlara bu kadar yatırım yaparken asıl yatırım yapman gereken ahireti unutuyor, namazını kılmıyorsun. Kur'an okumanı "Şu işimi de halledeyim sonra okurum." diye hep erteliyorsun. İşlerinin yoğun olduğuna kendini inandırıp Allah'ın[c.c.] davasında bir vazife almaktan kaçıyorsun. Sen dünyaya ve içindekilere yatırım yapmaya devam ederken bir gün Azrail Aleyhisselam geliyor ve ruhunu kabz ediyor. O an anlıyorsun ki asıl yatırım yapman gereken ruhuna hiç yatırım yapmamışsın. Senin tüm yatırımın dünyaya imiş ve onların her biri kabre kadarmış.

Şu an ahvalimiz bundan farksız değil ve gerçekten bir gün Azrail(a.s.) gelecek ve her şey dururken seni alıp götürecek. Yatırımların güvende kalacak ama seni yatıracaklar. Filmlerde bile son sahnede silahı çeken adam "Canın mı bütün servetin mi?" diye sorunca karşıdaki adam "Bütün servetimi, hatta üstümdeki ceketi de al ama canımı bağışla." diyor ve canını kurtarıyor. Ama Azrail(a.s.) geldiği zaman bu da bir çare olmayacak. Zira o biriktirdiğin her şeyi bırakacak ve seni alıp gidecek.

İnsanın dünya dertlerinden kurtularak yaşamasının tek çaresi dördüncü katta, ruhun hayat mertebesinde yaşamasıdır. Çünkü dertlerin her biri birinci kattadır. Eğer sen birinci katta yaşamaya devam edersen dünyanın bütün dertlerini çekeceksindir. Ama dördüncü kata çıkarsan dünyada senin için dert namına hiçbir şey kalmayacaktır.

> İşte bu istidada binaen, hayat-ı kalbî ve ruhîye medar olan marifet-i İlâhiye ve muhabbet-i Rabbâniye ve ubudiyet-i Sübhâniye ve marziyât-ı Rahmâniye cihetiyle, bu dünyadaki fâni ömür, bâki bir ömrü tazammun eder ve ebedî ve bâki bir ömrü intaç eder ve bâki ve lâyemut bir ömür hükmüne geçer.

Bediüzzaman Said Nursî Hazretleri, kalbin lezzeti için olmazsa olmaz dört unsurdan bahsetmiştir. Bunlardan ilki; insanın, marifet-i İlahiye dediğimiz, Allah'ı(c.c.) bütün esma, sıfat, isim ve şuunatıyla tanıması ve bilmesidir. İkincisi; muhabbet-i Rabbaniye dediğimiz, Allah'a(c.c.) iman ve marifet ile insanın kalbinde hâsıl olan sevgidir. Üçüncüsü; ubudiyet-i Sübhaniye dediğimiz, kulun bütün noksan sıfatlardan ve her türlü kusurdan münezzeh ve mukaddes olan Allah'a(c.c.) karşı kulluk vazifesini ifa etmesidir. Dördüncüsü ise marziyât-ı Rahmaniye yani insanın Allah'ın(c.c.) rızasına uygun olan işler yapmasıdır. Bunları iman, tevhid, ibadet, takva ve bütün şubeleriyle güzel ahlak şeklinde ifade edebiliriz. İnsan bu güzelliklerle donanmakla Allah'ın(c.c.) rızasını kazanır.

Bir insan ruhun hayat mertebesinden bakmaya alıştığında âlemi çok farklı görür. Cismin hayat mertebesinden bakan kişi orman görünce "Mangal yakalım." derken; ruhun hayat mertebesinden bakan kişi ise orman görünce "Ey yerlerin ve göklerin hâkimi, Sana sığınıyorum." diye dua eder. Orman aynı ormandır. İkisi de aynı yere bakarlar ama manzaraları farklıdır. Aynı şeyi görmezler. Birisi kâinat kitabının sayfasını okuyayım derken öteki, o sayfayı yakalım mangal yapalım derdindedir. Lezzet alabilmenin yolu, eşyanın arkasındaki esmayı okuyup marifet-i İlahi ufkuyla bakabilmek. Yediğin ette bile "Ya Rabb'i, bu eti veren Sen'sin." diyebilmektir. Yoksa senin pişirerek yediğin eti, ormanda pişirmeden yiyenler var. Demek ki burada alınması gereken lezzet etten değildir. Bizim bunlardan daha farklı bir lezzet almamız gerekir. İşte o lezzet dördüncü katta yani ruhun derece-i hayatındadır.

Müslümanın Bu Dünyada Cennet Lezzeti Alması

Bize bu zamana kadar bazı şeyleri hep yanlış öğrettiler. "Bu dünyada İslam uğruna biraz dişini sık, sabret, üzül, ağla sonra ahirette mutlu olacaksın." dediler. Hâlbuki Üstad Bediüzzaman öyle demiyor. Bu dünyadaki fâni ömrümüzün baki bir ömrü içinde barındırdığını, insanın dördüncü kata, ruhun hayat mertebesine çıktığı anda cennetin lezzetini daha bu dünyadayken duymaya başlayacağını söylüyor.

Merhum Zübeyir Gündüzalp ise: "Bizi cennetten çağırsalar gitmek istemezdik çünkü cennette iman hizmeti ve lezzeti yoktur." diyor. Ey merhum Zübeyir abi sen dünyada zahiren nice sıkıntılar çektin. Günden güne zayıfladın elli kilo kaldın. Kalbin delikti, hastalıklarından ötürü birçok ilaç kullandın. Nice zaman gözüne uyku girmedi. Ümmetin derdiyle yollar boyu yürüdün durdun. İnsanların içinde sürekli davana omuz verecek yoldaşlar aradın. Tüm bunlara rağmen neden cennetten çağırılsan gitmek istemezsin? Çünkü cennette bir insanın namaza başlamasına, tesettüre girmesine, Allah'ı(c.c.) tanıyıp marifetullah sırrına ermesine, içkiyi bırakmasına, zinadan kurtulmasına, haramlardan kaçmasına vesile olmanın lezzeti yok. Bu lezzetlerin her biri bu dünyada. Demek imana hizmetin içinde öyle derin bir lezzet var ki insan o lezzeti aldıktan sonra cennete bile gitmek istemiyor. Zira iman davası için değil parasını pulunu, nefsini nefesini dahi feda eden Hz. Ebû Bekir(r.a.) diyor ki: "Ya Rab! Vücudumu öyle büyüt ki cehennemde ehli imana yer kalmasın." Neden böyle diyor? Hâşâ cehennem çok tatlı olduğundan mı? Hayır! İman kurtarmanın içinde öyle bir lezzet var ki o lezzeti cehennem bile bastıramıyor.

> Evet, Bâkî-i Hakikînin muhabbet, marifet, rızası yolunda bir saniye, bir senedir. Eğer Onun yolunda olmazsa, bir sene bir saniyedir. Belki Onun yolunda bir saniye lâyemuttur, çok senelerdir. Ve dünya cihetinde ehl-i gafletin yüz senesi bir saniye hükmüne geçer. Meşhur böyle bir söz var ki, "Firâkın bir saniyesi bir sene kadar uzundur ve visâlin bir senesi bir saniye kadar kısadır." Ben bu fıkranın bütün bütün aksine

> diyorum ki: Visal, yani, Bâkî-i Zülcelâlin rızası dairesinde livechillâh bir saniye visal, değil yalnız böyle bir sene, belki daimî bir pencere-i visaldir. Gaflet ve dalâlet firâkı içinde değil bir sene, belki bin sene, bir saniye hükmündedir.

Zamanın kıymeti, keyfiyeti, göreceliliği yapılan işe göre değişir. Allah'ın(c.c.) rızasına uygun olmayan, gafletle ve günahlarla geçen, yüz sene, bir saniye hükmündedir. Zira küfür ve dalalet içinde geçen zaman ne kadar uzun da olsa bir gün bitip tükenecek ve günahlarını o kişinin boynuna yükleyecektir.

Eğer yapılan iş Allah(c.c.) içinse o işin bir saniyesi bile sonsuz hükmünü alır. Bir an Allah'ı(c.c.) razı etsen o an seni alıp en üst rütbeye çıkarabilir. Bir an dahi koca ömürlere bedel olup sana sonsuzluğu kazandırabilir. Bir insan iman etse ve hemen ölse o bir saniye ile ebedî bir cenneti kazanmış olacaktır. Sair zamanlarda da insanın ibadetle geçen ömrünün her saniyesi ayrı bir tohum gibi cennette sahibinin derecesini artıracaktır. Allah(c.c.) rızası için bir saniye bir araya gelmek, sonsuza bir pencere açmak demektir. Bizler gittiğimiz yerlerde Allah'ın(c.c.) rızasını gözetmeyip günahlar içi toplanırsak bu her hatırımıza geldiğinde bize azap verecektir. Lakin Allah'ın(c.c.) rızası dairesindeki yerlere gider, O'nun(c.c.) hoşnut olacağı muhabbetler edersek bu da bizi hem dünyada hem ahirette mutlu mesut eder. Çünkü orada geçen saniyelerimiz sonsuzlaşır ve Allah(c.c.) yolunda bir anlık beraberlik ebedîleşir. Demek ki bir saniyemizi sonsuz yapmanın bir formülü de Allah'ın(c.c.) anlatıldığı meclislere gitmekmiş.

> O sözden daha meşhur şu söz var:
> Düşmanla beraber sahrâ, bir fincan kadar dar; ahbapla beraber iğne deliği, bir meydan kadar geniştir.

Bir insan düşmanın yanında en iyi şartlarda ve en rahat ortamda da olsa, manen çok rahatsız olur, ruhen çok sıkılır ve ızdıraplar içinde kalır. Dostunun yanında en zor şartlarda ve en sıkıntılı bir ortam içinde de olsa, manen çok rahat eder, ruhen mutluluk duyar. Bulunduğun şehirde etrafın düşmanlarla çevriliyse koca şehir sana dar gelir. O memleketten kaçmak istersin. Çünkü düşmanla beraber sahralar insana fincan kadar dardır. Ama küçücük odada dostlarınla muhabbet hâlinde olsan saatler de geçse iğne deliği kadar oda sana sahralar kadar geniş gelir. Çünkü genişlik-darlık, lezzet-elem hepsi görecelidir. Senin hangi pencereden baktığına bağlıdır.

> Meşhur evvelki sözün sahih bir mânâsı budur ki: Fâni mevcudatın visâli madem fânidir; ne kadar uzun da olsa yine kısa hükmündedir. Senesi bir saniye gibi geçer, hasretli bir hayal ve esefli bir rüya olur.

Bazen seksen yıl ömür sürmüş bir insana "Nasıl geçti ömrün?" diye soruyorsun, aldığın cevap "Bir an gibi geçti!" oluyor. Elli yıl boyunca evladına annelik yapmış bir anne, evladını kaybettiğinde doyamadım diye ağlıyor. Otuz yıl evli kalan çiftlerden biri vefat edince diğerine kavuşma günü çok uzakmış gibi geliyor. Bu dünyada ne hüzünler baki kalıyor ne de sevinçler. Çünkü geçici mahlûkatın kavuşması da ayrılığı da fâni oluyor. İnsana uzunmuş gibi gelen ayrılıklar da kavuşmalar da kısa hükmünde kalıyor. O zaman bizim şunu iyi anlamamız gerekiyor. Sonsuz ahirete bakan bir zerre, altından da olsa dünyanın dağlarından daha büyüktür. Bir insan bunu akıl muvazenesinde tartsa, hususiyetle iman hizmetinin bir zerresinin, ahirete neler sevk edeceğini, sahabelere benzeme hususunun ne kadar önem arz ettiğini anlar ve uykularından kısar, gene de ömrünü bu hizmete adar. Zira akıllı tüccar, tam da böyle yapar. Ahiret namına bir sermaye koyup bazen 10, bazen 70, bazen 700 kazanır.

> Bekàyı isteyen kalb-i insanî bir sene visalde, yalnız bir saniyecikte ancak zerre gibi bir zevkini alabilir. Firak ise, saniyesi bir sene değil, senelerdir. Çünkü firâkın meydanı geniştir. Bekàyı isteyen bir kalbe, firak, çendan bir saniye de olsa, seneler kadar tahribat yapar. Çünkü hadsiz firakları ihtar eder. Maddî ve süflî muhabbetler için bütün mazi ve müstakbel firakla doludur.

İnsan başkalarının elemleriyle müteellim ve saadetleriyle mesut olan bir varlıktır. Bütün sevdiklerinin her türlü acısı ve ayrılığı da ona dokunur. Kendi nasıl fenaya mahkûm ise, sevdiği şeyler de fenaya mahkûm olduğundan onların acısı da belini büker. Netice olarak, bekayı aşk derecesinde isteyen insan için, bir şeydeki ayrılık acısı sayısız ayrılık acılarını akla getirip ona azap kaynağı hâline dönüşür. İnsanın ruhu bekaya öyle şiddetli iştiyak duyar ki insan, bu şiddetli isteği geçici şeylere sarf ettiğinde azap duyar. Ayakkabısı yırtılır üzülür, saçına aklar düşer mutsuz olur. Velev sarf ettiği şey en masum, en ufak bir şey dahi olsa insan onu hâşâ Allah(c.c.) gibi sevdiğinden sevdiği şeylerdeki fena hissi insanın yıkılmasına, perişan olmasına sebep olur. Hem de öyle ki yıllar geçtikçe o his insanı daha da içine alır ve azap kat ve kat artar. Ayrılık bir saniye bile akla gelse o günün tamamı azap içinde geçer.

> Şu mesele münasebetiyle deriz: Ey insanlar! Fâni, kısa, faydasız ömrünüzü bâki, uzun, faydalı, meyvedar yapmak ister misiniz? Madem istemek insaniyetin iktizasıdır (gerekliliğidir); Bâkî-i Hakikînin yoluna sarf ediniz. Çünkü Bâkîye müteveccih olan şey, bekànın cilvesine mazhar olur.

Allah'ın(c.c.) emrettiklerini yapıp, yasakladıklarından kaçınan birisinin ömür dakikaları, günahlı olmamak şartı ile, ibadete dönüşür yani bir cihetle fâni ömür bakiye tebdil edilmiş olur. Allah'ın(c.c.) bize verdiği en kıymetli sermaye ömürdür ve şeytan bunu çok iyi bilir. Onun için fâni, kısa, faydasız ömrümüzü baki, uzun, faydalı hâle getirmemizi istemez. Ömür sermayemizi bize boşu boşuna kullandırmaya çalışır. Bunu öyle sinsi kurnazlıklarla yapar ki insan dünyada kazandım sanarken ahiretini kaybeder. Bakarsın adama, tüm gününü işine sarf eder. Şirketini birken iki, ikiyken beş eder. Sonra da "Bendeki bu ticari zeka bana daha çok servetler kazandırır." der. Hâlbuki bilmez ki şeytan sadece bir hakkı olan ömür sermayesini dünyanın geçici dakikaları için harcatır. Hem elindeki tek sermayesi olan ömrünü alır hem de ona kurnazlık yaptığını düşündürür. Böyle kurnazlık olur mu? Şeytan insanı nasıl da aldatıyor nasıl da uyutuyor. Baki elmaslarla fâni cam şişelerini aldırıyor sana ömür sermayeni çarçur ettiriyor sen de kendini kârda sanıyorsun. Acaba kim daha kurnaz? Şeytan mı sen mi?

Bir kaide vardır: "Feda ettiğin şey, feda edilen şeyin hükmünü alır." Eğer sen; sevgini eşin, gayretini işin, cömertliğini dostların için, vaktini televizyondaki dizin, nefsini dünya, nefesini ise dünyalıkların peşinden koşmak için feda edersen; feda ettiğin sevgin, gayretin, paran, vaktin, nefsin, nefesin de onlarla birlikte yok olup gidecektir. Çünkü feda edilenler fânidir ve bir süre sonra hepsi fena bulup çürüyecektir. Fakat sen tüm bunları sonsuz bir Zâta(c.c.) feda edersen aynı şekilde hepsi sonsuzluk bulacaktır. Çünkü feda ettiğin şey feda edilenin rengini ve hükmünü alır. Eğer ben baki ruhumu geçici dünyaya feda edersem bakiyi fâniye feda ettiğimden ruhumu üç kuruş dünya için harcamış olurum. Madem öyle feda ettiğimiz şey feda edilen şeyin hükmünü alıyor o zaman biz dünyaya hiç çalışmayalım mı? Bir şeyler biriktirmeyelim mi? Elbette çalışalım ama dünyaya da ahiret hesabına çalışalım. Evimiz, işimiz, makamımız, gücümüz hepsi Allah(c.c.) için, Allah'ın(c.c.) yolunda kullanmak için olsun. Bizler, Allah(c.c.) bize hangi nimeti verdiyse o nimetin cinsinden şükrünü eda etmeyi öğrendiğimiz zaman bu denklemi de çözmüş olacağız. Allah(c.c.) sana güzel bir konuşma yeteneği mi verdi? Allah(c.c.) için konuşacak, tüm kâinata Allah'ı(c.c.) anlatacaksın. Organize etme yeteneği mi verdi? Ümmeti Allah'ın(c.c.) rızasını kazanmak için bir araya getirmede kullanacaksın. Mal mülk, zenginlik mi verdi? "Ya Rab! Ben zenginliğim ile dinime hizmet edeceğim. İslam'ın yükselişi maddeten terakkiye de bağlıdır." diyeceksin. Hasılı her şart ve durumda sen gayeni rıza-yı İlahi yapacaksın. İşte böyle olursa Allah(c.c.) senin bütün çalışmalarını ahiret hesabına yazar ve senin bu niyetin kömürleri elmaslara çevirir. Yoksa dünyaya ne için çalışacaksın? Biraz daha lüks ve şatafatlar içinde ölmek için mi? İnsan kazandıklarını ahirete götüremedikten sonra bu dünyada gerçekten kazanmış sayılabilir mi?

> Madem her insan gayet şiddetli bir surette uzun bir ömür ister, bekàya âşıktır. Ve madem bu fâni ömrü bâki ömre tebdil eden bir çare var ve mânen çok uzun bir ömür hükmüne geçirmek mümkündür. Elbette, insaniyeti sukut etmemiş bir insan, o çareyi arayacak ve o imkânı bilfiile çevirmeye çalışacak ve tevfik-i hareket edecek.

Bizler hastanede durumu ağır bir hastaya "Öldürelim seni bitsin bu azabın." desek o hasta onu kabul etmez. Yeni tedaviler deneyin, başka çareler arayın der. Hastalıklar içinde kıvransa bile insan yaşamayı arzu eder. Mahpushanede müebbet cezası almış bir insana "Sen zaten müebbet aldın, öldürelim seni gitsin." desek o da kabul etmez ve "Zindanda da olsa yaşamak istiyorum." der. Çünkü insan olan ölmemişse geçen dakikalarını sonsuzlaştırmanın çarelerini arar. Aynen öyle de dünyada bu kadar şiddetli yaşama arzusu bulunan bir insanın ahiretteki yaşama arzusunu dindirip bastırabilmesi mümkün değildir. Bir insanın bir parça insanlığı devam ediyorsa, kalbi çalışıyorsa, ruhu dördüncü katta teras manzarasını az da olsa temaşa etmişse; o insanın bu dünyadaki fâni şeylerle yetinmesi ve sonsuzu istememesi mümkün değildir.

> İşte o çare budur: Allah için işleyiniz, Allah için görüşünüz, Allah için çalışınız. Lillâh, livechillâh, lieclillâh rızası dairesinde hareket ediniz. O vakit sizin ömrünüzün dakikaları, seneler hükmüne geçer.

İnsan, hayatın başına Allah(c.c.) için ifadesini koyduğu an onun için her şey bakîleşir. Zira bir işe başlamanın altın formülü şudur: O işin sebebi emr-i İlahi, neticesi ise rıza-yı İlahi olmalıdır. Eğer sen işin başına Allah'ın(c.c.) emrini koyar neticesinde de Allah'ın(c.c.) rızasını beklersen yaptığın her iş ibadete dönüşür. Yemen, içmen, nefes alman, adım atman, uyuman bile... Neden çalışıyorsun? Allah(c.c.) emretti diye. Çalışmanın neticesinde ne bekliyorsun? Allah'ın(c.c.) rızasını kazanmayı. İşte o iş sana ibadet olur. Neden uyuyorsun? Allah'ın(c.c.) emrettiği namaza kalkabilmek için. Neticesinde ne bekliyorsun? Allah'ın(c.c.) rızasına erişebilmeyi. İşte o uyku sana ibadet olur. İnsanlarla Allah(c.c.) için görüşmek, O'nun(c.c.) razı olduğu işlerde birlikte çalışmak, kalplerini hoşnut edip dualarına mazhar olmak, hastalandıklarında ziyaretlerine gitmek gibi hayırlı işler bu fâni dünya hayatının ebedî meyveleridir. Allah(c.c.) Bakidir, O'nun(c.c.) saadet menzili olan cennet de bakidir Lillah için, yani Allah(c.c.) için, O'nun(c.c.) rızası için çalışanlar ömür dakikalarını ebedîleştirmiş olurlar.

Bir gün Fahrettin-er Râzi, Asr Suresi'ni yazarken kalemi yürümez. Biraz hava almak için dışarı çıkar. Bakar ki pazarda birisi buz satıyor. "Sermayesi güneşin altında eriyen adama rahmet etmeyecek misiniz?" diye bağırıyor. Bundan çok etkilenir.

Bizim ömür sermayemiz de öyle değil mi? Anne karnından zaman seline düştük. Günden güne eriyip yıkılıyoruz. Allah'ın(c.c.) bize verdiği ömür de güneşin altında eriyen buz gibi. Bizim bu eriyip giden sermayemizi sonsuzlaştırmaya çalışmamız gerekmez mi?

Bütün dünya insana verilse ebede karşı olan ihtiyacını tatmin edemez. Allah(c.c.) sonsuz rahmetiyle insana bu fâni ömürden baki ve ebedî bir ömrü kazanma imkânı ve fırsatı vermiştir. Baki ömür, sonsuz cennet hayatıdır. Ve bu sonsuz cennet hayatının da sayısız makamları ve dereceleri bulunur. Cennet hayatındaki bir derece yüksek makam, dünyanın en büyük meselesinden daha büyük ve daha ehemmiyetlidir. Böyle bir derece yüksek makamı elde etmek için, bütün dünyanın mülkü feda edilse yine ucuz kalır.

> Bu hakikate işareten, Leyle-i Kadir gibi birtek gece, seksen küsur seneden ibaret olan bin ay hükmünde olduğunu, nass-ı Kur'ân gösteriyor.

Zamanda "bast-ı zaman" ve "tayy-ı zaman" denen iki özellik vardır. Bast-ı zaman, zamanın uzaması, genişlemesi, bereketlenmesi, az zamanda çok iş yapmak demektir. Dağlarla yeryüzünün sahası genişliyor. Küçücük kabarcıklar da midenin sahasını artırıyorlar. Akciğer açıldığı zaman iki yüz elli metrekare oluyor. Bir insanın kılcal damarları yüz bin kilometre; ekvatoru iki buçuk defa dolaşabilecek uzunlukta. Allah'ın(c.c.) mekân içinde mekân yarattığının daha nice misalleri vardır. Allah(c.c.) zaman içinde zaman da yaratabilir. Bazı sevgili kullarında bast-ı zamanı sergileyebilir ve o kul çok kısa zamanda büyük işler yapabilir.

> Bedeni ameliyat etmek için uyutmak, ruhu ameliyat etmek için uyandırmak lazım. Uyan!

Zamanında İbn-i Hacer el-Askalanî diye bir zat varmış. Bir gün onun doğduğu günden vefat ettiği güne kadar yazdığı yazılara bakıp hesap yapmışlar. Yazdığı sayfa sayısını ömrünün gün sayısına bölmüşler ve o kadar sayfayı yazabilmesi için bebekliği de dahil günde otuz sayfa yazı yazması gerektiği sonucuna ulaşmışlar. Normalde böyle bir şey mümkün değildir. Demek ki zaman onun için bast etmiş, genişlemiştir. Bir saatte bir günlük işler yapmıştır. Aynı hâlin numunesini bizler de Ramazan ayında yaşarız. Sabah uyanır hatmimizi okur, yapılacak işlerimizi yaparız. Sonra saate bir bakarız saat daha öğlen on ikidir. Kısacık zamanda birçok iş yapmışızdır. Hatta bazen bir günde üç günün bütün işlerini yaparız. Çünkü Ramazan ayının bereketi zamanı genişletmiştir.

Allah(c.c.) Hac Suresi'nin 47. ayeti kerimesinde: "Bilinmeli ki Rabb'in katındaki bir gün, sizin saymakta olduklarınızın bin yılı gibidir." diyerek bast-ı zamana işaret etmiştir.

Bizler bu olguyu en çok rüya aleminde yaşarız. Koltukta üç dakika uyuya kalır, rüyamızda çocukluğumuz, gençliğimizden tutun da gezdiğimiz yerlere, en uzaktaki akrabalarımızla buluşmalarımıza kadar görürüz. Koltukta geçirdiğimiz üç dakika rüya alemindeki yetmiş yıla karşılık gelir. Sonra da daracık bir zamanda çok geniş bir zamanı yaşamış gibi uyanırız.

Bast-ı zaman, zamanın genişlemesi demekken tayy-ı zaman ise onun tam zıddı olup zamanın dürülmesi, katlanması, çok uzun zamanı kısa bir zaman gibi yaşamak demektir. Hepimiz bunu çokça yaşamışızdır. Bazen gözümüzü güne açmamızla akşamın bir olduğu zaman çok olmuştur hayatımızda. Böyle zamanlarda zaman çok hızlı ilerler. Yirmi dört saatlik gün üç saatmiş gibi geçer. Çünkü zaman katlanır ve tayy eder. Uzun bir zaman kısa bir zamanmış gibi geçer.

Ashab-ı Kehf'in yaşadıkları tayy-ı zamanı anlatan en güzel örneklerden biridir. Onlara mağarada ne kadar uyudukları sorulduğunda bir gün kaldık demişlerdir. Hâlbuki onlar mağarada üç yüz yıl kalmışlardır. Üç yüz yıl olarak geçen zaman dürülüp katlandığı için onlar bir gün olarak hissetmişlerdir. Allah(c.c.) bu konuyu Kehf Suresi'nde şöyle beyan etmiştir: "İçlerinden biri, 'Ne kadar kaldınız?' dedi. (Diğerleri) 'Bir gün ya da günün bir parçası kadar kaldık' dediler. Onlar mağaralarında üç yüzyıl kaldılar, buna dokuz yıl da ilave ettiler." (Kehf Suresi, 19:25)

> Hem bu hakikate işaret eden, ehl-i velâyet ve hakikat beyninde bir düstur-u muhakkak olan "bast-ı zaman" sırrıyla, çok seneler hükmünde olan birkaç dakikalık zaman-ı Miraç, bu hakikatin vücudunu ispat eder ve bilfiil vukuunu gösteriyor.

Efendimiz(s.a.v.) Kâbe'de Hatim'de ya da amcasının kızı Ümmühani binti Ebû Talib'in evinde yatarken Cebrail(a.s.) gelip göğsünü yardı, kalbini zemzem ile yıkadıktan sonra içine iman ve hikmet doldurdu. Efendimiz(s.a.v.), Burak adlı bineğe bindirilerek Beytü'l-Makdis'e getirildi. Burada Hz. İbrahim(a.s.), Hz. Musa(a.s.), Hz. İsa(a.s.) ve diğer bazı peygamberler tarafından karşılandı. Allah Resûlü(s.a.v.) imam olarak diğer peygamberlere namaz kıldırdı. Efendimiz(s.a.v.), Beytü'l-Makdis'te kurulan bir Mirac'la ve yanında Cebrail(a.s.) olduğu hâlde göğe yükselmeye başladı. Göğün birinci katında Hz. Adem(a.s.), ikinci katında Hz. İsa(a.s.) ve Hz.Yahya(a.s.), üçüncü katında Hz. Yusuf(a.s.), dördüncü katında Hz. İdris(a.s.), beşinci katında Hz. Harun(a.s.), altıncı katında Hz. Musa(a.s.) ve yedinci katında Hz. İbrahim(a.s.) ile görüştü. Cebrail(a.s.) ile birlikte yükseliş Sidretü'l-Münteha'ya kadar sürdü. Cebrail(a.s.): "Buradan bir parmak ucu ileri geçecek olursam yanarım" diyerek Sidretü'l Münteha'da kaldı. Efendimiz(s.a.v.) buradan itibaren Refref adlı başka bir binekle yükselişini sürdürdü. Bu yükseliş sırasında Cennet ve nimetlerini, Cehennem ve azabını müşahede etti. Sonunda Allah'ın(c.c.) huzuruna kabul edildi. Kendisine ümmetinden Allah'a(c.c.) şirk koşmayanların Cennet'e gireceği müjdelendi, Bakara Suresi'nin son ayetleri verildi ve beş vakit namaz farz kılındı. Yeniden Refref ile Sidretü'l-Münteha'ya, oradan Burak'la Kudüs'e, oradan da Mekke'ye döndürüldü. Miraç hadisesinde birkaç dakikada sonsuzluğa sığacak hadiseler yaşandı. Dünyanın zamanına göre çok kısa bir zaman içerisinde bu hadiseler oldu, zaman adeta bast etti.

> Elhasıl: İnsan çendan fânidir; fakat bekà için halk edilmiş ve bâki bir Zâtın âyinesi olarak yaratılmış ve bâki meyveleri verecek işleri görmekle tavzif edilmiş ve bâki bir Zâtın bâki esmâsının cilvelerine ve nakışlarına medar olacak bir suret verilmiştir. Öyleyse, böyle bir insanın hakikî vazifesi ve saadeti, bütün cihazatı ve istidadatıyla o Bâkî-i Sermedînin daire-i marziyâtında esmâsına yapışıp, ebed yolunda o Bâkîye müteveccih olup gitmektir.

Kalp, mecazi aşklardan temizlenir ve Allah'ın(c.c.) muhabbeti ile dolarsa; akıl, kâinatta tecellî eden isim ve sıfatların nakışlarını, cilve ve tecellilerini okuyup tefekkür ederse; ruh, farz ve sünnet olan ibadet ve zikirler ile beslenirse; latifeler ve duygular takva ile muhafaza edilirse, o zaman insan, Allah'ın(c.c.) rızası dairesinde yaşamış, ilahi isimlere yapışmış, o isimlerin gereğini yapmış demektir.

İnsanın her bir azasının ayrı bir vazifesi ve ayrı bir ibadet şekli vardır. Kalbin vazifesi ve ibadeti muhabbetullahtır. Aklın vazifesi tefekkürdür; her varlıkta Cenab-ı Hakk'ın isim ve sıfatlarını okumak, O'nun(c.c.) turrasını ve mührünü görmektir.

Madem ruhun lezzet mertebesi bu şekildedir öyleyse ruha da kendi yaratılış biçimi gibi sonsuzu sevmek yakışır. Üstad Bediüzzaman Said Nursî Hazretleri sevme noktasını yanlış kullananlar için: **"Gayr-ı meşru bir muhabbetin neticesi, merhametsiz azap çekmektir."** buyuruyor. Gayr-ı meşru muhabbet demek sadece haram aşk demek değildir. Helal olmayan, Allah'ın(c.c.) rızasının dışında bütün sevmeler gayr-ı meşru muhabbettir. Senin altındaki arabanı, evindeki çocuğunu, hanımını, anneni, babanı, iş yerindeki koltuğunu hâşâ Allah'ı(c.c.) seviyor gibi taparcasına sevmen de gayr-ı meşru muhabbettir. Sağlığı doktordan, ilaçlardan, rızkı patrondan, dükkândan, huzuru eşinden, evladından, güzelliği saçından, kilondan, sütü inekten, balı arıdan bilmen de gayr-ı meşru muhabbettir. Böyle muhabbetlerin neticesi ise merhametsiz azap çekmektir. Çünkü sen fıtratındaki Cenâb-ı Hakkın zât ve sıfât ve esmâsına sarf edilecek muhabbeti, nefsine ve dünyaya gayr-ı meşru bir surette sarf ettin. Neticesinde de cezasını çekmeyi hak ettin.

Bir gün, Üstad Bediüzzaman Hazretlerine talebeleri sorarlar: "Üstadım sen böyle söylüyorsun ama muhabbet ihtiyari değildir, cazibesi çeker. İhtiyari olmayan bir muhabbetten dolayı suçumuz nedir?" Bediüzzaman Hazretleri cevap verir: **"Muhabbet çendan ihtiyarî değil.**

Fakat ihtiyar ile, muhabbetin yüzü bir mahbuptan diğer bir mahbuba dönebilir."

İnsan kalbi nerede bir muhabbet görse ona kapılır. Bu kalbin fıtratında vardır. Zira muhabbet irade ile seçilemez. Kalbimiz nerede bir muhabbet bulsa ona tutunur. Madem muhabbet seçilemez öyleyse bizim muhabbetin yönünü değiştirmemiz gerekir. Bunun içinde sevdiğimiz ne varsa hepsinin üzerindeki fâni mührünü görebilmemiz, "Ya Bâki entel Bâki!" hakikatini bilmemiz gerekir. İşte bu dersler o ilmin ta kendisidir. Zira eğer kalp "Ya Bâki!" ilmini bilmezse muhabbet müşriği olmaktan kendini kurtaramayacaktır.

Bir gün Resûlullah(s.a.v.) sorar: "Ya Ömer! Beni ne kadar seviyorsun?" Hz. Ömer cevap verir: "Ya Resûlullah nefsimden sonra en çok seni seviyorum." Bunun üzerine Efendimiz(s.a.v.) buyurur: "Sizden herhangi biriniz beni nefsinden ve ailesinden çok sevmedikçe kâmil iman etmiş olamaz."

Sahabe neslinin sineleri öyle hakikat yüklü ki onlar bir doğruyu duydukları anda anında ona yönelirler. İşte Hz. Ömer(r.a.) de Resûlullah'tan(s.a.v.) bu hakikati işittikten sonra anında doğruya teveccüh etmiş ve "Ya Resûlullah! Vallahi seni nefsimden çok seviyorum." demiştir. Allah(c.c.) aynı muhabbeti, bu hakikatleri kalbimize nakşede ede bizlere de nasip eylesin inşallah.

ÇÜRÜYEN BEDENLER **MANEN İDAM**

"Mâ arafnâke hakka marifetike ya Ma'rûf"
Ey bütün mahlukat tarafından bilinen Rabb'im(c.c.),
seni bilinmesi gereken ölçüde bilip tanıyamadık.

~ Hz. Muhammed(s.a.v.) ~

İnsan, bu satırlarda anlatılacak hakikatleri ömrü boyunca sadece akılda ve ezberde değil kalbinin derinliklerine ulaşana ve imanın sırrına erene kadar bilse hayatının rotası değişir. Ama bilinmediğinden nice hayatlar hüzünlü limanlarda sonlanıyor.

Bizler bu hakikatleri sürekli okuyoruz ama Allah'ı(c.c.) bilme ve anlama noktasında yeteri kadar derinleşemiyoruz. Onun için de günümüzde birçok insan maddeten yaşasa da ruhu boğazlanmış, manen intihar etmiş durumdadır.

Bir insanın tabiri caizse hayvan standartlarında yaşaması, yiyip, içip, uyuyup, gezip, keyf edip dünyaya ne için geldiğini ve bilinmesi gerekenin ne olduğunu bilmeden hayatını tamamlaması manen intihar etmesi demektir. Bir kişiye kullanmasını bilmediği son model bir telefonu hediye ettiğinizi düşünün. O kişinin evine gitseniz, size çay getirse, çaydanlığı da telefonun üzerine koysa ve size "Allah razı olsun ben de çaydanlığımı koymak için altlık arıyordum." dese ne düşünürsünüz? Telefon maddeten varlığını korusa da manen intihar etmiş diye düşünürsünüz. Çünkü o telefon kullanılması gereken yerde kullanılmadı, heba edildi. Veyahut da birisi size dünya ile kıyaslanabilecek kıymette olan kaşıkçı elmasını hediye etse ve siz de onu masanızın ayağı sallanıyor diye oraya koysanız. O kişi sizi ziyarete geldiğinde onu orada görse, ne hisseder? "Benim verdiğim bu kıymetli hediyeyi böyle mi kullandın? Kaşıkçı elması böyle mi kullanılır?" diyerek üzülür. Çünkü siz ne hediyenin kıymetini bildiniz ne de o hediyeyi amacına uygun kullandınız.

Birçoğumuzun hayatları bu telefondan ve kaşıkçı elmasından farksız durumda. Bizler de bize verilen beden ve ömür hediyesini uygun şekilde kullanmadığımızdan madden yaşasak da manen intihar etmiş durumdayız. Bizlerin paha biçilemez derecede kıymetli beden cihazatları ile sadece dünyaya koşturması, ev, iş, dükkân, anne baba, geçim derdi derken sadece fâni şeylerle meşgul olması buna en büyük delildir. Çünkü insana verilen cihazatlar sadece dünyaya koşturması için verilmemiştir. İnsan maddi olarak hayvan gibi et ve kemikten oluşsa da manen hayvandan katbekat kıymetlidir. İşte bizler bu kıymetin farkına varamayıp sadece dünyevi hedefler peşinde koştursak sonumuz çaydanlık altı, masa ayağı olmaktan başka bir şey olmaz.

İnsanın bedenden ruhun çıkmasına ölüm diyorlar ama asıl ölüm ebedîyete bakan latifelerin fâni şeyler uğrunda harcanmasıdır. Bu hâl sonsuz hayatı kaybettiren manevi bir intihardır. Bizler bazen birilerine bir muhabbet sırasında "Ne var ne yok? Hayat nasıl gidiyor?" diye soruyoruz. "Ne olsun vakit öldürmeye çalışıyorum." diyor. Bizim bir dakikalık hayatımız için kâinat seferber olmuş çalışıyor. Güneş doğuyor, gezegenler dönüyor bütün ekosistem vazifesini yerli yerinde yapıyor. Biz ise utanmadan bu cümleyi kuruyor, ömür dakikalarımızı sosyal medyada, okey masasında, banka kuyruğunda, haram sevdaların peşinde koşmakta tüketiyoruz. İşte bu hâl, insanın madden yaşadığını ama manen intihara doğru gittiğini gösteriyor.

Bizim bu dünyanın hakikatini anlamamızı, eşyanın arkasındaki Allah'ın(c.c.) esmalarını görmemizi, Efendimiz'in(s.a.v.) yaşadıklarını derinlere kadar hissedip kalben lezzet almamızı sağlayacak o kadar çok manevi organımız var ki biz ahirette en çok da kullanmadığımız bu cihazatlara üzüleceğiz. Düşünün elinizde son model bir araba var ama siz o arabanın özelliklerini bilmediğinizden hakkıyla kullanmıyor, ona sıradan bir araç gibi davranıyorsunuz. Aynen öyle de Rabb'ini tanıyıp, O'na(c.c.) kul olsun diye birbirinden değerli cihazatlarla donatılmış bedeninize de sadece dünyayı hedef gösterip "Böyle yaşamalısın." demeniz, yumruk kadar mide için sonsuzu satmanız da olmuyor işte.

Üstad Bediüzzaman içinde bulunduğumuz bu hâle manen idam diyor ve bizi bu idam sehpasından kurtaracak bir yol haritası çiziyor. Yolumuzu fazlasıyla kaybettiğimiz bu çağda yönümüzü tekrar Allah'a(c.c.) döndürebilmek için başlayalım haritayı okumaya.

YİRMİ DÖRDÜNCÜ SÖZ

BEŞİNCİ DAL / BEŞİNCİ MEYVE

Ey nefis! Mükerreren (tekrar tekrar) söylediğimiz gibi insan, şecere-i hilkatin meyvesi olduğundan meyve gibi en uzak ve en câmi' ve umuma bakar ve umumun cihetü'l-vahdetini içinde saklar bir kalb çekirdeğini taşıyan ve yüzü kesrete, fenâya, dünyaya bakan bir mahlûktur.

Nefis bir hakikati tek söylemede anlamaz. Anlasa da bildiği hakikatin üstünü örter, onu kapamaya çalışır. Nefsin çalışma prensibi bu şekildedir. Bizler bir iş sahibi olduğumuz zaman nefis, o işin Allah(c.c.) ile bağını koparıp, eşya ile esmanın ipini keserek "Ben kazancımı kendi mücadelem neticesinde elde ettim." dedirtmeye başlar. Bir yerde makam sahibi olsak "Ben bu makamı kendi ilmimle elde ettim." diye söyletir. Bir süre sonra aynı söylemleri dostlarımız, çocuğumuz, gençliğimiz ve hakeza diğer şeyler içinde söyletmeye devam eder. Bu yüzden nefsin yaptığı sürekli mücadeleye karşı bizim nefse ikazımızın da tekrar ile olması lazımdır. Nefis, hakikatlerin üstünü ne kadar fazla örterse örtsün onun karşısında bizim de o kadar derin ve tekrarlı bir şekilde mukavemet etmemiz gerekmektedir.

Bizler nefse ikazı mükerreren yaptığımız vakit akıl bizleri kandırmaya çalışır ve der ki: "Zaten okuyup bildiğin bir şeyi neden tekrar edip duruyorsun?" Bizler buna aldanıp nefsi tekrar tekrar uyarmayı bıraktığımız anda aslında yalnızca kendimizi kandırmış oluruz. Ben bir zaman bu tuzağa düşmüş bir arkadaşla aynı ortamda bulundum. O kişinin yanında imana dair bahisler okunurken arkadaşımız eline bir telefon aldı ve oynamaya başladı. Çünkü o dersi daha önce okumuştu. O arkadaşımızın üslubu bize adeta "Ben zaten bu dersi biliyorum." diyordu. Ben o an bu duruma içimden

"Eyvah!" diyerek üzülmüştüm. Çünkü akıl biliyor olabilir ama kalbin, ruhun, diğer latifelerin bu gıdaya sürekli ihtiyacı vardır. Aklımız pilavın ne olduğunu bilse de bedenimizin o pilavı yemeye ihtiyacı vardır. Onun için nefse bunları iyi anlatmak gerekir.

> Öldükten sonra ne kadar çabuk unutulacağını bilseydin, Allah'tan başkasını razı etmek için yaşamazdın.

Bir duvar ustası duvar örmeye başladığında, bizler onun yaptığı her hareketin aynı hareket olduğunu düşünürüz. Çünkü zahiren bakıldığında usta harcı sürüyor, üzerine tuğlayı koyuyor; harcı sürüyor, üzerine tuğlayı koyuyor. Lakin, duvarlar örülüp iş bittiğinde ortaya muazzam bir bina çıkıyor. Aynen öyle de nefis bizim aynı şeyi anlattığımızı, aynı şeyi okuduğumuzu, sürekli aynı dersleri çalıştığımızı söyleyip dursa da durum hiç de öyle değildir. Biz, bunları tekrar ettikçe ortaya muazzam bir şahsiyet çıkacaktır. Onun için Üstad Bediüzzaman söze **"Ey nefis! Mükerreren söylediğimiz gibi..."** diye başlamıştır. Çünkü nefis bu hakikatlerin tekrarına muhtaçtır.

Ağacın kökü gövde için, gövdesi dallar, dalları ise yapraklar içindir. Her biri sonrasını netice verir ama hepsinin nihai amacı meyvedir. Meyve ağacın tüm özelliklerine camîdir. Bir ağacın tamamı nasıl meyve için çalışıyorsa kâinatın da tamamı kâinat ağacının meyvesi olan insan için çalışır. Gezegenler yörüngelerinde bizim için dönerler. Dünyanın hacminin 1,3 milyon katı büyüklüğünde olan Güneş her sabah bizim için doğar. Vücudumuzdaki hücreler vazifelerini bizim için yerine getirirler. Allah(c.c.), rahmet hazinesi olan topraktan o kadar nebatatı bizim için çıkarır. Kâinatın meyvesi insan olduğundan bütün kâinatın amacı insana hizmetten başka bir şey değildir.

Dünyamızın dörtte üçü sularla kaplıdır ve bu suların içinde envaiçeşit balık yaşamaktadır. Her balığın özelliği birbirinden farklıdır. Rengârenk renklere sahip balıkların kimi tatlı suda yaşar kimi tuzlu suda; kimi etçil beslenir kimi otçul; kiminin vücudu pulludur kiminin ki pulsuzdur; kimi kıkırdaklı kimi ise kemikli bir yapıya sahiptir. Tuzlu su balıkları su içmelerine karşın tatlı su balıkları su içmezler. Tatlı su balıkları gerekli suyu solungaç zarlarından alırlar. Kısa süreli uçabilen, balçıklı yerlerde sürünebilen, elektrik ve ışık üretebilen türleri vardır.

Peki balıklardaki tüm bu masraf kimin içindir? Dünyada görmediğimiz renklere sahip balıklar bu kadar güzel özelliklerde yaratılmışken, diğer balıklar onların renklerini ve özelliklerini görebiliyorlar mıdır? Ya da kendileri üzerlerindeki bu güzellikleri biliyorlar mıdır? Aralarında; "Bizim İstavrit'in boyu da epey uzadı. Mercan'ın üzerine giydiği kırmızı pullar da onu çok güzel göstermiş." deyip kendi özelliklerini, güzelliklerini konuşuyorlar mıdır? Elbette hayır.

Denizin dibindeki hiçbir mahluk, balıkların güzelliğini görememektedir. Madem balıktaki güzellikler balık için değildir öyleyse o renkleri ve güzellikleri okuyabilecek bir muhatap içindir. Bizler bir yere bina yapacak olsak binanın sağlam olması için zemine 40-50 metre boyunda fore kazıklar çakarız ve çaktığımız fore kazıkları boyamaya, süslemeye gerek duymayız. Ama binanın dış cephesini süsleyip boyarız. Çünkü o güzellikleri gören birileri vardır. Demek ki bir şey süsleniyorsa ona kesin bir muhatap vardır. Denizin altında süslenmiş, boyanmış güzelliklerin muhatabı ne balıklar ne ahtapotlar ne de diğer organizmalardır. Denizin altındaki tüm güzellikler biz insanlar için vardır.

Gökyüzünde hiçbir kuş diğer kuşların güzelliklerinin farkında olmadığı gibi, kendi güzelliğinin de farkında değildir. Tavus kuşu üzerinde var olan onca renkten haberdar olmadığı gibi arkadaşları da haberdar değildir. Bu kadar kuş kendi güzelliğinin farkında değilse Allah(c.c.) bunca kuşu ne için süslemiştir? Demek ki bu kuşları süsleyen, bizi muhatap almıştır. Çünkü bir yerde güzellik varsa bu güzelliğe muhatap olacak birisi de olmak zorundadır.

İnsanda akıl denilen özel bir cihazat vardır. Bu cihazat ile insan yerden semaya kadar her yeri akıl gözü ile okuyabilir. Mesela oturduğumuz masada önümüze su konulmuşsa akıl gözümüz devreye girer ve "Bu suyu bana birisi ikram etmek için koymuştur." der. Eve gittiğimizde yemek sofrasını birbirinden leziz nimetlerle hazırlanmış şekilde görsek yine akıl gözümüz devreye girer ve "Annem döktürmüş. Allah(c.c.) ondan razı olsun." diyerek bunları yapan, getiren birinin var olduğunu anlar. Kâinattaki envaiçeşit güzelliklere muhatap olup anlayan ve bunca sanattan sanatkara intikal edebilen tek mahluk insandır. Bütün ağaçlar meyve için feda edilir ve Allah(c.c.) tüm kâinatı, kâinatın meyvesi olan insan için feda etmiştir.

Her kitap muhatap için yazılır ve kâinat kitabını bizden başka okuyacak kimse yoksa muhatap bizizdir. Peki tüm bu in'ama ve ihsana karşı bizler lakayt kalsak ve "Ben bu dünyaya eğlenmek için geldim. Kâinat kitabını okumak için değil." desek, vazifemizi kabul etmesek, böyle bir vazife yokmuş gibi hayat sürsek olur mu? Olmaz değil mi? Kâinata bir baksanıza bu vazife bize ait değilse kime ait olabilir? Ceylana veya geyiğe mi? Geyikler gezdiği ormanların güzelliklerinin, ceylanlar gördüğü sıra dağların heybetinin farkında bile değillerdir. Ay kendi güzelliğini bilmez. Güneş kendi varlığından bihaberdir.

Kâinatta hiçbir mahluk bu boşluğu dolduramadığından tüm bu güzelliklere ne geyik ne ceylan ne bakteriler ne virüsler, hiçbiri muhatap değildir. Bu vazifeye muhatap biziz ve bizler bu dünyaya eğlenmek ve keyfetmek için değil bütün bu güzelliklere muhatap olmaya gelmişizdir. Ama çoğumuz vazifemizin bilincinde olmadığımızdan, verilen vazifenin kıymetini anlamıyor; "Ben kâinat ağacının meyvesiyim ama kâinatı okumayacağım." diye inat ediyoruz. Asıl yapmamız gereken şeyler dururken hoşumuza giden ve işimize gelenler ile avunup duruyoruz. Normalde tohumumuzu kulluk toprağına atıp nice meyveler vermesini sağlamamız, Rabb'imize kulluk etmemiz gerekirken malayani şeylerle vakit öldürüyoruz.

Hâlbuki insan, dünyaya yönelik işlerde nice zorları başarıyor. Ben bazı insanların haftada dörtyüz yumurta yiyerek kendisini vücut yapmaya adadığını gördüm. Bizler sabah namaza kalkmaya zorlanırken o insan o vakitte kalkıyor ve kaslarım erimesin diye vücudunu besliyor. Ölüm vakti gelince de o vücut toprağa gömülüp, akrebe, yılana yem oluyor. Hayatın amacı bu olabilir mi gerçekten? Bilmeliyiz ki Allah(c.c.) bizi bu dünyaya tercih ettiklerimiz için değil, ruhumuzu besleyelim, cesedimizi ruhumuz için eritelim diye gönderdi. Tıpkı ağaç olmak için kabuğunu eriten bir çekirdek gibi...

Meyve; güneşin, yağmurun, toprağın, yaprakların vahdetine yani birliğine bir vesiledir. Kâinat bir ağaçtır. Hava, su, toprak, ateş gibi bütün elementler onun dallarıdır. Bitkiler yaprakları, hayvanlar çiçekleridir. İnsanlar ise kâinatın meyvesidir. Nasıl meyve ağacın birlik sebebi ise insan da kâinatın birlik olma sebebidir.

İnsanın bütün âlemlerle alakası vardır. Ciğeriyle havaya bağlanmış, elleriyle toprağa sarılmıştır. Gözleri, gökyüzüyle irtibat hâlindedir. Kendisinin hizmetine koşan bütün varlıkları da aklıyla tanımakta, bilmekte, onları incelemekte ve onlardan yararlanma yollarını aramaktadır. Bu yaratılışıyla insan, yüzü kesrete, fenaya ve dünyaya bakan bir mahluktur. Ancak, bu dünya imtihanında insan, kesrette boğulmayıp vahdete ermekle; fâni eşyada kaybolmayıp bekaya yönelmekle ve dünyaya aldanmayıp âhiretine hazırlık yapmakla yükümlüdür.

Kesret, çokluk demektir. İnsanların tamamı kesreti ifade eder. İnsanların tamamının ağız, burun, kulak gibi uzuvlarının yerleşim yerinin aynı olması ve bir Musavvir'in eseri olmaları ise vahdettir. Nokta kadar göz bebeğini yaratan kim ise insanlık alemini yaratan da odur. Çünkü insandaki bu işçiliği başka birinin yapabilmesinin hiçbir imkânı olmadığı gibi atomdan galaksilere, papatyadan güneşe, dağlardan okyanuslara kadar kâinattaki bunca sanatı yapabilecek başka hiç kimse yoktur. İnsan; alakasını, sevgisini, merakını, arzusunu sadece sanatlarda dolaştırıp da Sani-i Zülcelal'ini hiç düşünmezse kesrette boğulmuş olur. İnsanın maddi yüzü ve gözü, madde âlemine bakarken; akıl ve kalbi de o mucize sanatları yaratan bir Hâlık'ın, bir Mâlik'in, bir Rabb'in bulunduğunu bilmek, ona inanmak ve ona şükretmekle vazifelidir.

> Ubûdiyet ise, onun yüzünü fenâdan bekàya, halktan Hakk'a, kesretten vahdete, müntehâdan mebde'e çeviren bir hayt-ı vuslat, yahut mebde' ve müntehâ ortasında bir nokta-i ittisaldir.

Ubudiyet, insanın kul olduğunu bilmesi, bunun şuurunda olması, her türlü işini, hareketini, düşünce ve duygusunu bu şuurla tanzim etmesi demektir. Bunu başaran bir insan, yüzünü yani kalbî teveccühünü fâni eşyada hapsetmez, baki âleme çevirir ve Bâki-i Zülcelâl'in muhabbet ve rızasını esas maksat yapar.

Kul Rabb'ine göre şekil alan demektir. Ancak günümüzde mahlukat bizim gündemimizi o kadar çok meşgul ediyor ki biz, öncelikle Allah'a(c.c.) kul olduğumuzu unutup gafilane tavırlar sergiliyoruz. Mahlukatı değil onları yaratanı sevmemiz; mahlukattan değil onların Rabb'inden ve Hâkiminden korkmamız gerekirken yaratılanlara sevgi besliyor, halk edilenlerden korkuyoruz. Bir türlü "Ya Rab! Her şeysiz yaparım ama Sen'siz yapamam." diyemiyor; kalbi teveccühümüzü eşimize, evladımıza, dostlarımıza, patronumuza çeviriyoruz. El-Alîm olan Allah(c.c.) ne der dememiz gereken yerde el âlem ne der diye düşünüyoruz. İnsanın hayatında tabii ki anne babasının, eşinin dostunun bir hukuku vardır ama biz onların hukukunu Allah'ın(c.c.) hukukunun önüne geçirip sıralamayı çok karıştırıyoruz. Sürekli dünyalık kişiler ve rütbelerin peşinde koşuyoruz. Emri hak vaki olup kıyamet günü geldiğinde Allah(c.c.) dünyadaki bu tavırlarımızın neticesinde "Git dünyada kimin peşinden koştuysan şimdi de rahmeti, merhameti ondan iste. Kimi razı etmeye çalıştıysan sana istediklerini o versin." der mi diye hiç düşünmüyoruz.

İnsan yeryüzünde kalan son kayısı çekirdeğini yese bu ona ancak üç dakikalık bir lezzet verebilir. Ama son kalan o çekirdeği alsa, toprağa ekse, sulasa, beslese, sabretse neticede milyarlarca kayısı onun olacaktır. Çünkü çekirdeği toprağa gömmek çekirdekten vazgeçmek değil, binler çekirdeğe talip olmak demektir. Çekirdek hayatın sonu gibi görünse de toprağını bulursa ağaç olmanın başıdır. Aynen öyle de kulluk toprağına girene ölüm son değil, yeni bir başlangıçtır. İnsan bu dünyada çekirdek hükmünde olan varlığını kulluk toprağı ile buluşturup, latifelerini gerekli gıdalarla beslerse sonsuza meyve olarak doğacak, o alemde neşvünema bulacaktır.

Dünyada parasının kıymetini bilen insanlar onu elinde erimesin diye dolara, altına çevirir. Canının kıymetini bilen insanın ise günden güne eriyen gençliğini, sağlığını, güzelliğini kulluk toprağına ekerek sonsuza çevirmesi gerekir. Çekirdeğin ağaç olması için toprakla buluşması şarttır lakin şeytanın en büyük oyunu kişideki çekirdeği kulluk toprağı ile buluşturmamaktır. Bir kul bunu başarabilirse kesret denilen bütün mahlukat âleminden, onların Hâlık'ına ulaşmakla vahdete erecektir. Çekirdek uyansa içindeki güzellikler açığa çıkacaktır. Mülk âleminden Malik-i Hakikiye, canlılar âleminden onlara hayat veren Muhyî'ye, bütün nimetler ve ikramlardan onların hakiki sahibi olan Mün'im ve Kerîm'e intikal edecektir.

Koca bir fil otla doyarken Rahman'ın sofrasından bize envaiçeşit nimetlerin verilmesinde tek amaç bizim doymamız değildir. Burada Rahman, Rahim, Rezzak olan Allah(c.c.), hazineleri ile bize kendisini tanıttırmak ve "Dünyada sana bunları veren ahirette neleri vermez? Sineğin vızıltısı için kâinatı midenin duası için rızıkları yaratan Allah(c.c.) ahirette neler yaratır? Düşün, tefekkür et, akıl et." demek istemektedir. Tefekkür etmek bir ibadettir ve ibadet Allah(c.c.) ile mahlukat ortasında bir birleşme noktasıdır.

> Nasıl ki, tohum olacak kıymettar bir meyve-i zîşuur, ağacın altındaki zîruhlara baksa, güzelliğine güvense, kendini onların ellerine atsa veya gaflet edip düşse, onların ellerine düşecek, parçalanacak, âdi birtek meyve gibi zayi olacak.

İnsan kâinat ağacının en kıymettar meyvesidir. Said Nursî Hazretleri insana, kesrette boğulmama dersini, bir ağaç misaliyle vermiştir. Nasıl ki bir tohum toprağa ekildikten sonra ağaç oluyor ve binler meyve veriyorsa; bir insan da kulluk toprağına ekildiği zaman sonsuzluk aleminde ağaç olacak ve binler meyve verecektir. Lakin ağacın başındaki meyvenin toprağa düşüp hayvanlara yem olma ihtimali olduğu gibi kâinat ağacının en tepesindeki insanın da ehli dünyanın eline düşüp heba olma ihtimali vardır.

Nasıl ki meyve hayvanın eline düşse, hayvan onun içindeki çok kıymettar çekirdek ve cihazatları anlamaz. Çünkü hayvan ondaki lezzete taliptir. Hayvan pazarında insanlık geçmez. Aynen öyle de insan ehl-i dünyanın eline düşse, onlar bu insanda ahirete namzet nice kıymetli latifeler var demezler ve menfaatlerinin yettiği yere kadar o insanı kullanmak isterler. Çünkü İslam'dan doğan merhametin olmadığı yerde kesinlikle dünya menfaati vardır. Bir insan dünya için birini seviyorsa mutlaka onu kendi lezzeti için seviyordur. Bunu kendi yaşantılarımızdan anlamak hiç de zor değildir. Bir gün insanın elinden var olan gücü gitsin, makamı elinden alınsın, insanların işine yarayan gençliği ihtiyarlığa inkılap etsin, cebinde parası bitsin, sağlık bedenini terk etsin de görelim bakalım; "Onlar beni çok sever." dediği insanlardan kaçı yanında kalıyor? O insan yüzünü dünyadan Allah'a[c.c.] dönsün, iman hakikatleri ile tanışıp birinci önceliği olan Allah'a[c.c.] kulluğunu yerine getirmeye kalksın, bakın evde, ailede ne fırtınalar kopuyor. Anne baba şirkete zarar gelmesin, işler gerilemesin diye; eş akşamları kendisi ile ilgilensin diye nice sorunlar çıkarıyor. Zira insan bu dünyada en çok uğruna fedakârlık gösterdiklerinden vefa göremiyor. Çünkü ehl-i dünya bizdeki kendileri için var olan menfaate önem veriyor. Ama Allah[c.c.] bizim sadece kulluğumuza talip olup asla bir menfaat beklemiyor. Onun için bizden hiç vazgeçmiyor.

İnsanın ehl-i dünyaya yem olmasının ve sonsuz zarara uğramasının iki sebebi vardır. İlki enaniyet ile kendine güvenip, kendini ehl-i dünyaya feda etmesidir. İnsan bu dünyaya ahiret âlemi için tedarikte bulunmaya ve cennete

> Ne güzel bir niyet: "Şu yanlışlarımı terk edeyim de, Allah beni terk etmesin."

layık bir kıymet almaya gelmiştir. Bunun yolu ise kendisini ubudiyet toprağına gömmesi ve kabiliyetini yerinde kullanmasıdır. Kul olduğunu, başıboş olmadığını, bedeninde yaratılan ve ruhuna takılan bütün maddi ve manevi cihazların onun kendi malı olmadığını, enaniyetine güvenmemesi gerektiğini, bütün bu emanetleri hakiki sahibinin rızası istikametinde kullanmakla mükellef olduğunu ve ancak böylece kendisindeki istidat çekirdeğinden bir "tuba-i cennet" çıkabileceğini bilen bir insan, kendini ubudiyet toprağına atar. Yani bu dünyada bir kul olarak yaşar. Kendini kendine malik bilmez. Aksi hâlde enaniyetine güvenip kâinat içinde boğulur, dünyanın muhabbetiyle sersem olarak fânilerin tebessümlerine aldanır ve sonsuz bir zarara uğrar.

İkincisi ise doğruyu bilmesine rağmen gaflete düşmesi ve doğruyu irade edememesidir. Kişi gaflet hâlindeyken kendisini ahiret için kullanması gerektiğinin farkındadır ama öyle bir girdabın içine düşmüştür ki gafletten ötürü hâlen kendisini ehl-i dünyaya kullandırmaya devam eder. Hakikati bile bile ahirete yönelik adım atamaz; çünkü içindeki imanın gücü buna yetmez. Tıpkı bazılarının doğruyu bilmesine rağmen başını secdeye götürememesi, haramı elinin tersiyle itecek gücü kendinde bulamaması gibi.

> Öyle de, insan, eğer kesrete dalıp, kâinat içinde boğulup, dünyanın muhabbetiyle sersem olarak fânilerin tebessümlerine aldansa, onların kucaklarına atılsa, elbette nihayetsiz bir hasârete düşer. Hem fenâ, hem fâni, hem ademe düşer. Hem mânen kendini idam eder.

Kesret çokluk; vahdet ise birlik demektir. Kesret Allah'a(c.c.) giden yola engel olan her şeydir. Mesela, buğdaydan cevize, yoğurttan pekmeze, ayvadan hurmaya kadar bütün rızıklar kesreti ifade eder. Bunların tümünün rızık olmada birleşmeleri ve bir Rezzak'ın eseri ve ikramı olmaları ise vahdettir. Bir damla suyu yaratan kim ise bütün rızık âlemini yaratan da O'dur(c.c.). Bizler, eğer kâinatta var olan her rızkın üzerindeki mührü görür; "Yaratılan her rızkın tek sahibi vardır ve onların hepsi bir gaye için bana ikram edilmiştir." dersek kesretin içinde vahdeti yakalamış oluruz. Yoksa kesrette boğuluruz. Her şeyin üstünde Allah'ın(c.c.) rububiyet ve tasarrufunu görebilirsek, isim ve sıfatların tecellilerini okuyabilirsek, o zaman kesret âlemi Allah'ı(c.c.) gösteren birer levha hükmüne geçer. Bu da kalpteki kesrete dağılmış olan muhabbeti vahdete toplar. İnsanın kesrette boğulması, fikir ve kalbini yaratılanlara bağlaması, Allah'tan(c.c.) gafil olarak sadece dünyaya bakmasından kaynaklanır.

Bu dünya imtihanının gereği olarak birçok iş sebepler eliyle icra edildiği için, gafil insanların fikirleri ve muhabbetleri bu sebeplere takılıp kalır ve sonra o sebepler kimini boğar, kimini oyalar, kimini ise tamamen yutar. Mesela senin evladına muhabbet beslemen seni Allah'a(c.c.) yaklaştırıyorsa vahdettir. Eğer seni Allah'tan(c.c.) uzaklaştırıyor, sen vesveselerle evladının peşinde koşmaktan kulluğunu, ibadetini terk ediyorsan o zaman kesret olur. İnsan, dünyada evladının başına bir şey gelecek olsa "Aman zarar ona gelmesin bana gelsin." der ama Allah(c.c.) ahirette tüm dengelerin değişeceğini bize şu ayetle bildirir: "O gün gökyüzü erimiş maden gibi olur. Dağlar da atılmış renkli yüne döner. Dost dostunun hâlini sormaz olur. Hâlbuki birbirlerine gösterilirler. Günahkâr kişi, o günün azabı karşısında ister ki oğullarını, karısını, kardeşini, kendisini koruyup barındıran bütün ailesini ve yeryüzünde kim varsa herkesi fidye olarak versin de kendisini kurtarsın!" (Meâric 8-14) Bu ayet bize bir insanın en sevdikleri ile nasıl kesrette boğulacağını beyan eden en güzel ayetlerden biridir.

Günümüzde anne babalar evlatları ile kesrette boğulurken, nice genç kardeşimiz haram sevmelerde, kimi insanlar da mal mülk meşguliyetinde boğulur. Bir insanın malı mülkü ile meşguliyeti onu kulluktan alıkoyuyorsa, o insan müşteri kaçmasın diye namazlarını ihmal ediyorsa, şirketi büyütmek için gecesini gündüzüne katmasına rağmen Allah'ın(c.c.) dinine hizmet için bir sorumluluk alamıyorsa kesrette boğulmuş demektir. Hâlbuki Allah(c.c.) insana verdiği serveti sadece kendisi yesin, biriktirsin diye vermemiştir. Allah(c.c.) yolunda kullanıp dağıtması için vermiştir. Siz bir gün arkadaşlarınızla pikniğe gitseniz ve pişen on kilo et sizin önünüze koyulsa; bu, hepsini sizin yemeniz için değil masadaki diğer kişilere dağıtmanız içindir. Nasıl, siz önünüze koyulan on kilo etin hepsini kendinize alsanız böyle bir durumdan arkadaşlarınız razı gelmez; aynen öyle Allah(c.c.) da servetler verdiği kulunun elindekileri sadece kendisinin kullanmasından razı gelmeyecektir.

Ebed için yaratılan insanın dünya meşgalesi içinde vahdeti unutması çok tehlikeli bir hâldir. Bu durum herkesten ziyade kişinin kendisi için zarardır. Çünkü insanın gözünün içine bakarak düşmesini bekleyen nice ehl-i dünya vardır. Onlar senin düşmeni bir canavar gibi değil tebessümle beklerler. Seni dünyaya tatlı tatlı çağırırlar. Önce bir kafede çay içmek için, sonra diskoda içki içmek için çağırırlar. Önce arkadaşlarla eğlenmek için gezmeye gidiyoruz diye, sonra kafalarımızı güzelleştireceğiz diye uyuşturucu içmeye çağırırlar. Önce, "Ne olacak sanki hepimiz sosyal hayatta yaşıyoruz, bir yemek yiyip geleceğiz." diye kız erkek karışık ortamlara çağırırlar.

Sonra, seni zinanın ortasına atarlar. Önce seni dünyaya adım adım çekerler sonra da dünyanın pisliğinde boğup kendi köşelerine çekilirler.

Sen eğer onların o tebessümüne kanarsan zararın sonsuz olur. Zira insan bu dünyada bir bardak suyunu yitirse kaybı bir bardak su kadar olur. Ama ahiret sonsuz bir yurt olduğundan orada kaybettiği şeyin zararı da sonsuz olur.

Elini öfkeyle cama vuran bir insan sinirlerini kestiği için artık acıyı hissetmemeye başlar. Bir insanın acıyı hissetmemesi ise her zaman iyileştiği anlamına gelmez. Nasıl ki insanda sinirler öldüğü vakit hisler de ölür aynen öyle de ahirete namzet latifeler öldüğü zaman da hisler ölür ve o kişi akıbetinin vereceği acıyı hissetmez. Damara kan gitmediğinde uyuşan ayak gibi o kişinin kalbine de iman gitmez ve dünyanın onu uyuşturduğunu fark etmez. Birçoğumuzun içinde bulunduğu ahval tam da bu şekildedir. "Kulluk nedir? Çekirdeğimizi kulluk toprağına neden ekmemiz gerekir?" Bunların farkında bile değiliz. Hepimiz adeta manen intihara doğru gidiyoruz. Buna da "Ben hayatımı yaşıyorum." diye bir kılıf giydiriyoruz.

Birçok insan hâşâ Allah(c.c.) bizi imtihan ederken içinde bulunduğumuz durumlardan habersizmiş gibi, "İş yerinin tüm yükü omuzlarımda. Ben eve bakmasam kim bakacak? Bu devirde ekmek aslanın ağzında. Mücadeleye devam ediyoruz. Evin içini idare etmek kolay mı zannediyorsun?" diyor. Madem; "Allah kimseye gücünden fazlasını yüklemez." (Bakara /286) sırrınca teklif-i mâlâyutak yoktur ve sen de Kur'an'a iman ediyorsun, o hâlde senin ağzından çıkan bu sözler meylinin dünyaya kaydığının göstergesidir. Eğer sen ahirete yönelik yapman gereken vazifeleri yapmıyorsan demek ki kalbinin derinliklerinde hâlâ dünya sevgisi taşıyorsun demektir.

> Ey nefsim! Madem hakikat böyledir. Ve madem millet-i İbrahimiye'densin.(a.s.) İbrahimvâri لَا أُحِبُّ الْاٰفِلِينَ "Ben batıp gidenleri sevmem." de. (En'âm Sûresi, 6:76.) Ve Mahbûb-u Bâkî'ye yüzünü çevir.

Hz. İbrahim'in(a.s.) babası ve kavmi putlara ve yıldızlara tapıyorlardı. Lakin o, bu yanlış inanca karşı çıktı ve yıldıza, aya, güneşe bakarak: "Ben batıp gidenleri sevmem." dedi.

Sen de İbrahim milletinden olduğun için ruhun batıp gidenleri, elbet bir gün son bulacak şeyleri sevmiyor. Son model bir araba alınca "Bundan sonra hayat benim." diyorsun ama üç gün sonra o arabadan da sıkılıyorsun. Zaten bir teneke ile insan nasıl mutlu olabilir? Bir ev alıyorsun; "Sanki cennetten bir köşk gibi değme keyfime!" diye seviniyor, üç ay sonra "Keşke giyinme odası da olsaydı, balkonları biraz daha büyük olsa iyi olurdu." diye ondan da şikayetleniyorsun. Çünkü ruhunu madde ile doyurmanın imkânı yoktur. Sendeki ruh batmayanı arıyor. Yarım kalan tüm hayaller tamamlansın diye seni ahirete baktırıyor. Ama sen nefsini ara ara "Araba alma, sevgili ile buluşma, efkâr dağıtmak için meyhaneye gitme, ev almak için faize bulaşma, dostlarla gıybet etme, anne babayı, akrabayı memnun edeyim derken Allah'ın rızasını es geçme." ile beslediğinden bunu fark edemiyorsun. Neticede seni daha büyük bir tehlikenin beklediğini anlamıyorsun.

Varsayalım ki bir evin var ve bahçesinde köpek besliyorsun. Eğer sen bahçendeki köpek sana saldırıp ısırmasın diye onu sürekli beslersen, onun ısırmasından kısa vadeli olarak kurtulmuş olursun. Tabi, bu arada köpeği sürekli beslediğinden köpek büyümeye devam eder ve gün gelip fıtratının gereğini yerine getirerek sana yine saldırır. Hem de bu sefer yavru bir köpek gibi değil aslan gibi saldırır. Bizler nefsimizdeki açlığı bastırmak için onu besledikçe o, kısa vadeli doymuş gibi görünse de aslında içten içe daha da güçlenir ve biz zamanında ondan bir iki ısırık ile kurtulabilecekken şimdi başımızı da versek kurtulamayacak hâle geliriz.

Onun için bizim Hz. İbrahim(a.s.) gibi: "Ben batıp gidenleri sevmem!" dememiz ve kendimize ne kabirde ne mahşerde ne de ahirette hiçbir faydası dokunmayacak olan mahlukatı kalben terk edip Mahbûb-u Bâkî'ye yüzümüzü çevirmemiz şarttır.

Bizler imanı, marifet ile taçlandırmazsak bu yol bizlere çok ağır gelir. Bu yolun yorgunluğundan kurtulamayız ve Allah'a(c.c.) yâr olmak varken dalımızdan düşüp ehl-i dünyaya yâr oluruz. Onun için Allah'a(c.c.) "Güzel insanlarla olmak istiyorum." diye dua etmeliyiz. Duanızın kabul olduğunu yanlış insanlar hayatımızdan çıkınca anlayacaksınız.

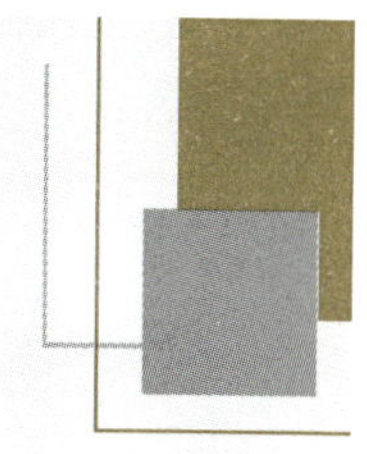

UNUTULMAZ BİR AŞK HİKAYESİ

İnsanın bu dünyada üzülmesinin en temel sebebi Allah Azze ve Celle'nin kendisine verdiği sonsuz sevme kabiliyetini geçici, baki olmayan şeylere sarf etmesidir. Fâni şeylere sonsuz sevgi sarf eden her insanın geçmişinde mutlaka acı bir hatırası vardır. Ya bizzat kendiniz hatırasınızdır, gençlik döneminizde ciddi acılarla, ıstıraplarla kıvranmışsınızdır ya da etrafınızdaki insanları dinlediğinizde onların bu acı hatıralarla ve ıstıraplarla kıvrandığını görmüşsünüzdür. Peki bu ızdırabı çekmede suç sonsuz sevme kabiliyetini bize verende midir yoksa bu kabiliyeti yanlış yerde kullanan bizlerde mi? Öğretmen sınav yapsa, bir öğrenci de düşük not alsa, o sınavı yapan öğretmen mi suçludur yoksa sınava çalışmayıp yanlış şıkları seçen öğrenci mi? Her iki durumda da suçun kimde olduğu aşikârdır.

İnsan; başka bir insanı sever, dostunu, malını, kendini veya ömrünü sever. Lakin bunların hepsinin gayrimeşru bir muhabbete dönüşme tehlikesi vardır. Bu sevmeler Allah'ın(c.c.) istediği şekilde olmazsa haram muhabbetlere dönerler. Bizler bu noktalarda yanlış bir sevgiye düştüğümüzde sadece canımızın yandığını zannediyoruz ama aslında mesele bu kadarla kalmıyor. O yanlış muhabbet zamanla kalbimizde puta dönüşüyor ve Allah(c.c.) bunu şirk sayıyor. Bizlerin toplumca bildiği en ciddi günahlardan birisi kul hakkıdır. Diyelim ki ben bir arkadaşımın kalbini kırdım. Bir gün, kapısının önüne geldim, bir araba anahtarı uzattım ve "Arkadaşım, seni kırdım; ama özür diliyorum. Bu son model arabayı da sana hediye aldım." dedim. O hediyeye binaen belki arkadaşım benimle barışır, beni affeder. Ya da gıyabında sürekli arkadaşıma dua etsem, ahirette beni görse, belki "Ya Rab! Ben hakkımı helal ettim." der ve yaptığımın affı olur. Kul hakkında bile af yolu mümkünken şirk öyle bir cürümdür ki gözler kapandıktan sonra geri dönüş mümkün değildir. Kişi şirk üzere öldüyse affa giden tek bir yol dahi yoktur. Allah Azze ve Celle bunu bize şu ayeti ile bildirmiştir: "Allah, kendisine ortak koşulmasını asla bağışlamaz. O'ndan başka günahları dilediği kimse için bağışlar. Kim Allah'a ortak koşarsa, büsbütün sapıtmıştır." (Nisâ Suresi – 116)

İnsanın Allah'tan(c.c.) başkasını Allah(c.c.) gibi sevmesi, muhabbet beslemesi nasıl şirkse; Allah'tan(c.c.) başkasından da Allah(c.c.) gibi korkması aynı şekilde şirktir. Bizler Allah'a(c.c.) ortak koşacak seviyelerde başkalarının emirlerini dinler, başkalarının yoluna kendimizi amade kılarsak gözlerimiz kapandıktan sonra bunu telafi etmemiz asla mümkün olmayacaktır. Bu sebepten gayrimeşru sevdalarımız bu asırda başımızdaki en büyük belalardır. Sevda deyince aklımıza sadece karşı cinse duyulan sevda gelmemelidir. Mala, mülke, makama, futbola, eve, arabaya, eşe, evlada, markaya, rahata ve diğer fâni mahbuplara duyulan sevgi insanın başına bela olabilecek türde bir sevgidir.

Allah Azze ve Celle kalbin batınını yani içini kendisini

sevmemiz için; zahirini yani kabuğunu da mahlukatı sevmemiz ama yine Allah(c.c.) namına sevmemiz için yaratmıştır. Peki, O'nun(c.c.) namına sevmek ne demektir? Mesela ben Süleymaniye Camii'ni seven birisi olarak onun taşını, demirini sever, güzelliğine takılırsam bu zahiri bir sevme olur. Ama o muhteşem eserin hakikatini bilirsem Mimar Sinan'ı severim. Çünkü kalbin batını ile sevmek, sanatı değil sanatkârı sevmeyi gerektirir. Bir gün bir sebepten ötürü Süleymaniye Camii gözümün önünde yıkılmak durumunda kalsa ben onun taşından, toprağından ayrıldığım için değil, Sinan'ın ruhundan yansıyan güzellikten ayrıldığım için üzülürüm. Ben o caminin hakikatini sevmişsem eğer, benim Mimar Sinan'dan ayrılmak istememem camiden ayrılmak istememem olarak yansır. O yüzden yıkılmasını istemem. Ama camiyi yıkmaya geldiklerinde baksam ki Mimar Sinan orada "Yıkın! On tane daha olsa hepsini yıkın!" derim. Çünkü madem Sinan yaşıyor, onun içinde binlerce Süleymaniye Camii'ni yapacak cevher vardır. İşte bizim mahlukata sevgimizde bu şekilde olmalıdır.

Aslında bizler fâni şeylerin zatını sevmiyoruz. Allah(c.c.) onu esmasıyla boyamış, biz Allah'ın(c.c.) esmasının boyadığı mahlukatı seviyoruz. Yani Allah'ın(c.c.) zatını seviyoruz. Biz eğer sevdiğimiz bütün mahlukatın Allah'ın(c.c.) zatında var olduğunu bilsek onlardan ayrıldığımızda üzülmeyiz. "Madem Allah var; demek tüm sevdiklerim de var." deriz. Ama bu hakikati bilmediğimizden her giden şey, içimizden bir şey koparıp gidiyor. Mahlukatın zatını sevdiğimizden, onlar fena bulduğu anda üzülüyoruz. Kalbimizdeki sonsuza karşı muhabbet karşılığını bulamayınca, her giden şey bizi çok yoruyor.

Madem Allah(c.c.) haricinde sevilen şeyler kalpte şirk uyandırıyor, o zaman biz annemizi, babamızı, evladımızı, eşimizi, işimizi nasıl sevmeliyiz? Onları hangi ölçülerde seversek Allah(c.c.) bundan darılmaz? İnsan sonsuz sevme kabiliyetiyle hem Allah'ı(c.c.) hem de Allah(c.c.) namına tüm mevcudatı ne şekilde sevebilir? Buyurun okuyalım.

> **24. SÖZ,**
>
> 5. DAL, BİRİNCİ MEYVE
>
> Ey nefisperest nefsim, ve ey dünyaperest arkadaşım! Muhabbet şu kâinatın bir sebeb-i vücududur. Hem şu kâinatın rabıtasıdır, hem şu kâinatın nurudur, hem hayatıdır.

Nefisperest, kendisine tapan demektir. Birinin nefisperest olduğunun alameti şudur: Her şeyi nefsi için feda eder ama nefsini yani kendisini hiçbir şey için feda etmez. Bu durum kişinin kendisine taptığını gösterir. Tapmak, verilen emirlere uymak demektir. Eğer insan nefsinin emir ve isteklerine uyuyorsa nefsine tapıyor, Allah'ın(c.c.) emir ve yasaklarına uyuyorsa Allah'a(c.c.) tapıyor demektir. Çünkü insan en çok kendini, yani nefsini sever. Nefsini seven insan kendisine acımaya başlar ve zamanla Allah(c.c.) yolundan geri adım atmaya başlar. Bu durum ise kişinin kendisini yanlış sevmeye başlamasına ve devamında mahlukatı ve mevcudatı da yanlış sevmeye devam etmesine sebep olur.

Allah Azze ve Celle kâinatı sevdiği için yaratmıştır. Kâinatın yaratılış sebebi Cenâb-ı Hakk'ın bilinmeye muhabbet etmesidir. Allah(c.c.) bunu bir hadis-i kudside şöyle beyan etmiştir: "Ben gizli bir hazine idim. Bilinmeye muhabbet ettim ve mahlukatı var ettim."

Bütün hayatlar Muhyî isminin hazinesinden, bütün rızıklar Rezzâk isminin hazinesinden, bütün şekiller Musavvir isminin hazinesinden gelmektedir. Cenab-ı Hak bu gizli hazinelerindeki cevherlerin bilinmesini istemiş, buna muhabbet göstermiş ve varlık âlemini yaratarak bütün isim

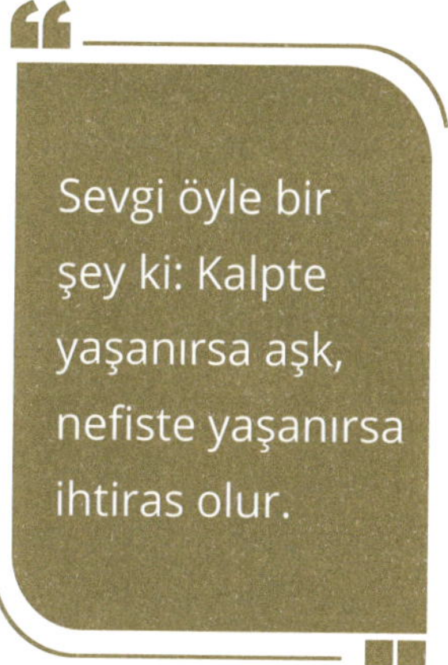

ve sıfatlarını onlarda tecelli ettirmiştir. Bu mana, "Kâinat ağacının en son ve en mükemmel meyvesi" olan insanda en ileri derecede kendini göstermiştir. İnsanı incelediğimizde, insanın derisinin altında kaslar, kasların altında organlar, organların içinde hücreler, hücreleri oluşturan atomlar, atomların içinde quarklar, onun aşağısında esir maddesi, onun da altında Nur-u Muhammedi ve en temelde Allah Azze ve Celle'nin kâinata muhabbeti vardır. Yani kâinatın yaratılma sebebi Allah'ın(c.c.) ona duyduğu sevgi ve muhabbettir.

Bu muhabbet aynı zamanda varlıklar arasında bir râbıta tesis ettirmiştir. Gözler, güneşi ve renkleri zevk ile seyretmişler, diller tat almaktan hoşlanmışlar, akıllar bu kâinat kitabını zevk ile mütalaa etmişlerdir. Bu râbıtalar içinde en ehemmiyetlisi, insan kalbinin iman ile Allah'a(c.c.) intisap etmesidir. Bu râbıta devam ettiği müddetçe kâinatın varlığı da devam edecek; bu bağ tamamen koptuğu yahut çok zayıfladığı takdirde kıyamet kopacaktır.

Gezegenlerin Güneş'in cazibesine kapılarak dönmeleri, bu muhabbetten bir işaret taşır. Kâinattaki her şey birbirini sever ve cezbeder. Bu hâl, atomlardan gezegenlere kadar her şeyde görünür. Her bir atom ve gezegen birbirinin çekim alanında deveranına devam eder. Her birisi birbirine muhabbetle o kadar bağlıdır ki hücredeki her bir atom ve kâinattaki her bir gezegen muhabbetle döner. Biz tüm bunlardan şunu anlarız ki sevmek insanın fıtratında vardır. O zaman kimse insana "Sevme!" diyemez. Nasıl ki uyumak, gülmek fıtri bir hâldir; kimse kimseye uyuma, gülme diyemez. Aynen öyle de sevmek de fıtri bir hâldir ve insan sevmeden duramaz. İşte Allah(c.c.), insandaki bu fıtri muhabbeti tahrik edip Zatına yöneltmek istiyor. "Kâinattaki her şeyi benim namıma seveceksin." diye emrediyor. Zaten Allah(c.c.) bize verdiği sonsuz sevme kabiliyetini geçici şeyleri sevmemiz için vermiş olsaydı, sevme kabiliyetinin sonsuz verilmesine gerek yoktu. Kâinattaki her şey fâni olduğuna göre sonsuz bir kabiliyet bu fâni mevcudat için verilmiş olamaz. Bu durumun aksini iddia etmek, suda çalışma özelliği olmayan bir telefonla havuza girip en güzel fotoğrafları çekerim ve bu telefon bozulmaz demeye benzer. Sonuçta telefon bozulduğu ile kalır. Nasıl bir makine yanlış yerde kullanıldığında bozulur, sonsuzu sevmek için yaratılmış kalp de sonlu bir şeyi sevmek için kullanılırsa bozulur. Dünyadaki insanların ızdırabının en temel sebebi bu manayı bilmemesidir.

> İnsan kâinatın en câmi' bir meyvesi olduğu için, kâinatı istilâ edecek bir muhabbet, o meyvenin çekirdeği olan kalbine dercedilmiştir. İşte, şöyle nihayetsiz bir muhabbete lâyık olacak, nihayetsiz bir kemâl sahibi olabilir.

İnsanın kalbine bütün kâinata alaka duyabileceği ama yine de doymayacağı sonsuz bir muhabbet yerleştirilmiştir. İnsan, o sonsuz sevmeyi fâni bir mevcudata, yok olup gidecek bir şeye sunduğunda karşılık alamaz. Sonra da bu karşılıksız sevgiden derin bir elem duyar. Bu mana anlaşılmayınca, insanı kötü düşüncelere kadar götürür. İnsan, karşılığını alamadığı sevginin sorumlusu olarak ya kendisini ya da karşısındaki muhatabını görür. Cezayı ya ona ya da kendisine keser.

Altı yüz yıllık çınar ağacı bir damla suyla sulansa kurur.

Çünkü bir damla su onun ihtiyacına karşılık gelmez. İnsan da içindeki sonsuz sevme kabiliyetini fâni bir mevcudata verdiğinde karşılığını alamaz. O karşılığı alamayınca da ruhu ızdırap çeker, ne kendi sevmesinden ne de sevilmekten tatmin olur. Muhatabı her dediğini yapsa da yine tatmin olamaz. Çünkü sonsuz sevme kabiliyeti, sonlu bir şeyde karşılık bulamaz. O kalp makinası elbet bozulur.

İnsan içindeki sonsuz sevgiyi ancak sonsuz bir Zata sunabilir. Madem elimde sonsuz sevme kabiliyetli bir sermaye var ve ben sonluyum, evdeki eşim, işteki makamım, garajdaki arabam sonlu; belli ki bu sermaye böyle sonlu bir şeyi sevmek için değil, sonsuz bir kemal sahibine yani bizzat Allah'ın(c.c.) zatına sunmak için verilmiştir.

> İşte, ey nefis ve ey arkadaş! İnsanın havfa ve muhabbete âlet olacak iki cihaz, fıtratında dercolunmuştur. Alâküllihal, o muhabbet ve havf, ya halka (yaratılanlara) veya Hâlıka müteveccih olacak. Hâlbuki, halktan havf ise elîm bir beliyyedir; halka muhabbet dahi belâlı bir musibettir.

İnsanın ruhunda iki cihaz vardır. Bunlardan biri sevme cihazı, diğeri ise korku cihazıdır. İnsan bunların ikisini de kullanmak zorundadır. En kabadayı geçinen insanların bile "Ben ondan korkmam, bundan korkmam!" demeleri mermiyi görene kadardır. İnsandaki korku ve sevgi hisleri, ya halka yani mahlukat âlemine yahut Hâlık'a müteveccih olacaktır. Yani insan ya mahlûklardan korkacak ve onları sevecektir yahut Allah'tan(c.c.) korkacak ve O'na(c.c.) muhabbet edecektir.

Yaratılan şeyleri bizzat sevmek beladır. İnsanın, en yakınlarını, misal olarak anne-babasını, eşini, çocuklarını, arkadaşını veya bedenindeki güzellikleri bizzat sevmesi beladır! Aynı şekilde bir yere gezmeye gitmeyi, güzel bir yemeği yemeyi, bir espriye gülmeyi bizzat sevmesi de beladır. Çünkü Allah(c.c.) kulumun kalbi beni sevsin demiyor, yalnız beni sevsin diyor. Kulum bana kulluk etsin demiyor, yalnız bana kulluk etsin diyor. İyi de bizzat Allah'ı(c.c.) sevmek ne demek? Madem insanın yaratılanı bizzat sevmesi başına bela olacak o hâlde bizler nasıl seveceğiz? Aklımızda oluşan bu soruların cevabını bir örnek üzerinden verelim.

Güneş - Ay Metaforu

Biz Güneş'i bizzat zatından dolayı seviyoruz çünkü ısıyı da ışığı da o veriyor. Ama biz Ay'ı Güneş'ten dolayı seviyoruz. Çünkü Ay'da gördüğümüz ışığı Güneş yansıtıyor. Güneş olmasa hiçbirimizin Ay'dan haberi olmaz. Demek ki biz aslında Ay'ı değil, Ay'da gördüğümüz Güneş'i seviyoruz. Sadece Güneş'i Ay'da gördüğümüz için Ay'ı sevdiğimizi zannediyoruz. Bu zan sebebiyle Ay batıp gidince üzülüyoruz. Bu metaforda Ay'dan kastedilen bizim gençliğimiz, servetimiz, sevdiklerimiz, gücümüz, kuvvetimizdir. Allah'tan(c.c.) gayrı sevdiğimiz ne varsa hepsi Ay'ın yerine konulabilir. Metafordaki Ay misali biz aslında eşyayı sevmiyoruz. Eşyayı Allah'ın(c.c.) nurundan dolayı görebiliyoruz ve eşyada gördüğümüz güzelliği eşyadan zannediyoruz. Esasen eşyada görülen Cemal-i İlahi'nin tezahürüne aşığız ama yanlış zannımız sebebiyle eşyada takılıp kalıyoruz. Umum mevcudattaki bütün güzellikler Allah'ın(c.c.) zatından geliyor ve biz esasen anamızı, babamızı evladımızı, işimizi, bedenimizi, arabamızı değil; mevcudatta gördüğümüz Allah'ın(c.c.) esma boyalarını seviyoruz.

Yeryüzünde sürekli parıltılar görüyoruz. Buğdayda

sarının, gülde kırmızının, karpuzda yeşilin parıltısına şahit oluyoruz. O parıltıların her birisi bize Güneş'i işaret ediyor. Yani yeryüzünde gördüğümüz ışık; gülü, papatyayı, denizi göstermekten çok Güneş'in kendisini göstermek için vardır. Bizler arabayla giderken yolda işaret tabelası görsek, tabelaya doğru değil işaret ettiği yere doğru gideriz. İşte mahlukatın üzerinde gördüğümüz güzellikler de bize "Bendeki güzellikler Allah'ın zatından geliyor." diyen birer işaret tabelasıdır. Ama bizler bazen tabelanın işaret ettiği yere değil de direk tabelaya gittiğimizden işaret tabelasına çarpıyoruz ve canımız yanıyor. Gayrimeşru bir sevdaya gönül veriyoruz kalbimiz yaralanıyor.

Ay'ın ışığı kendinden değildir, o yüzden Ay karanlıkta kalabilir. Ama Güneş'in ışığı kendindendir, karanlık ona yanaşamaz. Mevcudat Ay gibi, ışığını Güneş'ten alır. Onun için bizler mevcudatın zatını sevdiğimizde karanlıkta kalır, yıkılırız. Eğer mevcudatın zatını değil her birinin işaret ettiği Güneşi seversek o saatten sonra bize ne karanlık vardır ne hüzün. İşte bizler, mevcudatı Allah[(c.c.)] namına böyle sevmeliyiz. Yoksa çok sevdiğimiz papatya bir gün solar, üzülürüz. En yakın arkadaşımız bizi terk eder, yıkılırız. Günümüzde birçok gencin hayatını drama çeviren bir sebeptir, haram sevmeler. Bugün çevrede gençlerin şehvetini harekete geçirecek o kadar çok etken var ki. Her yerde boy boy asılı billboardlar, her an ulaşabileceği telefon, tablet, bilgisayarlar gençleri tahrik edip harekete geçiriyor. O genç fıtratında olan muhabbet damarıyla reklam panosunda veya sosyal medyada karşısına çıkan karşı cinse gönlünü kaptırıyor. Kavuşma ihtimali çok düşük olmasına rağmen ona muhabbet besliyor, nefsî hisler barındırıyor. Bu ise ona bir müddet sonra azap olarak geri dönüyor. Aslında kişinin ölesiye bağlandığı hiçbir sevgi önemsediği kadar mühim değildir. Kişi elde etmek istediği şeye kavuşsa bile onun lezzeti çok kısa sürer. Çünkü sonsuzu sevmek için verilen kalbin sonlu bir şeyle tatmin olması mümkün değildir. Ama biz gafletimizden bunu hissedemiyor, hâlen fâni şeylerin peşinde koşup duruyoruz.

Allah(c.c.) bize sonsuz bir cenneti vereceğini söylüyor ama biz gafletimizden dünyada gördüğümüz birinin kaşına gözüne aldanıp ondan sevgi talep ediyoruz. Bizlerin ona meyletmemizi sağlayan ne kadar güzellik varsa hepsini bir köşeye bırakıp, aklımızı kullanarak o harama bakmamamız ve kendimize; "Benim onda nefsimi çeken ne varsa, Allah'ın zatında hepsini yaratma kudreti var. Ben O'nu(c.c.) bir razı etsem, cennete bir adım atsam yeter. Ondan sonra bana istediğim her şey var." dememiz gerekir. Neyi seviyorsak hepsinin Allah'ın(c.c.) zatında sayısız olduğunu hatıra getirmemiz ve aklımızla nefsimizi susturmamız elzemdir. Çünkü dünyada alacağımız lezzet bellidir. İnsan bu meseleyi anlasa "Allah'ım istediğimi bana verecek olan yalnız Sensin." der ve sabreder. Çünkü Allah(c.c.) etkilendiğiniz, elde etmek istediğiniz, hayalinize giren ne varsa hepsini yaratandır. Hem de daha güzelini her an ve sayısız yaratmaktadır. Biraz aklı olan insan ahirette alacağı lezzetler dururken, dünyanın geçici lezzetlerine meyleder mi?

> Çünkü, sen öylelerden korkarsın ki, sana merhamet etmez veya senin istirhamını kabul etmez. Şu hâlde havf, elîm bir belâdır. Muhabbet ise, sevdiğin şey, ya seni tanımaz, Allahaısmarladık demeyip gider (gençliğin ve malın gibi); ya muhabbetin için seni tahkir eder. Görmüyor musun ki, mecazî aşklarda yüzde doksan dokuzu, mâşukundan şikâyet eder.

Gençlik, güzellik, eş, evlat, anne, baba, iş, para, makam gibi dünya üzerindeki sevmeler bize Allah'ın(c.c.) esmalarını okumamız, "Bunların hepsinde Allah'ın mührü var. Demek sevdiğim her şey Allah'ın zatında sonsuz var." dememiz için verilmiştir. İnsanın kendindeki güzellikler bile Allah'tandır(c.c.). Bendeki güzellikler de O'ndan(c.c.) ise demek ben kendimdeki O'nu(c.c.), nefsimdeki Allah'ın(c.c.) esmasını seviyorum. İşte insanın bunu anlaması için evvela benlik dağını eritmesi gerekir. Ancak benlik dağı eriyen bir insan "Ya Rab! Gençliğim gidiyor, belim bükülüyor, saçlarıma aklar düştü, dişlerim bir bir döküldü, sağlığım elden gitti ama bu gidenlerin hepsi Sen'dendir. Hepsi Sen'in esmanla yazılmış ve Sen'in zatında sonsuz var." cümlelerini kurabilir.

Elimizde bir ayna olduğunu düşünelim. Eğer ben aynadaki parıltının güneşe ait olduğunu bilmez de ışığı aynadan bilirsem aynaya yapışırım. Bir gün ayna elimden düşüp kırıldığında sevdiğim güzellik de onunla beraber kırılıp gideceğinden ışığım gitti diye feryat figan ağlarım. Bir insan önce aynayı bulsa, ayna kırıldığında üzülür. Ama önce Güneş'i bulsa "Tüm ayna ışıklarını ondan alıyor." der ve kırılan aynalara üzülmez. Biz önce mevcudatı seviyoruz, ondaki ışığı buluyoruz, kırılınca da yıkılıyoruz. Ama önce Güneş'i bulsak, "Hangi aynayı buna tutsam zaten aydınlık verecek." desek, o zaman bizim semtimize üzüntü uğramaz.

Anne, bu dünyadaki en güzel merhamet aynasıdır. Eğer sen merhametin kaynağını annen zannedersen, bir gün annen vefat edip bu dünyadan gittiğinde onunla beraber merhameti de gider ve sen "Annemi kaybettim." diye üzülürsün. Diyelim ki çocuğunuzu bana emanet ettiniz, "Benim biraz işim var, bir saat kadar onunla ilgilenir misin?" dediniz. Ben de onu aldım, oynadım, vakti gelince de size geri verdim. Birisi de bana gelip "Çocuk az önce buradaydı, ne yaptın onu?" dese, ben de "Kaybettim." desem. Sizce bu doğru olur mu? Nasıl, bir çocuğun anne babasına gitmesi kayıp değilse senin annenin esas sahibine gitmesi de kayıp değildir. Annenin sinesindeki merhamet-i İlahiyeyi bulamadıysan asıl sen kaybolmuşsun demektir. İnsanın, kaybolduğu bu dar sokaklarda duyacağı şey ızdıraptan başka bir şey değildir. Eşini, evladını, işini, makamını aynadaki yansımayı sever gibi seven insan, bir gün onlar kendisini terk edip gittiğinde ızdırap içinde boğulacaktır. İnsanın çektiği o ızdıraplar bile Allah'ın(c.c.) rahmetindendir. Allah(c.c.) o ızdırapları kuluna sahte sevdalara kanmasın, Ay'ı bulup Güneş'i unutmasın diye vermiştir. Eğer ızdırap vermeseydi, insan Ay'ı sevecek ama Güneş'i asla bulamayacaktı.

> Çünkü, Samed âyinesi olan bâtın-ı kalble sanem-misal dünyevî mahbuplara perestiş etmek, o mahbupların nazarında sakildir ve istiskal eder, reddeder.

Samed; "Kendisi hiçbir şeye muhtaç olmayan ve her şeyin kendisine muhtaç olduğu Zat" demektir. İnsanın kalbi öyle bir Zat'a muhtaçtır ki onun hiçbir şeye muhtaç olmaması gerekir. Çünkü benim sonsuz ihtiyacım var ve ihtiyacımı karşılayacak zat o güç ve kudrette olmalıdır.

Bedendeki her organın kendine göre bir çeşit tatmini söz konusudur. Göz görmekle, kulak işitmekle tatmin olur. Dilin tatmini tat ile mideninki gıda iledir. Kalbin ise en büyük ihtiyacı, imandır. "Ben kimin mahlûkuyum? Şu âlem kimin mülkü? Bu dünyada kimin misafiriyim? Daha sonra nereye gideceğim? Beni misafir eden zat, benden ne istiyor?" İşte kalbin bâtını, bu gibi suallerin cevaplarıyla tatmin olur. Onun ihtiyacı marifetullah olunca, elbette Samediyete en büyük ayna o olacaktır. Diğer mahluklar bu kâinatın maddesine muhtaçken; kalp, bu âlemin sahibini tanımaya, bilmeye, ona iman ve itaat etmeye muhtaçtır. İşte, bu derece yüksek bir mahiyete sahip olan insan kalbini, mahlukatın sevgisiyle tatmine çabalamak, o kalbin fıtratına zıt olduğu için bozulmamış her kalp bu muhabbeti reddeder; onunla tatmin olmaz.

> İnsanın kalbi öyle bir Zat'a muhtaçtır ki, O'nun(c.c.) hiçbir şeye muhtaç olmaması gerekir.

Kendisine Narkoz Veren Doktor

İnsan, bir dış ortama girdiğinde içinden ne geliyorsa onu yapmaz, bulunduğu ortama göre davranır. Mesela, bir iş yeri toplantısında resmi davranır. Arkadaş ortamında biraz daha samimi davranır. Ama en rahat hissettiği ortamda bile kendini kontrol eder, içindekini tamamen belli etmez. İnsan iradesi dış ortama göre içindekileri dışarı çıkarmaz. Bu konu ile ilgili bir doktorun etkileyici bir hatırasını dinlemiştim. Doktor başından geçenleri şöyle anlatıyor: "Bana ameliyata gelen insanlar vardı ve bu insanlardan kimisi din adamıydı. O insanlar narkozu yedikten sonra öyle cümleler söylediler ki ben korkudan düşüp bayılacak gibi oldum. Öyle ki bazılarından şirk tazammun eden ifadeler duydum. Ben onların hâlini gördükçe kendimden korkmaya başladım. Çünkü ben de Allah diyorum, ben de namaz kılıyorum, ben de Peygamber'i sevdiğimi söylüyorum ama içimden ne çıkacak bilmiyorum. Bu korku ile bir gün arkadaşlarımdan bana narkoz vermelerini istedim. Çünkü ben günlük yaşantımda irade kullanıyor ve dış dairedeki insanlara içimdeki gerçekleri söylemiyordum. Bu iradeyi sekeratta kullanamayacağım için sekeratta içimden ne çıkacaksa şimdi çıksın dedim ve arkadaşlarımdan narkozu verdikten sonra beni kameraya çekmelerini istedim. Arkadaşlarım dediğimi yaptılar ve narkoz verdikten sonra beni kameraya çektiler. Ben daha sonra izledim ki narkozun etkisinden çıkarken ağzımdan dinlediğim Risale-i Nur dersleri çıkmış. İzleyince, 'Elhamdülillah! Kalp âyine-i Samed o zaman.' dedim ve biraz da olsa rahatladım." İman derslerinin önemini, kıymetini anlıyor musunuz? İraden ortadan kalkınca, içinden ne çıkıyorsa sen osun demektir.

Bizler bir bebeğe süt, mama, oyuncak versek yine de onu tatmin edemeyiz, susturamayız. O bebek ancak annesini bulunca susar. Çünkü bebek anneyi bulduğu an, anne ona hem süt hem yemek hem sığınak olur. O yüzden bebek ne zaman başı sıkışsa annesini zikreder. Bebek nasıl ki annesini bulmadan rahat edemiyorsa bizim kalbimiz de Allah'ı(c.c.) bulmadan yiyip içmekle, gezip eğlenmekle rahat etmez. Kalbimiz yalancı emzik hükmündeki dünya lezzetlerini tattıkça onlar onu tatmin etmez ve "Bunlar beni tatmin etmiyor, bana o esas anneden gelen gıdayı vermezsen ben doymam!" der. Başı sıkışan bebeğin annesini zikretmesi gibi kalbi sıkışan insan da her şeyde Allah'ı(c.c.) bulmak ister. Çünkü insanın sevdiği ne varsa Allah'ın(c.c.) zatındadır.

Bir yer temizlenmeden süslenmez. Kalp de putlardan temizlenmedikçe süslenmez. Zaten La İlahe İllallah'ın içinde de bu sır vardır. Mümin 'la ilahe' kılıcıyla önce diğer ilahların başını keser, kalpteki şirke medar şeylerin kökünü kazır, ondan sonra 'illallah' diyerek Allah Azze ve Celle'nin sevgisini oraya yerleştirir. Tevhid ancak böyle mana kazanır. İnsanın kalbinin içi ne ile dolu ise secdesi ona gider. Kula kulluk edip, sağa sola dalkavukluk edenlerin kalpleri kime dalkavukluk ediyorsa onunla doludur.

Allah(c.c.) kâinatta hiçbir şeyi put olarak yaratmamıştır. İnsan bir şeye tapmış ve onu kalbine put olarak yerleştirmiştir. Bizler zahirde Kâbe'deki duvara, hakikatte ise kalbimizde kim varsa ona secde ederiz. Onun için bizim evvela kalbimizi putlardan temizlememiz gerekir. Tarih boyunca günümüz kadar, kalbin putlarla dolduğu bir dönem yaşanmamıştır. Put deyince sadece taştan, topraktan, helvadan şeyler aklımıza gelmemelidir. Allah(c.c.) ile kalbimizin arasına ne giriyorsa o puttur. Bu devirde insanlar başka bir insanı, makamı, parayı taparcasına sevmektedir. Allah'ı(c.c.) unutarak veya ikinci sıraya alarak gösterilen her sevgi putlaşmış bir sevgidir. Bir şey kalbimize yerleşmiş ve biz ondan ayrılırken içimiz acıyorsa, "Putumuz hayırlı olsun!" demektir.

> Zira, fıtrat, fıtrî ve lâyık olmayan şeyi reddeder, atar. (Şehvânî sevmekler bahsimizden hariçtir.) Demek, sevdiğin şeyler ya seni tanımıyor, ya seni tahkir ediyor, ya sana refakat etmiyor, senin rağmına mufarakat ediyor. Madem öyledir; bu havf ve muhabbeti öyle birisine tevcih et ki, senin havfın lezzetli bir tezellül olsun, muhabbetin zilletsiz bir saadet olsun.

Zillet; "ezilmek" demektir ve siz dışarıda birisini çok sevdiğinizi belli ettiğinizde, o kişi sevginizi istismar edip sizi ezmeye kalkışır. Eğer siz kalbinizi Allah'a(c.c.) tapular, kalbinize sultan olarak O'nu(c.c.) oturtursanız, Allah(c.c.) kalbinizi başkasına ezdirmez. Ama siz sultanın huzuruna çıkmanıza rağmen vezirin, hizmetçinin önünde eğilirseniz sultan bundan razı gelmez ve önünde eğildiklerinizin eli ile sizi tokatlar. Çünkü siz başka bir eli öptüğünüzde, o elden yardım beklediğinizde sizin için yaratılan koca kâinat anlamını yitirir. Kâinatın yaratılma amacı Allah Azze ve Celle'nin zatına muhabbet duyabilmektir. Bizler, birinin kalbine talip olduğumuzda o kalbe başka sevginin kokusu değse darılırız. Biz kalbimizi başkalarına beğendirme çabasına girdiğimizde de Allah(c.c.) darılıyor ve o kalbi terk ediyor. "El ceza-ü min cinsi'l amel! - Ceza amelin cinsindendir! " sırrınca senin başka yerlere duyduğun aşkın cezasını Allah(c.c.) sana, aşkın acısını tattırarak, kalbine azap vererek ödetiyor.

> Evet, Hâlık-ı Zülcelâli'nden havf etmek, O'nun rahmetinin şefkatine yol bulup iltica etmek demektir. Havf bir kamçıdır, O'nun rahmetinin kucağına atar. Malûmdur ki, bir valide, meselâ bir yavruyu korkutup sinesine celb ediyor. O korku, o yavruya gayet lezzetlidir. Çünkü şefkat sinesine celb ediyor. Hâlbuki, bütün validelerin şefkatleri, rahmet-i İlâhiyenin bir lem'asıdır.

Kul ile Rabb'i arasında öyle muhteşem bir muhabbet vardır ki kul Allah'tan(c.c.) korkunca yine Allah'a(c.c.) kaçar. Bizler bir insandan korksak ondan uzaklaşırız ama Allah'tan(c.c.) korktuğumuzda O'nun(c.c.) sinesine gideriz. Çünkü Allah(c.c.) korkusu insanı Allah'a(c.c.) yaklaştırır. İnsan Allah'tan(c.c.) ne kadar korkarsa, o kadar lezzetli bir zillet içine girer. Bu da onun için en büyük bir izzettir. Allah'tan(c.c.) korkan ve O'nu(c.c.) seven, bütün kederlerden kurtulur, huzur içinde yaşar.

Kulluğun sırrı bıçak kemiğe dayandığı anda açığa çıkar. Yusuf Aleyhisselam kuyunun dibinde inim inim inlemiş ama neticesinde Mısır'a sultan olmuştur. Allah Azze ve Celle dilese onu kuyuya düşmeden de Mısır'a sultan edebilirdi ama etmedi. İbadetlerin altını dolduran acizliğin sırrını kulunda görmek istedi. Kulunun "Ya Rab! Bahtına düştüm!" yalvarışını duymak istedi. Yusuf(a.s.) kuyunun dibinde Rabb'ine öyle bir yakardı ki melekler Yusuf(a.s.) inlediğinde "Ya Rab onu biraz daha kuyuda tut, biz onun inlemesi ve duasından aldığımız manevi lezzeti hiçbir yerde alamadık." dediler.

Yunus bin Metta[(a.s.)], balığın karnında Rabb'ine öyle bir münacatta bulundu ki o azim münacat duanın kabulüne mühim bir vesile oldu. Efendimiz[(s.a.v.)] Tâif'te taşlandı, kavmi O'na[(s.a.v.)] eziyet etti ama Allah[(c.c.)] devamında O'nu[(s.a.v.)] Miraç ile şereflendirdi.

Musibetler seni dergâh-ı İlahiye'ye çağıran kader kamçılarıdır. Peygamberlerin yaşadığı bu hadiselerin altında, "Kaçarken bile Allah'a kaçın!" mesajı vardır. Başına bir olay geldiğinde bil ki Allah[(c.c.)] seni huzuruna davet ediyor, şefkatli sinesine sığınmanı istiyor. Seni sevdiği için "Kulum gel, bana sığın!" diyor. Anne çocuğa vuruyor ama çocuk yine de anneye sarılıyor. Çünkü biliyor ki annesinin sinesinde şefkatten başka bir şey bulunmuyor. Ay'ın ışık kaynağı Güneş olduğu gibi annenin şefkat kaynağı da Allah'tır[(c.c.)]. Annemizde sevdiğimiz her şey Allah'ın[(c.c.)] esmalarının tecellisindendir. Bu dünyada annenin şefkat sinesinden daha şefkatli bir sine vardır ki o da anneye şefkati veren Allah Azze ve Celle'nin sonsuz şefkat sinesidir. Bizler o sineyi bir bulsak O'na[(c.c.)] bir sığınsak bütün dertlerimiz deva bulacaktır.

Allah[(c.c.)] bu manayı eksiksiz anlatabilmek için en sevdiğinden, Habibinden[(s.a.v.)] daha çocukluk yaşlarında hem babasını hem annesini almıştır. Allah Azze ve Celle, Efendimiz'i[(s.a.v.)] öyle sevmiş ki O'nun[(s.a.v.)] başka şefkatli sineye sığınmasını kabul etmemiştir. Efendimiz'in[(s.a.v.)] zahir manada en sadık dostu Hz. Ebû Bekir'dir[(r.a.)]. Efendimiz[(s.a.v.)] O'nun[(r.a.)] için bile "Yeryüzü sakinlerinden birini dost edinseydim, muhakkak ki Ebû Bekir'i dost edinirdim. Lakin arkadaşınız (kendini kastediyor) Allah'ın dostudur." (Müslim, Fedailu's-sahabe, 6, 7) demiştir. Gönlünü verse, sığınıp dost kabul etse Allah'ın[(c.c.)] onu da alacağını bildiğinden Hz. Ebû Bekir'den[(r.a.)] bile medet istememiştir. Çünkü Allah Azze ve Celle'nin, Efendimiz'in[(s.a.v.)] başını başkasının omuzuna yaslamasına dahi tahammülü yoktur. Allah[(c.c.)] O'nu[(s.a.v.)] sadece kendi için öyle bir sevmiştir ki Efendimiz'in(s.a.v.); kendinden başkasını sevmesine, kendinden başkasına dayanmasına, kendinden başkasından şefkat talebinde bulunmasına rızası yoktur.

Muhabbetin aslı Allah Azze ve Celle'ye olandır. Sen böyle bir muhabbeti, modeli değişecek bir arabaya, seni üzecek bir insana, maaşını veren patronuna sunuyorsun ya, ne için? Geçici bir dünya için mi?

> Demek havfullahta azîm bir lezzet vardır. Madem havfullahın böyle lezzeti bulunsa, muhabbetullahta ne kadar nihayetsiz lezzet bulunduğu malûm olur. Hem Allah'tan havf eden, başkaların kasavetli, belâlı havfından kurtulur. Hem, Allah hesabına olduğu için, mahlukata ettiği muhabbet dahi firaklı, elemli olmuyor.

Allah'tan(c.c.) korkmakta bile bir lezzet vardır ve Allah'tan(c.c.) korkmak; haşa yılandan, akrepten korkmak gibi değil, sevdiğin birinin seni huzurundan kovmasından korkmak gibidir. Bizim her gün ettiğimiz bir dua vardır ve o duada "Allah'ım bizi zeval ve teb'îd ile tazib etme." diye yakarırız. Teb'îd; "Allah beni huzurundan uzaklaştırır mı?" diye korkmak demektir. Sizler bir padişahın huzuruna çıktığınızda orada ne kadar uzun kalırsanız o kadar lezzet alırsınız. Bizlerin namazdan lezzet alamamasının altında yatan en büyük sebep işte budur. Bizler namazda kimin huzurunda olduğumuzun farkında değiliz. Onun için bizi huzurundan uzak tutmasının korkusunu içimizde hissedemiyoruz.

Bir gün birisi geldi, biraz ukala bir tavırla bana: "Ben namaz kılmıyorum, içki içiyorum, zina ediyorum, birçok günaha giriyorum. Allah(c.c.) bana hiç tokat vurmuyor, gayet huzurum yerinde." dedi. Allah'ın insana vuracağı bundan âlâ tokat mı olur? O insan tokat yediğini bile hissetmiyor.

Bir adama iğne batırsanız canı acır ama felç olan bir adamı kesseniz dahi acı duymaz. Hangisi daha büyük azaptır? O kişi "Allah bana tokat vurmuyor" diye seviniyor. Allah(c.c.) sana daha nasıl tokat vursun! Tokat dediğin yakındakine atılır. İnsan kendi çocuğuna tokat vurur, elin çocuğuna vurmaz. Demek sen o yakına bile girememişsin, Allah(c.c.) seni o kadar uzaklaştırmış ki tokattan da bihabersin.

Neden Namaz Kılamıyorum?

Bizler bazen "Ben namaz kılamıyorum." diyenlere denk geliyoruz. "Kılmak için ne yapıyorsun?" diye sorduğumuzda da hep aynı cevapları alıyoruz. "Alarm kurdum ama saat çalmadı. Hastaydım, yataktan kalkamadım. Çok yorgundum uyuya kalmışım." İnanın bunların hepsi birer bahanedir. Siz bahanelere sığınmayı bırakın. Burada asıl düşünülmesi gereken şudur "Ne oldu da Allah beni huzuruna kabul etmiyor?" Çünkü sevse huzuruna da alırdı. Bir sultan tebasını sevse tebasından birini hiç dışarıda, karda, kışta, kıyamette bırakır mı? Bu o sultanın sultanlığına yakışmaz. Allah Azze ve Celle de sevse huzuruna alırdı, sevse namazına kaldırırdı. Bir insan namaz kılmıyorsa, kılamıyorum diyorsa, sabah namazına nazlanarak uyanıyorsa "Ne oluyor da Allah Azze ve Celle beni huzuruna almıyor?" diye hâline yanmalıdır.

Allah'tan(c.c.) korkmanın bir lezzeti vardır ve Allah'tan(c.c.) korkmak bile bu kadar lezzetliyse muhabbetullahtaki lezzeti anlatmaya kelimeler kifayetsiz kalır. Muhabbetullah, Cenab-ı Hakka duyulan sevgi demektir. Bu sevgi tek yönlü değildir. Bu sevgide sadece ben Allah'ı(c.c.) sevmem, Allah(c.c.) beni sevdiği için benim de O'nu(c.c.) sevmeme müsaade eder. Mesela bir arkadaşımın beni sevmesinde benim müsaade etmemin payı vardır. Yoksa ben o arkadaşıma kötü ve kırıcı birkaç cümle etsem veya davranışta bulunsam arkadaşımın sevgisi anında biter. Demek ki o beni seviyorsa, ben de onu sevdiğimden ve beni sevmesine müsaade ettiğimden sevebiliyor. Yani muhabbetullah çift taraflı bir olaydır. Ben Allah'ı(c.c.) seviyorum çünkü Allah(c.c.) beni seviyor ve bana kendini sevdiriyor.

Bizler Allah'ın(c.c.) bize olan sevgisinin farkında olmadığımız zaman sevgimizi mahlukata verip, onu başımıza bela ediyoruz. Yeni bebeği olanlar bilirler. Bazen ne yaparsan yap bebek susmaz, devamlı ağlar. Öyle anlarda bebeği susturamayanlar, uyuturlar. İşte insan da muhabbetini yanlış yere kullandığı, içini susturamadığı zaman sefahat ile bunu yapıyor. Meyhaneler, kafeler, alışveriş merkezleri neden bu kadar hınca hınç dolu sanıyorsunuz. İçindeki çığlığı susturamayanlar çaresizlikten kendilerini oralarda uyutuyorlar. Fâni dünyanın fâni mahbuplarına âşık olup kendilerini tatmin etmeye çalışıyorlar. Oysa aşk odur ki seyrederken irade elden gider. Allah(c.c.) bizi muhabbetullah ile cazibeye kaptırsın. Çünkü o cezbeye girersek diğer geçici sevdalara da tevessül etmeyeceğiz. Zira sevgi öyle bir şey ki kalpte yaşanırsa aşk, nefiste yaşanırsa ihtiras olur.

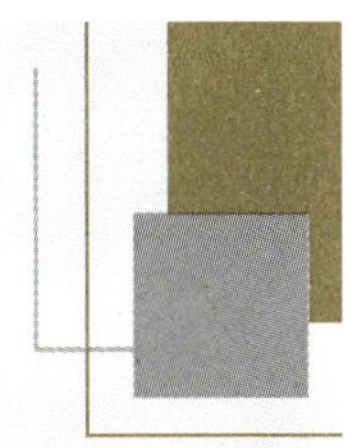

AYRILIK NEDEN **ACI VERİR**

İnsan bu dünyada hem dünyası hem de ahireti için bir huzur arayışı içerisindedir. Bizler dünya cihetiyle belli başlı zamanlarda kendimizi kandırarak mutluluğu yakaladığımızı düşünsek de genel itibariyle mutsuz olduğumuz zamanlar daha fazladır. Demek ki bir yerde yanlış yapıyoruz. Ağaca yapılan tüm yatırım meyvesine ulaşmak içindir. İnsan da kâinat ağacının meyvesidir. Acaba Allah(c.c.) insana kâinat kadar yatırımı ne için yapmıştır? Bizde nasıl bir meyveye ulaşmak istiyordur? Sebepler, Allah'ın(c.c.) bir şeyleri verebilmek için yarattığı hikmet dünyasının bahaneleridir. Allah(c.c.), toprağı çekirdek için bahane yaratmıştır. Çekirdeği ağaç, ağacı meyve, meyveyi lezzet için, lezzeti doyum, doymayı şükür, şükretmeyi marifet yani Allah'ı(c.c.) tanımak için, Allah'ı(c.c.) tanımayı da muhabbet için bahane olarak yaratmıştır. Yani Allah(c.c.) kâinat kadar yatırımı bize, bizim muhabbetimize talip olduğu için yapmıştır.

Koca kâinatın sahibi seni önemsiyor, yaratıyor. Hem senin muhabbetine talip oluyor hem de o muhabbeti O'na(c.c.)

sunabilmen için sana sonsuz bir sevme kabiliyeti veriyor. Buna rağmen sen bu sonsuz sevme kabiliyetini gayrimeşru bir muhabbette kullanırsan, bunun neticesi merhametsiz azap çekmektir. Sen sonsuz sevme kabiliyetini fâni olan neye sunarsan sun, o senin için gayrimeşru bir muhabbettir. İnsanın, gayrimeşru şeyleri sevdiğinde azap çekmesi, çekmemesine nazaran daha iyidir. Çünkü Allah(c.c.) o azap ile bizi "O sevdiğin şeyler sahte, aldanma!" diye uyarıyor. Gerçek sevgiyi bulalım diye, onların eli ile bizi tokatlıyor. Bu sebepten bizim sevme kabiliyetimize ayar verilmemize ihtiyacımız var. Bizler sevgimizi yanlış yerlere sarf ettiğimizde, bu hâl sadece bizi azaba sürüklemekle kalmıyor. Bir yerden sonra asıl sevgiye layık, mahbub-u Hakiki olan Allah'ı(c.c.) da sevemez hâle geliyoruz. Bizler satırlardır, sevgiyi yalnızca Allah'a(c.c.) vermemiz gerektiğinden bahsediyoruz ve bu hâl insanın aklında şöyle bir soru oluşturuyor: "Ben sevgimi yalnızca Allah'a sunacaksam anne babamı, eşimi evladımı, işimi makamımı sevmeyeyim mi? Allah'tan gayrı hiçbir şeye muhabbet beslemeyeyim mi?" Bu sorulara cevabı Üstad Bediüzzaman'ın birkaç cümlesi ile verelim.

24. SÖZ

BEŞİNCİ DAL

Evet, insan evvelâ nefsini sever. Sonra akaribini, sonra milletini, sonra zîhayat mahlûkları, sonra kâinatı, dünyayı sever. Bu dairelerin herbirisine karşı alâkadardır; onların lezzetleriyle mütelezziz ve elemleriyle müteellim olabilir.

Sevmenin ölçüsü yakınlıktır. Sevmek, sevdiğini kalbin içine almaktır. Kalp ise harem-i şeriftir; başkasının girmesi yasak olan yerdir. Kalp; her şeye eli yetişen, alemleri kudret elinde çeviren bir Zat'ın sevgisine sunulmak için sana verilmişken sen oraya herkesi alır, her şeyi koyarsan bunun acısını dünyada çektiğin gibi dünyadan sonra da kabirde, sıratta ve mahşerde de çekeceksindir. Ama sen bu hatanı anlar da hatandan dönersen hem dünyada hem de kabirde, hem sıratta hem de mahşerde mutlu olacaksındır. Böyle bir mutluluk için insanın bu dersleri anlamaya çok ihtiyacı vardır.

> İnsanın, kalbinin içi ne ile dolu ise secdesi ona gider.

İnsan; ailesiyle, dostlarıyla, iş yeriyle ve hakeza tüm kâinatla alakadardır. Kişi kendindeki alakanın düzeyini iyi ayarlayamadığında kâinatta alaka duyduğu her şeyi kalbinin içine alır. İşte sorun tam da burada başlar.

Bizler annemizi, eşimizi, arkadaşlarımızı, işimizi, yediğimiz yemekleri tabi ki sevebiliriz ama burada bir şart vardır: Sevdiğimiz her şeyi Allah(c.c.) için sevme şartı.

Kalbin özelliği, sevdiğini içine almasıdır. Kalp, bir şeyi belli bir mesafede sevse sıkıntı yoktur. Ama kalp bir şeyle alakadar olur ve sen de kalbin terbiyesini vermemişsen alakadar olduklarını içine alır, içine alınca da problem başlar. Burada şeytanın çok sinsi bir tuzağı vardır. Şeytan senin bir şeyleri bu şekilde sevdiğini biliyor ve sürekli bunun üzerinden plan kuruyor. Mesela sen; "Şu araba ne güzel!" diyorsun, ona bir alaka duyuyorsun. Şeytanla nefis bunu duyuyor ve "Biz ne yapıp edip o arabayı bu kalbin içine sokalım." diyorlar. Kalbin içine yabancı şeyler girdiğinde ise o kalp bozuluyor. İnsanın şeytandan ilk kurtarması gereken şey kalbidir. Kalp diğer organlar olmadan hayatına devam edebilir. Kol olmadan, ayak olmadan, göz olmadan da çalışmaya devam edebilir ama diğer organların hiçbirisi kalp olmadan hayatına devam edemez. İşte bizim kalp dediğimiz şey Latife-i Rabbaniye'dir. Sadece Allah'ı(c.c.) sevmesi gereken manevi bir organdır. Eğer sen sadece Allah'ı(c.c.) sevmen için verilen Latife-i Rabbaniye'yi eve, arabaya, eşe, evlada, işe, makama kaptırırsan o kalbin içi dolar ve Allah(c.c.) çöplük hâline dönmüş bu kalbe girmek istemez. O yüzden bizim, kalbimizi bu çöp sevgilerden kurtarmamız gerekir.

Kalbin iki kısmı vardır. Biri batını, içi; biri de zahiri, kabuğudur. Kalbin içi, yaratılış olarak Allah'ın(c.c.) muhabbeti için tahsis edilmiştir. O yüzden kalbin, fıtri olmayan şeyleri reddedip atmak gibi bir özelliği vardır. Fıtratınızın gereğinden fazla yemek yiyip midenizi çok doldurursanız hazımsızlık ve karın ağrısı yaşarsınız. Fıtri olmayan ölçüde yediğiniz için vücut o yemeği kabul etmez, kusar. Parmağınızın ucundan çıkan tırnağa vücut bir reaksiyon göstermez. Çünkü tırnak fıtridir; içeriden geldiği için vücut bunu kabul etmiştir. Ama aynı parmağa dışarıdan bir şey batınca durum değişir. Bir gün odunları kaldırırken parmağınıza kıymık battığını düşünün. Küçük bir şey olup gözle görünmüyor olmasına rağmen battığı yer ödem toplar, şişer, saatlerce acır. Ne zaman ki kıymığı çıkarırsınız acısı o zaman geçer. Kıymık fıtri olmadığı için vücut bu kadar reaksiyon gösterir. Aynen öyle, kalbin içine masivaya ait farklı muhabbetlerin girmesi de fıtri değildir. O yüzden kalp; aynı parmağa batan kıymık, mideye giren fazla yemek gibi, "Acı çekiyorum, çıkart şunu içimden!" der. Latife-i Rabbaniye'ye Allah'ın(c.c.) muhabbetinden başka muhabbet girince o kalp, kıymık batmış parmak gibi acı çekmeye başlar. Çünkü içeride doğal olmayan bir şeyler gerçekleşmektedir.

Allah(c.c.) kalbin içini marifet ve iman için yaratırken kabuğunu da diğer mahlukatı sevmemiz için yaratmıştır. Ama insan bir şeyleri hırsla sevdiği zaman kalp o hırsla delinir ve dışarıda kalması gerekenler içeri girerler. O saatten sonra kalbin içi para, makam, ev, araba, eş, insanların teveccühünü kazanma gibi başka sevgililerle dolar. Allah[(c.c.)] da bizi, kendisine değil de başkalarına beğendirme çabasında görmekten hoşnut olmaz, darılır ve bizi maksudumuzun aksiyle tokatlar. Mutluluk hayalleri kurduğumuz yerlerden cehennem azabı gelir.

Bu dünyada insan en çok ayrılıktan acı çeker. Öyle ki bu acı türkülerimize bile "Ayrılık ateşten bir ok, nazlı yardan hiç haber yok!", "Ayrılık, ayrılık, aman ayrılık!" gibi birçok şekilde yansımıştır. Peki, insan neden ayrılıktan bu denli acı çekiyor? Çünkü kalbin kabuğu senden ayrılacak şeyleri, kalbin içi ise hiç ayrılmayacak birini sevmen için sana verilmişken sen hırsla senden ayrılacak şeyleri sevdin ve onları kalbinin içine aldın. Allah[(c.c.)] da maksadının aksiyle tokat vurdu, onları senden çekip aldı. Onun için sen dünyada ayrılığın acısını çekiyorsun. Üstelik bu acı bununla da bitmeyecek. Allah'ın[(c.c.)] yerine fâni mahbupları koyduğun için kabirde, sıratta ve mahşerde de acı çekeceksin. Çünkü Allah'a[(c.c.)] ayrılmış bir yere, kalbin batınına konulan muhabbetin altında büyük bir cinayet gizlidir. Allah[(c.c.)], kâinatın tamamına O'na[(c.c.)] muhabbet edelim diye masraf etmiştir. Yani bu fabrikanın kurulmasının ve mamül vermesinin sebebi muhabbettir. Kâinatı çiçeklerle, meyvelerle, anneyle, eşle, çocukla bezeyen Allah[(c.c.)] bunların her birini kuluna kendisini sevmesi için vermiştir. Kâinat fabrikasının kurulma sebebi bu ise ortaya mamül olarak da muhabbet çıkması lazımdır. Ama sen sana verilenleri, asıl ikram edenden değil, onları sana getiren elçiden biliyor ve ona muhabbet ediyorsun. Siz birine bir külçe altın gönderseniz ve o kişi sizi unutup, altını ona götüren elçinin ayağına kapansa, teşekkürünü ona sunsa siz buna razı olmazsınız. İşte Allah[(c.c.)] ile aranızda da aynı durum söz konusu oluyor. Allah[(c.c.)] size ağacın dalları ile portakal veriyor, anne eli ile şefkat veriyor, hanım eli ile huzur veriyor, dostların eli ile birlik veriyor, çocuğun eli ile muhabbet ve mutluluk veriyor. Siz hepsini o elçilerden biliyorsunuz. Durum böyle olunca da maksadınızın aksiyle yani bizzat onların eliyle tokat yiyorsunuz. Gün geliyor evladınız hayırsız, dostlarınız vefasız, eşiniz geçimsiz çıkıyor, üzülüyorsunuz.

Put Nedir?

Aslında dünyada put diye bir şey yoktur. İnsan kalbinin içine Allah'tan(c.c.) gayrı aldığı şeyleri putlaştırmıştır. Yani insan kendi putunu, kendi oluşturmuştur. Sen Allah'a(c.c.) sarf edeceğin hissiyatı futbola, eşine, makamına, arabana, paraya, güzelliğine her neye sarf ediyorsan; senin mutluluğunu, hüznünü, umutlarını, üzüntülerini Allah(c.c.) dışında ne belirliyorsa o senin putundur. O hâlde biz bir şeyi yanlış sevdiğimizi, hissiyatlarımızın meylinden dahi anlarız.

Said Nursî Hazretleri: **"İnsan evvela nefsini sever."** diyor. Çünkü insan ev, araba, makam sevgisi ile bir nebze de olsa baş edebilirken, "Canım!" dediği nefsi içeriden bir şey talep ettiğinde onunla baş etmesi çok güç oluyor. Velev bu insan dindar bile olsa... Bu sebepten insanın evvela kendisini, nefsini sevmekten kurtarması gerekiyor. Allah(c.c.) Kur'an-ı Kerim'de bu konunun ehemmiyetini: "Heva ve hislerini ilah edinenleri gördün mü?" diye vurguluyor. Sen kimin emrettiğini yapıyor, nehyettiğinden kaçıyorsan senin ilahın odur. Eğer sen Allah'ın(c.c.) yap dediğini yapıyor, nehyettiğini yani yasakladığını yapmıyorsan ilahın Allah'tır(c.c.). Yok, eğer nefsinin yap dediğini yapıyorsan "Onu yapmayı canım istemiyor." deyip Allah'ın(c.c.) emrettiklerinden elini çekiyorsan o zaman senin ilahın nefsindir.

Günümüzde birçok insanın ağzında; "Benim canım namaz kılmak istemiyor. Tesettüre girmek istemiyorum. İman hizmetinde bir sorumluluk alıp koşturmak bana ağır geliyor." cümleleri dolaşıyor. Nefis, insanı yutunca insan, nefsinden gelen cümleleri kendi söyledi zannediyor. Rahata, sefahate ve peşin mükafatlara düşkün nefis, seni balık gibi yutuyor. Yuttuktan sonra vicdanınla nefsin imtizaç edip birbirine karışıyor. Neticede içeriden "Namaz kılmak istemiyorum." diye duyduğun ses, senin vicdanının değil nefsinin sesi oluyor. Yoksa Allah'ın(c.c.) yarattığı can, O'nun(c.c.) emrettiği namazdan sıkılır mı? Allah'ın(c.c.) yarattığı ağız, yarattığı nimetleri yemek ister; Allah'ın(c.c.) yarattığı göz, yarattığı güzellikleri görmek ister; Allah'ın(c.c.) yarattığı kulak, yarattığı güzel sesleri duymak ister de Allah'ın(c.c.) yarattığı can, emrettiği namazı kılmak istemez mi hiç? Elbette ister ancak nefsin, ona fazla muhabbet ettiğinden seni yutmuş ve senin üzerinde hükümranlığını kurmuşsa, sen artık hayatını onun direktiflerine göre şekillendirmeye başlarsın.

> Hâlbuki, şu hercümerç âlemde ve rüzgâr deveranında hiçbir şey kararında kalmadığından, biçare kalb-i insan her vakit yaralanıyor. Elleri yapıştığı şeylerle, o şeyler gidip ellerini paralıyor, belki koparıyor. Daima ızdırab içinde kalır. Yahut gafletle sarhoş olur.

Bu dünyada hiçbir şey kararında kalmaz, devamlı bir değişim vardır. Bu sebepten sen kalbine Allah'tan(c.c.) başka neyi koyarsan koy sana ızdırap olarak geri döner. Çok sevdiğin biri gün gelir ihanet eder. Kıyamadığın evladın hastalanır gözlerinin önünde erir. Güzelliğine meftun olduğun bedenin yaşlanır, kırış kırış olur. Biz kalbi, lezzet verecek diye fânilerle doldurur, her birinin yükünü sırtımıza alırız lakin hiçbiri bize derman olmaz. Sevdiğimiz her şey ancak başımıza bela olur. Elbisemizi severiz, yırtılır; saçlarımızı severiz, dökülür; telefonumuzu severiz, kırılır. Her biri için ayrı ayrı üzülürüz. İşte bu üzüntüye maruz kalmamak için bizlerin, sevgimizi nasıl ve ne ölçüde kullanmamız gerektiğini bilmemiz lazım. Bu sevgiler kalbimizin dışında, kabuğunda kalırsa bizi üzemez. Ancak kalbin batınına yani içine girerse hem dünyada hem ahirette azap olur.

Gerçek Sevgi Nasıl Olmalıdır?

İnsan evvela yaradanı sever sonra da yarattıklarını severse, sevdiği şeylerin yükünü Allah'a(c.c.) bırakır, muhabbetini ise kendisi alır. Onun için insanın en evvel imana dair bu hakikatleri kalbine derc etmesi gerekir. Sen evvela iman hakikatlerini kalbine yerleştirip marifetullaha ulaşacaksın, böylece muhabbetullaha vuslatın olacak. O'na(c.c.) ulaştıktan, Yaradan'ı sevdikten sonra da yaratılanları Allah(c.c.) hesabına sevecek, artık üzülmeyeceksin. Çünkü sevdiğin her şeyin kaynağını sevmeyi öğreneceksin. Kaynağı var olduktan sonra o olsa da olur, olmasa da olur diyeceksin.

Siz pazarda annesinin yanında bir çocuk görseniz, çocuğun başını okşadıktan sonra "Yahu bu çocuğa kim sahip çıkacak?" diye efkârlanır mısınız? Efkârlanmazsınız; çünkü çocuğun yanında dağ gibi annesi vardır. Onu koruyan, kollayan, besleyen, büyüten, onun uğruna canını verecek olan biri vardır. Sen bunu bildiğin an çocuğun başını okşar, onu sever, sonra da çeker gidersin. Muhabbet beslediğin çocuğun elemini anneye bırakır, lezzetini kendin alırsın.

İşte biz Yaradan'ı bilir, önce O'nu(c.c.) seversek, O'na(c.c.) dayanırsak aynı kalp rahatlığı bizde de geçerli olur. Ağrıyan belimiz, giden dostlarımız, elimizde tutamadığımız gençliğimiz, elde edemediğimiz isteklerimiz için üzülmeyiz. Çünkü her birinin her an yanında olan bir yaradanı vardır. Sevdiğimiz umum mevcudatın sonsuz kaynağı O'nun(c.c.) elindedir. Dilerse hepsini bize geri verebilir. Öyleyse biz O'nu(c.c.) razı ettikten sonra tüm sevdiklerimiz elimizden gitse de olur gitmese de.

İnsan bu ince manayı bilmediği zaman sevdiği şeye sımsıkı yapışıyor. Elleriyle sıkı sıkı tuttuğu o şey ise bir gün kesin gidecek olduğundan giderken ellerini paralıyor, belki canından can koparıyor. Ne kadar sıkı tutuyorsa o kadar zarar veriyor. Gençliği gitmesine rağmen hâlen elinden tutmaya çalışan birine amca, teyze diyorsun, darılıyor. Gençlik onu çoktan terk etmiş ama o gençliği terk etmek istemiyor. Hâlbuki onun "Yaradan da sonsuz bir gençlik var." deyip ona talip olması gerekiyor. Yirmili yaşlarında orası senin burası benim seyahat edip hiçbir sıkıntı yaşamayan insanın, yaşı elliye geldiğinde bir seyahat sonrası beli ağrıyor, her yeri tutuluyor. Sağlığı elden gidiyor, tutamıyor. Madem bizler sevdiğimiz hiçbir şeyi elimizde tutamıyoruz, öyleyse tüm bu hazinelerin kaynağını bulmamız şarttır. Hazinelerin kaynağı ise onu doğru sevme sırrının içinde saklıdır. Önce Yaradan'ı sonra yaratılanı sevdiğimiz anda, gönül verdiğimiz hiçbir şeyin muhabbeti de zayi olmayacaktır.

Sevginin Üç Neticesi

İnsanın bir şeye sunduğu sevgide üç netice vardır. Birincisi; kişi sevmenin hakikatini bilir, üzülmez. İkincisi; o sevgiyi tutmaya çalışır, eli kanar ve ızdırap içinde kalır. Üçüncüsü ise gafletle sarhoş olur. Gafletle sarhoş olan insan bir müddet sevdiği şeylerin acısını çekmez. Demek günümüzdeki eğlence kültürü, insanların her fırsatta özel günleri kutlamak istemeleri onların keyfinden değildir. Acı duymamak için uyumak istemelerindendir. Çünkü insanın aklından birtakım düşünceler geçiyor. Kalbine sürekli sorular geliyor. Kişi aklı ile kalbine cevap veremeyince de çareyi onları uyutmakta buluyor. Akşama kadar kendini iş ile uyutanlar, uyanmamak için akşam da arkadaş gezmeleri, tv izleme, sosyal medyada takılma gibi başka şeylerle uyutuyor. Çünkü insan sürekli kendisini uyur hâlde tutmazsa, akıl ile kalp canlanacak ve sorular soracaklar. "Ne için yaratıldım? Beni yaratan benden ne bekliyor? Dünyaya neden gönderildim? Buradan sonra nereye gideceğim? Üzerime giydiğim bu vücut elbisesini bana kim verdi ve niye benden geri alıyor? Neden sevdiğim şeyleri elimden çekip alıyor da benim canımı yakıyor?" İnsan bunlara cevap bulamazsa dayanamaz, çıldırır. Bu sebepten sen, ya bu dersin hakikatini anlayacaksın, canın yanacak, sabredeceksin; ya da sarhoş olup gaflete dalacak, aklını ve kalbini uyutacaksın. Madden yaşasan da manen intihar edeceksin.

> "Madem öyledir, ey nefis! Aklın varsa bütün o muhabbetleri topla, hakikî sahibine ver, şu belâlardan kurtul! Şu nihayetsiz muhabbetler, nihayetsiz bir kemâl ve cemâl sahibine mahsustur. Ne vakit hakikî sahibine verdin; o vakit bütün eşyayı O'nun namıyla ve O'nun âyinesi olduğu cihetle ızdırapsız sevebilirsin. Demek, şu muhabbet doğrudan doğruya kâinata sarf edilmemek gerektir. Yoksa muhabbet, en leziz bir nimet iken, en elîm bir nikmet olur.

İnsanın en tehlikeli muhabbeti nefse muhabbetidir. Çünkü insan arabasıyla kaza yapar ondan ayrılır. İzninde

bir sorun çıkar tatile gidemez tatilden ayrı kalır. Ama kişi kendiyle hep yan yanadır. İnsanın nefsinden ayrı kalmasının ihtimali yoktur. Bu sebepten bizim nefsimizi ölçülü sevmemiz çok elzemdir. Üstad Bediüzzaman ölçülü sevmenin reçetesini bizlere şu şekilde verir: "Mevcudata duyduğun bütün muhabbetleri toplayıp hakiki sahibine ver. Önce Yaradan'ı sonra da Yaradan'dan ötürü yaratılanları sev."

Yaratılan şeyleri bizzat sevmek beladır. Çünkü Allah(c.c.) bize; "Kalbin beni sevsin." demiyor; "Yalnız beni sevsin." diyor. "Bana kulluk etsin." demiyor; "Yalnız bana kulluk etsin." diyor. Bu sebepten biz annemizi, babamızı, eşimizi, işimizi, makamımızı bizzat sevdiğimiz zaman başımıza bela oluyor. Bizim onları Yaradan'dan ötürü sevmemiz ve "Allah'ım ben biliyorum ki Sen'i hakiki manada sevsem Sen'de bunlardan sonsuz var ve dilersen hepsini bana verebilirsin. Giden gitsin Sen bana yetersin." dememiz lazım. Yoksa muhabbet, en leziz bir nimet iken en acılı bir azap, nikmet olur. Sevmekteki lezzet bize ölümün acısını bile unutturur. Biz sevdiğimiz şeyler uğruna hayatımızdan dahi vazgeçecek hâle geliriz. Bizim bu tehlikeye düşmememiz için bize verilen hayatı, hayatı verenin yolunda kullanmaktan başka çaremiz yoktur.

> Bir cihet kaldı ki, en mühimi de odur ki: Ey nefis, sen muhabbetini kendi nefsine sarf ediyorsun. Sen kendi nefsini kendine mâbud ve mahbup yapıyorsun. Her şeyi nefsine feda ediyorsun. Adeta bir nevi rububiyet veriyorsun.

İnsanın hayatında iki hatır vardır. Bunlardan ilki Hakk'ın hatırı; ikincisi ise nefsin hatırıdır. İnsanın tercihleri onun kimin hatırını önde tuttuğunu ayan beyan gösterir. Kişi; "Kalbim Allah'ın sevgisiyle doldu. Ben Rabb'imi öyle seviyorum ki öl dese ölürüm." dese ama sabah namazı için yatağından kalkmasa bu samimiyetsizlik olur. Sabah namazı vakti geldiğinde yatağından çıkmayıp, nefsinin hatırını öne alan insan hâliyle "Allah'ım ben seni seviyorum ama sabah uykusu kadar sevmiyorum." demiş olur. Çünkü uykuyu nefsine kurban etmiştir.

Kurban, kurbiyet kelimesi ile aynı kökten gelir ve yakınlaşmak demektir. İnsanın Allah'a(c.c.) yakınlaşması için O'na(c.c.) yakınlaşmasını engelleyen şeyleri kurban etmesi gerekir. Bizler nefsimizden vazgeçtikçe, Allah'a(c.c.) yakınlaşmamıza engel olan nefsi isteklerimizi O'nun(c.c.) için feda ettikçe, Allah(c.c.) ile aramızdaki engeller kalkacak ve Allah'a(c.c.) yakınlaşmış olacağız.

İnsan, nefsine aldanıp hırs ile dünyaya saldırınca o hırs, insanın kaybetmesine sebep olur. Ben bir gün çok kabiliyetli ama ilginç bir şekilde hangi işe el atsa elinde kalan bir arkadaşla muhabbet ederken o arkadaş bana "Allah'ı inkar eden ehl-i küfür, dünyanın bin bir işine el atıyor ve hepsinde muvaffak oluyor ama Allah'ın var ve bir olduğuna iman eden ben hangi işe el atsam elimde kalıyor. Neden böyle oluyor?" diye sordu. Bunun nedeni o kişinin dünyaya hırsla saldırmasıdır. O dünyaya hırs ile saldırınca kalbi delindi ve içine dünya girdi. Bunun için de Allah(c.c.) o kulunu girdiği her işte başarısız eyledi. İnsan hırsla dünyaya saldırdığında dinini bile dünya için feda eder. Bu sebeple Allah'ın(c.c.) o insana istediğini vermemesi aslında onu muhafaza etmesidir.

> Hâlbuki muhabbetin sebebi ya kemaldir; zira kemal zatında sevilir. Yahut menfaattir, yahut lezzettir, veyahut hayriyettir, ya bunlar gibi bir sebep tahtında muhabbet edilir. Şimdi, ey nefis! Birkaç Söz'de kat'î ispat etmişiz ki asıl mahiyetin kusur, naks, fakr, aczden yoğrulmuştur ki; zulmet, karanlığın derecesi nisbetinde nurun parlaklığını gösterdiği gibi, zıddiyet itibarıyla sen, onlarla Fâtır-ı Zülcelâlin kemal, cemal, kudret ve rahmetine âyinedarlık ediyorsun.

Bir güzelliğin kaynağı ne ise sevilmesi gereken odur. Bizim dünyada sevdiğimiz her şeyin kaynağı Allah'tır.(c.c.) O zaman muhabbete layık olan da yalnız O'dur(c.c.). Misal olarak sizin elinizde bir ayna olsa ve o aynayı telefonunuza tutsanız, biri gerçek biri sahte toplamda iki telefon olur. Bir gün aynaya taş gelse ve ayna kırılsa, telefondan biri gider. Bu durumda üzülmeye gerek yoktur çünkü giden sahte telefondur. İşte bizim dünya hayatımız da bir aynadır. Bizler her gün "Aman dikkat edeyim başıma bir zarar gelmesin." diye çabalıyoruz. Ama bir gün kesin gelecek. Bir gün bir taş gelecek ve hayat aynamızı kıracak. O taş belki virüs belki trafik kazası belki de bir kalp krizi olacak. Hiç ummadığımız anda son nefesimizi vereceğiz. Ama üzülmeye gerek yok. Kırılan sahte hayatımızdır. Asıl hayat olan ahiret yurdumuz bakidir. Ölen yalnız cesettir, ruhumuz sonsuzdur.

İnsan, vazifesi zıtlık olan bir ayna olarak yaratılmıştır. Mesela siz cömertliğinizi göstermek için bir ziyafet verseniz zenginleri değil de garibanları davet edersiniz. Çünkü sizin ikramınızın bolluğu en çok garibanların üstünde gözükür. Gariban doyunca kendisine edilen ikramı iliklerine kadar hisseder. Bu sebepten Allah(c.c.) da kudretinin sonsuzluğunu göstermek için bizleri sonsuz aciz yaratmıştır. Zenginliğinin sonsuzluğunu hissettirmek için insanı her şeye muhtaç yaratmıştır.

> Demek, ey nefis! Nefsine muhabbet değil, belki adavet etmelisin yahut acımalısın veyahut, mutmainne olduktan sonra, şefkat etmelisin. Eğer nefsini seversen çünkü senin nefsin lezzet ve menfaatin menşeidir; sen de lezzet ve menfaatin zevkine meftunsun- o zerre hükmünde olan lezzet ve menfaat-i nefsiyeyi nihayetsiz lezzet ve menfaatlere tercih etme. Yıldız böceği gibi olma. Çünkü o bütün ahbabını ve sevdiği eşyayı karanlığın vahşetine gark eder, nefsinde bir lem'acık ile iktifa eder.

Yıldız böceği kendi ışığına güvendiği için gece çıkar ancak çok kısa bir mesafeyi görebilir, geri kalan tüm sevdikleri karanlıkta kalır. Nefse muhabbet tam da bu şekildedir. Bal arısı ise Allah'a(c.c.) güvenir, gündüz çıkar. Güneşin tüm ışığından yararlanır, kendisinden çok uzakta olan cisimleri bile görür. İşte bizler de bal arısı gibi nefsimizi bir köşeye atıp, Allah'a(c.c.) güvenirsek kendimiz de dahil tüm sevdiklerimiz aydınlıkta olur. İnsan, şayet kendi enaniyetine güvenerek, Allah'a(c.c.) güvenmeyi terk ederse Allah'ın(c.c.) rızasını kaybederek elim bir azaba düçar olur. Lezzetler diyarı olan cenneti kaybeder, azaplar ve acılar diyarı olan cehenneme gider.

İnsanın nefsi küçücük kayısı çekirdeği gibidir. Kayısı çekirdeğinde az bir lezzet vardır ve bu lezzet çok kısa sürer. Kırarsın, yersin ve kısa süre sonra lezzet gider. Tıpkı dünyada peşinde koştuğumuz nefsi lezzetlerin kısa vadede lezzetinin gitmesi gibi. Bizler kayısı çekirdeğinin içinde olan azıcık lezzete kanmayıp o çekirdeği toprağa ekip biraz sabredebilsek, bir çekirdekten binler kayısı çıkacak ve lezzetimiz katbekat artacaktır. Aynen öyle insan da nefsindeki süfli zevke aldanmayıp, o basit zevki terk etse kabiliyetleri çatlayacak ve ahirette binler meyve olacaktır.

> "Yerinde sarf olunmayan bir muhabbet-i gayr-ı meşruanın cezası, merhametsiz bir musibettir."

İnsan muhabbetini meşru olmayan şeylere sarf ederse, ızdırap ve acıdan başka bir şey göremez. Bu ızdırap ve acıların başında, sevdiği şeyden karşılık görmeme, karşılık görse bile fâni olduğu için elinden çabuk çıkması gelir ve bunlar o muhabbete, lezzetten çok, elem ve azap katar. Bizler bize verilen nimetleri Allah(c.c.) için sevmemiz gerekirken nefsimiz için seviyor, sevgiyi suistimal ediyoruz. Gençliğimizi, güzelliğimizi, gücümüzü, mal varlığımızı, dostlarımızı, ilmimizi kendimizden biliyoruz. Hâlbuki tüm bunları bize veren Allah'tır(c.c.). Onun için sevgiye layık olan da yalnız O'dur(c.c.)! Ama bizler sevgimizde yolsuzluk ediyor ve Allah'ın(c.c.) Zatı için verdiği muhabbeti şahsımız için kullanıyoruz. Böyle bir yolsuzluğun neticesi olarak merhametsiz azap çekiyoruz. Arabaya gereğinden fazla gönül verdiğimizden, camı kırılsa, tekeri patlasa sabahlara kadar uyuyamıyoruz. Allah(c.c.) bize bu nevi azaplar ile bazı gerçekleri göstermeyi murad ediyor. Basit bir metal yığını, Allah(c.c.) gibi sevilmez. Bize bunun dersini veriyor. Böylelikle Allah'ın(c.c.) zahiren bize çektirdiği azaplar azap değil bizim için büyük bir rahmet oluyor. Çünkü bizler o azapları çekmeseydik, sahteyi gerçek gibi sevmeye devam edecektik.

Sizin sevdiklerinizin hangisinin cenneti var? Hiçbirinin. Madem sevdiklerinizin cenneti yok, onları Allah(c.c.) gibi sevmeye de gerek yok. Peki çekindiğiniz, korktuğunuz insanların hangisinin cehennemi var? Hiçbirinin. Madem hiçbirinin cehennemi yok o zaman onlardan Allah(c.c.) gibi korkmaya da gerek yok. İnsan bu dengeyi yakaladığı zaman çok huzurlu bir hayatı olacaktır. Çünkü insanın bütün huzursuzluğunun sebebi bir şeylere Allah(c.c.) gibi kıymet vermesindendir.

İnsan kendinde var olan eneyi yırtmadığı zaman elindekilerini kendi malı zanneder ve kendini kendine malik sanar. İnsanın kendisini kusursuz, eksiksiz, güçlü ve kuvvetli olarak vehmetmesi benliğin göstergesidir. Kişi hamurunun kusur, noksanlık, acizlikten yoğrulduğunu anladığı an ene yırtılır. İnsan, kalbindeki eneyi yırtınca, ona bakan Allah'ı(c.c.) hatırlar ve Allah'taki(c.c.) muhabbeti görür. Efendimiz(s.a.v.) bir hadisi şerifinde: "En hayırlınız odur ki bakınca Allah'ı hatırlatır." buyurur. (Ahmed, VI, 409; İbn-i Mâce, Zühd, 4) Tabi insanın Allah'ı(c.c.) hatırlatması için önce kendisinin Rabb'ini hatırlaması, tüm sevgisini Rabb'ine sunması gerekir. Bizler Resûlullah'a(s.a.v.) ne kadar benzesek Allah'ı(c.c.) o kadar doğru seviyoruz demektir. Buna delil ise Allah'ın: "Ey Resûlüm de ki: Beni seviyorlarsa Sana benzesinler." ayetidir.

ALLAH RIZKA **KEFİL Mİ?**

Kaleyi fethetmek isteyen kumandanın kalenin en zayıf yerini aradığı gibi, insanı mağlup etmek isteyen şeytan da bizdeki en zayıf damarı aramış ve bulmuştur. Bu damar tamah, açgözlülük bir diğer adıyla hırs damarıdır. İnsan kalesi, içeride hiç doymayan, açgözlü, hain nefis; dışarıda ise sinsi, sapkın düşman şeytan tarafından kuşatılmıştır. Bu iki düşman el ele verdiğinde insana her istediklerini yaptırmaktadır.

İnsanın nefsi "Hırs ne kadar zararlı olabilir ki?" diye meseleyi küçük göstermeye çalışsa da bu mesele oldukça ehemmiyetlidir. Çünkü çoğu kişinin cehenneme gitme sebebi, var olan tamah damarlarını kötüye kullanmalarıdır. Dünyalık toplamanın hırsı bir insana ne için yaratıldığını unutturur. İnsan bu dünyada ortalama altmış – yetmiş yıl ömür sürmesi için yaratılmıştır ve bu yaratılışın bir gayesi vardır: "Allah'ı bulmak, tanımak ve O'na(c.c.) gereği gibi kulluk etmek."

Dünyalık peşinde koşma hırsı kişiye bu gayeyi unuttursa dahi Allah(c.c.) ondan yaratılış gayesinin hesabını soracak; "Bu kulum amacını unutmuş, buna hesap sormamayım." demeyecektir. İşte bu hesap verilirken çokları imtihanı kaybedecektir.

İnsan sonsuzu alabilecek sermayesini üç kuruşluk dünyaya verdiğinden tüm himmetiyle dünyaya sarılıyor. Sonra sen o insana "Kardeşim hırs ile dükkânı, makamı, parayı, evi, arabayı elinde tutup Allah'ı unutma." dediğin zaman o kişinin nefsi anında bir savunma mekanizması oluşturup "Ne dünya malı ne de para benim için hiçbir şey ifade etmiyor." diye kendini savunmaya geçiyor. Bakıyorsun o insanın hayatında ne namaz ne de Kur'an'ın manası bulunuyor. Demek şeytan ve nefis insanı buralarda çok aldatıyor. Kişi; "Ben parayı, makamı, dünyayı sevmiyorum. Onların hiçbiri benim gönlümde yok." diyor ama tüm bunlar kendisine yaratılış gayesini unutturmuş farkında değil. İnsan, ömrü boyunca bu farkındalığa varamadan ölse gitse ve neticede "Sana cennet yok." denilse ne yapacak? O saatten sonra gücü bir şeyleri değiştirmeye yetecek mi? Hayır! O yüzden hırs küçümsenecek bir hastalık değildir. Biz bu tarz ciddi konularda yarayı deride sanıyoruz ama yara deride değil derindedir. Hırs imanın şartlarından biri değildir lakin bir insanın imanını tahrip edip yok edebilecek bir kuvvettedir. Dolayısıyla bu meselenin doğru anlaşılması oldukça elzemdir.

Müslümanların bu asırda dünyayı ellerinde tutamamasının en büyük sebebi hırstır. Müslümanların fakir kalmalarının sebebi dünyaya çalışmamaları değildir. Hırsla dünyaya sarıldıkları için Allah(c.c.) maksatlarının aksiyle tokat vurmuş ve onlara sefalet vermiştir. Yoksa ahiret endişesinden dünyayı unuttuğu için fakirlik çeken, aç kalan bir Müslüman yoktur. Geri kalmışlığın altında ahiret endişesi var demek akıl tutulmasıdır. Zira gayrimüslimler dünyaya ne kadar çalışıyorlarsa Müslümanlar da o kadar çalışıyorlardır. Müslümanlar dünya işlerine hırs ile girdiklerinden Allah(c.c.) onlara dünyayı vermiyor. Çünkü boğulmalarını istemiyor. Bu, Allah'ın(c.c.) mümine cezası değil lütfudur. Diyelim ki sende iki birimlik çalışma kapasitesi var. Bunun bir birimini dünya işlerine; kalan bir birimini de Allah'a(c.c.) ayırdın. Aslında bu şekilde iki birimi de Allah'a(c.c.) ayırmış oldun. Çünkü dünyaya da Allah(c.c.) namına çalıştın. Ama sen sonrasında hırs edip "Benim malımın, yaşam kalitemin, konforumun artması lazım." diye düşündün. Böylece iki birim yerine beş birimlik çalışma kapasitesi oluşturdun. Dünya için kapasitenin üstünde bir mesai ayırdın. İşte bu durumda seni senden iyi bilen Allah(c.c.): "Kulum bu hâlde devam ederse ruh hâli bozulacak, esas düşünmesi gereken şeyleri bırakıp malayani şeylerle oyalanacak." diyor ve hırsla dünyayı talep etmene mukabil sana bu dünyayı vermeyerek aslında ahireti vermiş oluyor. Demek ki hırs ile dünyaya dalana dünya verilmez. Bir insan dünyada terakki etmek istiyorsa ilk terk etmesi gereken şey hırstır.

> "Geleceğimiz garanti olsun diye uğraşıyoruz, gideceğimiz garantiyken..."

Tevekkül

Müminde hırs hüsrana uğrama sebebiyken, tevekkül ise kazanma sebebidir. Tevekkül ile hırs mana olarak birbirine taban tabana zıt iki kelimedir. Allah'a(c.c.) dayanma ve güvenme manasına gelen tevekkülün bir diğer manası da gayrettir. Bizler tevekkülü sebepleri köşeye atmak zannediyoruz. Allah'ın(c.c.) yarattığı sebeplere başvurmadan sadece bir köşede elimizi açıp dua ediyoruz. Allah'ın(c.c.) kâinatta yarattığı kanunları tanımayıp yok sayarak sadece elimizi açıp dua etmemiz tevekkül değildir.

Hırs ile tevekkül, çalışma aşamasında değil netice aşamasında birbirinden ayrılır. Misal olarak ben on katlı bir şirket kursam. Şirketimin de herkes tarafından beğenilmesi için içine birçok masrafta bulunsam. İnsanları davet edip şirketimi tanıttırsam ve en güzel şirketin kendiminki olmasını istesem. Bu gaye için gecemi gündüzüme katıp çalışsam. Bunları yapmakla hırs mı etmiş olurum tevekkül mü? Bunu çalışma aşamasında bilmemiz mümkün değildir. Senin hırs yapıp yapmadığın neticede belli olur. Hırs ile çalışan netice kısmında Allah'ın(c.c.) verdiğine kanaat etmez. Neticeyi Allah'tan(c.c.) bilmez ve O'nun(c.c.) verdiğine razı olmaz. Tevekkül ile çalışan ise "Ya Rab ben elimden gelenin tamamını yaptım ama neticeye karışamam." der.

Bir insanın sebeplere saplanması değil sebeplere sarılması tevekküldür. Toplum bize hırsı iyi bir şeymiş gibi lanse etse de iyi olan şeyin adı hırs değil gayret yani tevekküldür.

Bir Müslümanın dünyada başarılı ve zengin olması günah veya haram değildir. Ancak mümin, dünyalığı artınca ahiretini kaybedebilir. Güzel çalışarak neticeyi Allah'tan(c.c.) bekleyen mümine başarı kapıları açılacağı gibi; neticeyi O'ndan(c.c.) bilmeyip "Bu ne biçim sonuç? Böyle iş mi olur?" diye hırs gösteren mümine de cehennemin kapıları açılabilir. Hırs bir insanın ahiretinin viran olmasına sebep olabilir.

İnsan hırs yapıp yapmadığını, dünyası için dinini feda edip etmediğine bakarak anlayabilir. Bir insan, elde ettikleri ile yıllar içerisinde dinini dünya için feda etmişse bunun adı hırstır. Allah'ın(c.c.) verdikleri ile dinine daha ciddi sarılmışsa bunun adı da tevekküldür.

Hırsın içerisinde gizli bir şirk vardır. Bizler neticeyi Allah'tan(c.c.) bilmezsek haşa Allah'ı(c.c.) kime ne vereceğini bilmemekle itham etmiş oluruz. İki esnaf dükkânını açtığında birinin dükkânı müşteri ile dolsa diğeri sinek avlasa ve "Ben de çalıştım bana neden vermedi. Ben daha ne yapayım?" dese bu, neticeyi sorgulamaktır. Bu sorgulamanın altında, haşa 'Allah kime neyi, ne kadar ve nasıl vereceğini bilmiyor.' düşüncesi vardır. Bu yüzden hırs, içinde gizli bir şirk barındırır.

Hırsın içinde gizli şirk olduğundan Allah(c.c.) cezasını dünyada da verir ki kulu ahiretini de kaybetmesin. Onun için hırs ile dünyaya sarılana dünya verilmez. Ateşe odun atınca alevler artacağı gibi hırs ile dünyaya saldırana daha çok verince de o insanın hırsı artar. O insan en nihayetinde sebeplere daha çok sarılıp dünyaya daha çok koşturur ve Allah'ı(c.c.) gündeminden çıkarır. Yaratılış gayesini unutur. İşte, Allah'ın(c.c.) bazı kullarına istediklerini vermemesi aslında onlara merhametindendir.

Madem hırs insana hem dünyasını hem ahiretini kaybettirecek kadar tehlikeli bir şeydir o hâlde Allah(c.c.) kuluna hırsı neden vermiştir? Allah(c.c.) bize hırs cihazatını ahiretimiz için kullanalım, manevi mertebelerde terakki edelim diye vermiştir. İçinde var olan bu cihazatı Allah'ın(c.c.) istediği şekilde kullanan insanlar gün gelmiş Abdülkadir Geylani, İmam-ı Azam Ebû Hanife, Bediüzzaman Said Nursî gibi kıymetli insanlar hâline dönüşmüşlerdir. Çünkü onlar içlerindeki hırsı ahiret için kullanmışlar ve ahirete dair yapılacak amellerde her daim "Hel min mezid - Daha yok mu?" demişlerdir. Bizlere de düşen tam budur.

Hırsta iki kanatlı bir özellik vardır. Hırs doğru kullanılmadığı zaman hem dünyayı hem ahireti aynı anda perişan eder. Misal olarak aynı şeyi satan iki ticaret ehlini düşünelim. Müşteri birinci dükkâna girdiğinde adama yüz liraya sattığı ürünü kendisine seksen liraya verip veremeyeceğini soruyor. Birinci dükkân sahibi o ürünü o fiyata da satsa zarar etmeyecek olmasına rağmen "Olmaz kardeşim. Seksen lira kurtarmaz." deyip müşteriyi gönderiyor. Müşteri oradan çıkıp ikinci dükkâna gidiyor. Aynı soruyu ona da yöneltiyor. İkinci dükkân sahibi "Olur kardeşim. Otur sana bir de çay ikram edeyim." diyor. Birinci dükkân sahibi hırsla, daha çok kazanma damarı ile hareket ettiğinden gelen müşteriden bile nasibini alamaz hâle geliyor.

Bir mümin, malının zekatını vermesi farz olmasına rağmen zekatını vermiyorsa bunun altında yatan sebeplerden biri yine hırstır. Zekât malı kişinin kendi malı değildir, Allah'ın(c.c.) hakkıdır. Esas mal sahibi sana onu başkalarına dağıtman için vermiştir. Yani sen o malın veya paranın sadece dağıtım memurusun. Nasıl, yemek masasında bulunan bir kişinin önüne tüm lahmacunlar konulsa bu; "Bütün lahmacunlar senin. Dilediğin gibi tüketebilirsin." demek değildir. "Önüne koyulan lahmacunları masadaki diğer kişilere dağıt." demektir. Aynen öyle de Allah'ın(c.c.) bir kişiye fazla mal vermesi sadece kendisinin kullanması için değildir, ihtiyaç sahiplerine dağıtsın diyedir. Bizler bazen yapmamız gereken hayırlı işleri erteleyince Allah(c.c.) ikazda bulunuyor ve bize şefkatli bir tokat vuruyor. Bizleri adeta; "Hırsın yüzünden esas yapman gerekenleri terk etme. Yoksa bu, hem dünyanın hem de ahiretinin mahvına sebep olur. Dünyada lezzetin, ahirette cennetin elinden gider." diye uyarıyor.

Madem Allah Rızka Kefildir Neden Bize Çalışmayı Emretti?

Günümüzde birçok insan hırsı rızık noktasında göstermektedir. Dünyada dönen dolaplar ve çıkan savaşlar insanların yiyemeyecekleri kadar şeyi biriktirmesinden kaynaklanır. İnsanların dünyevi ve geçici makamlara müptela olması "Yumruk kadar mideyi daha iyi nasıl doyururum?" telaşındandır. Bu hayatta bir tane beden elbisemiz var. Onu da ölünce toprak gardırobuna koyup gideceğiz. Yiyeceğimiz yemek, giyeceğimiz kıyafet, gezeceğimiz yer belli. Bu dünyada yirmi adet evin, on adet araban, beş adet şirketin olsa neye yarar ki? Hiçbiri zahmetten başka bir şey getirmez insana. Hepsi kendi içinde; elektrik, su, doğalgaz masrafları; arabanın bakımı, muayenesi; yirmi evin birden temizliği, erzakı gibi birçok dert barındırır. Demek ki insan müptela olduğu şeyleri, kullanmak için değil biriktirip bekçilik yapmak için istiyor. Neticede ise her birinin peşinde koşmaktan hiçbirinin lezzetine varamıyor.

Allah Azze ve Celle Hûd Suresi'nde: "Yeryüzünde hiçbir canlı yoktur ki, rızkı Allah'a ait olmasın!" buyurarak rızkımıza kefil olduğunu beyan ediyor. Allah(c.c.) dünyamıza kefil ama ahiretimize kefil değil. Bizler buna rağmen Allah'ın(c.c.) kefil olduğu dünyadan endişeye düşerken kefil olmadığı ahiret için rahat tavırlar sergiliyoruz. Sanki dünyada ahiretimiz garanti, rızkımız garanti değil gibi yaşıyoruz. Madem Allah(c.c.) yarattığı her canlının rızkına kefildir, ağacın da insanın da rızkını veren Allah'tır(c.c.). Öyleyse bizlerin rızkımızı da ağaç gibi önümüze getirse olmaz mıydı? Bizler neden bir sınavı kazanmak için geceler boyu uykusuz kalıyor, işe girmek için onlarca mülakattan geçiyoruz? Günümüzün üçte birini işte geçiriyor, bazen yorgunluktan bitap düşüyoruz. Madem Allah(c.c.) rızkımıza kefil o zaman neden bize çalışmayı emretti?

Bizler öncelikle şunu iyi anlamalıyız ki: Kâinatta her canlının rızkını veren Allah(c.c.) ise, O'nun(c.c.) verdiği rızkı kazanmak diye bir şey olamaz. İnsanın bebeklikten çocukluğa geçene kadar ki sürecinde rızık diye bir derdi yoktu. Anne karnında göbek bağından besleniyordu. Ne zaman ki rahm-ı maderden çıktı, rızkına ulaşabilmesi için acıkınca ağlaması ve dudak hareketi yapması gerekti. Yaş ilerledikçe rızık mücadelesi arttı ve doyması için artık acıktığını dile getirmesi gerekti. İnsanın bu serüveni okul hayatı, sınav dönemi, iş hayatı şeklinde rızık peşinde koşma ile devam etti. Çünkü insan güçlendikçe, iktidarı arttıkça rızkı ondan uzaklaştı. Eğer rızık kazanılan bir şey olsaydı, insan güçlendikçe ondan uzaklaşmazdı. Aksine kişi onu daha kolay ve çok elde ederdi. Zira anne karnındaki bebeğin aç kaldığı duyulmamıştır ama altı yaşındaki çocuğa bir doktorun "Bu çocuk niye hiçbir şey yemiyor." dediği olmuştur. İnsanın borç harç içinde kaldığı günler olmuştur ama küçücük elma kurdu böyle bir sıkıntı hiç yaşamamıştır. Normalde insan elma kurdundan daha kuvvetlidir ama elma kurdunun evi rızkı olmuştur. Çünkü bir canlı ne kadar acizse o kadar fazla rızık verilir. Rızık iktidarla, akılla, zekâyla, kuvvetle, kabiliyetle kazanılan bir şey olsaydı insanın güçlendikçe rızkının artması gerekirdi.

Düşündüğümüzde hiç kimse bebeklik dönemindeki kadar güzel beslenmemiştir. Allah(c.c.) insana çalışmasını ataletten, tembellikten kurtulması için emretmiştir. Eğer, bizim de rızkımız ağaçlar gibi önümüze gelseydi hiçbirimiz şu an yaptığımız işi yapmazdık. Hepimiz sıkıntıdan ölürdük. Bir insanın çalışma gayreti ve mecburiyeti olmasa esnaf ekmek üretmez, gömlek satmaz, ayakkabı tamir etmezdi. Doktor hastayı ameliyat etmez, matematik öğretmeni ders anlatmazdı. Kâinata bir baksanıza kuşlar rızık için uçuyor, balıklar rızık için göçüyor, kâinat rızık için harekete geçiyor.

Allah(c.c.) da sen dünyada yerinde sıkılarak oturup ölümü bekleme diye senin rızkını gayr-ı muayyen, yani belirsiz, gizli bırakmış. Kâinatın hareket prensibine ayak uydurabilmen için rızkını ulaşacağın yerlere saklamıştır. Sana düşen yalnızca onu arayıp bulmaktır. Aslına bakarsanız çalışmanın manası malların değişimidir. İnsanlardan kimi demir satar, kimi ekmek satar. Biri gömlek üretir, biri mobilya üretir. Sen nasıl malını veya hizmetini bir başkasına satıyorsan, bir başkası da malını ve hizmetini sana satar. Fırıncı ayakkabıcıdan ayakkabı alırken, ayakkabıcı da fırıncıdan ekmek alır. Yani herkes baktığınızda dünya hazinesindeki malları değişir. Ortada kazanılan bir rızık yoktur. Var olan rızıkların insanlar arasında takası vardır. Günümüzde çalışmanın gerçek manasını anlayamayan insanlar "Ekmeğimi taştan çıkarıyorum." gibi cümleler kuruyorlar. Allah(c.c.) üç yıl yağmur yağdırmasın da bir görelim o ekmek hangi taştan çıkabiliyor. "Ben bunları dişim tırnağım ile kazandım." diyorlar. Peki ya dişini, tırnağını ne ile kazandın? Allah(c.c.) affetsin, maalesef çok gafilce cümleler kuruyorlar.

İnsanın bu gafletten kurtulması için hırsın ve tevekkülün tam manasını bilmesi, hayatına tatbik etmesi gerekir. Çünkü bizi ağaçtan, arıdan ayıran bir fark vardır. O da işin sonunda neticeyi Allah'tan(c.c.) bilmektir. Dolayısıyla bizlerin bu dersten sonra bir farkımızın olması gerekir.

> **YİRMİ DOKUZUNCU MEKTUP**
>
> ALTINCI RİSALE OLAN ALTINCI KISIM
>
> Üçüncü Desise-i Şeytaniye:
>
> "Tamah yüzünden çoklarını avlıyorlar. Kur'ân-ı Hakîmin âyât ve beyyinâtından istifaza ettiğimiz kat'î burhanlarla çok risalelerde ispat etmişiz ki, meşru rızık, iktidar ve ihtiyarın derecesine göre değil, belki acz ve iftikarın nisbetinde geliyor. Bu hakikati gösteren hadsiz işaretler, emâreler, deliller vardır. Ezcümle: Bir nevi zîhayat ve rızka muhtaç olan eşcar (ağaçlar) yerinde durup, onların rızıkları onlara koşup geliyor. Hayvânat, hırsla rızıklarının peşinde koştuklarından, ağaçlar gibi mükemmel beslenmiyorlar."

İnsanın bozuk bir makinayı tamir etmesi için evvela onun işleyiş sistemini bilmesi lazımdır. Bizlerin rızık meselesine ait anlayış bozukluklarımızı düzeltebilmemiz için ise Allah'ın(c.c.) kâinata koyduğu işleyiş sistemini bilmemiz lazımdır.

Allah'ın(c.c.) iki çeşit şeriatı vardır. Bunlardan biri Kur'an'daki şeriat olan şeriat-ı Ahmediye'dir. Kişi dini görevlerini yerine getirmez ise mesela, namaz kılmazsa bunun cezasını dünyada az, ahirette ise çok görür. Çünkü Kur'an'ın şeriatı daha ziyade ahirete bakar. Allah'ın(c.c.) yarattığı bir diğer şeriat ise yaratılış kanunları dediğimiz şeriat-ı fıtriyedir. Fen derslerinde gördüğünüz çekim kanunu, itme kanunu, ateşin yakması, zehirin öldürücülüğü, suyun kaldırması vesaire gibi tüm durumlar bu kanunların içerisine dahildir. Bunlara sünnetullah veya adetullah da denir. Bir insan

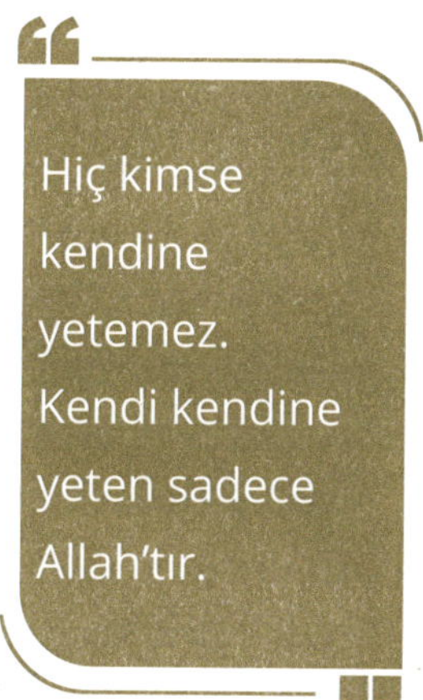

bunlara uyduğu veya itaat ettiği an dini ne olursa olsun dünyada muvaffak olur. Almanların teknoloji de zirveye ulaşmaları şeriat-ı fıtriye kanununa sarılmalarındandır. Bu kanuna göre bir mümin geceler boyu namaz kılsa, haftada bir Kur'an'ı hatim de etse su içmek, uyumak zorundadır. Çünkü kâinatın işleyişinde ve insanın fıtratında uyulması gereken kanunlar vardır. Eğer sen, küçük çark olarak büyük çark olan kâinatın dişlilerine muhalefet edersen büyük çarkların altında ezilirsin. Bir işte tembellik edip hakkıyla tevekkül etmezsen, sadece elini açıp dua edersen, Allah'ın(c.c.) yarattığı kanunları tanımamış olursun. Bu durumdan ise Allah(c.c.) asla razı gelmez.

Allah(c.c.) bu kâinatı boşa yaratmamış, abes iş yapmamıştır. Bir insan Kur'an'ın şeriatına aykırı davranırsa cezasını daha çok ahirette görür iken; şeriat-ı fıtriyeye aykırı davranırsa cezasını daha çok dünyada görür. Hırs eden insan ise hırs etmenin cezasını iki dünyada da görür. Çünkü hırs iki şeriata da muhaliftir. Kâinat temizdir ve Kur'an'da ism-i Kuddüs'e davet vardır. Kâinatta israf yoktur ve Kur'an da israfı yasaklamıştır. Kâinatta her şey ölçü içerisindedir ve Kur'an da adaleti emretmiştir. Yani kâinatın ve Kur'an'ın şeriatı her daim aynı ritim üzeredir. Kur'an insana kâinat korosunun ritmini bozmamayı emreder ama hırs ile dünyaya sarılan insan, elinin değdiği her yerde bu ritmi bozar. Bu sebepten hırs hem kişinin ahiretini cehennem eder; hem de hırs ile dünyaya dalana lezzet, uyku ve mutluluk haram olur. Dolayısıyla hırs iki cihanı da yakar. Hırsın hakiki manasını bilip hayatına tatbik edemeyen bir insanın maddi ve manevi huzuru elde etmesi çok güçtür.

Rızık Kazanılan Bir Şey Değildir

Normalde güçlü olanın çok yemesi zayıf olanın ise az yemesi lazımdır. Eğer rızık; iktidar, güç, eğitim veya zekâ ile kazanılsaydı bu özelliklere sahip olanlar ayakta kalır, olmayanların nesli tükenirdi. Hâlbuki en zayıflar en iyi besleniyor. Adım atmayı bilmez en aciz ağaçlar sürekli rızıklarına ulaşıyor ama kabiliyetli insanların aç kaldığı zamanlar oluyor. Bazen dört beş diploması olan, birkaç dil bilen insanlar işsiz kalabiliyor. Normalde ormanların kralı olan aslanın ve kurnazlığı ile bilinen tilkinin her hayvandan ziyade rızıklarını elde etmeleri gerekirken öyle olmuyor. Dev gibi kutup ayısı bir balığı yakalayabilmek için kırk takla atıyor. Demek helâl rızık, iktidar ve kuvvete göre değil, âcizliğe göre ihsân ediliyor. Mahlukat ne kadar güçlü ise rızkı zorlaşıyor, ne kadar âciz ve fakir ise rızkı da o derece kolaylaşıyor.

> "Hem hayvânat nev'inden balıkların en aptal, iktidarsız ve kum içinde bulunduğu hâlde mükemmel beslenmesi ve umumiyetle semiz olarak görünmesi, maymun ve tilki gibi zekî ve muktedir hayvânat sû-i maişetinden alîz ve zayıf olması gösteriyor ki, vasıta-ı rızık iktidar değil, iftikardır."

Rızkın sana gelmesi iktidarın ve kuvvetinden değil tam aksine iftikarındandır. İftikardan bir mana da kulun kendini Allah'a(c.c.) karşı fakir bilmesidir. Allah'ın(c.c.) bizi bu kadar ihtiyaç sahibi yaratmasının sebebi O'nun(c.c.) sonsuz ve tek ihtiyaç karşılayıcı olmasıdır. Sonsuz kudret ancak nihayetsiz acizlik ile birleştiğinde anlamlı olur. Bizler Allah'a(c.c.) karşı her daim aciz ve fakirizdir. Dünya bizim olsa bile bu değişmez. Çünkü bizim ekmeğe, suya, oksijene, gezegenlerin dönmesine ihtiyacımız hiç bitmez. Dünyanın en zengin ve en kudretli insanının bile bir nefeslik saltanatı vardır. İnsanın ihtiyaç sahibi olmasına fakirlik; bir şeye gücünün yetmemesine ise acizlik denir. Güneşe ihtiyacın varsa fakirsin, güneşi doğurmaya gücün yetmiyorsa acizsin demektir. Allah'a(c.c.) karşı aczini ve fakrını bilmeyip, kendini güçlü kuvvetli zanneden insanın dünyayı elde edememe sebebi hırs ile dünyaya saldırmasıdır.

Hepimizin, mutlu bir haberi çok heyecanlı bir şekilde etrafa anlatıp daha sonra o haberi elimize yüzümüze bulaştırdığımız olmuştur. Bazen çalıştığımız iş yerinde patronla, diğer insanlarla anlaşamayıp işi bıraktığımız da olmuştur. Bu noktalarda olumsuz gibi duran o hadiseleri Allah'ın(c.c.) yaratma sebebi rızkı patronundan; mutluluğu gelen haberden bilmeyesin diyedir. Bu, Allah'ın(c.c.) kuluna muazzam bir merhametidir. Çok sevdiğin bir dostun uyuşturucu bataklığına düşse ve senin onu o bataklıktan çıkarmaya gücün yetse, anında çıkarırsın. Bataklıktan çıkması için ne gerekiyorsa yaparsın. Evini, arabasını, işini elinden alman gerekiyorsa alırsın. Onu o ortama sürükleyen arkadaşları ile görüşmesini yasaklar, gerekirse dostuna iki tokat aşk edersin. Tüm bunları dostunu sevmediğinden, onun kötülüğünü istediğinden değil aksine ona sevginden, merhametinden, onun kötü yollara düşmesini istemediğinden yaparsın. Aynen öyle Allah(c.c.) da gücü yettiğinden dünyaya hırsla dalan kulunun tüm planlarını yıkıyor, ta ki planları onu yıkmasın diye. Bazen insan en güzel hislerle, çok büyük heyecanlarla evlilik yoluna çıkıyor. Bu yol ona Allah'ı(c.c.) unutturduğundan, o kul artık mutluluğu eşinden bilmeye başladığından Allah(c.c.) o evlilikte sorunlar yaratıyor. Mutluluk için çıkılan yoldan hüzünle dönülüyor. Çünkü Allah(c.c.) kulunun verilen nimetleri başka kapıdan bilmesini istemiyor. Elde ettiklerinin Allah'ı(c.c.) unutturmasına müsaade etmiyor. Nasıl bir anne evladıyla denize girdiğinde onu ilerilere kadar değil, çocuğun boyunun yettiği yere kadar götürüyor; Allah(c.c.) da bir yere kadar sana izin veriyor, devamında boğulma diye planlarını yıkıyor.

Ahiret hayatının saadeti ve rahatı hayır ve hasenatla mümkün olacağı gibi, dünya hayatının huzur ve refah içinde geçmesi de sa'y ve gayretle mümkündür. Ancak insanın her arzu ettiği şeye nail olması mümkün değildir. Bir Müslümanın dünyayı elinde tutabilmesi için evvela hırsı terk etmesi gerekir. Bizler ne zaman hırsı bırakır, kabiliyetlerimizi geliştirirsek Allah(c.c.) da o zaman dünyanın yönetimini Müslümanların eline verecektir. Dünya geneline baktığımızda çoğu Müslüman zulüm altında ama biz bu zulmü dahi duyuramıyoruz. Çünkü zulmü duyurmaya çalıştığımız haberleşme cihazları bile zalimlere aittir. Onun için bizlerin bu meseleyi gereği gibi anlayıp amel etmemiz şarttır. Bizlerin sadece elimizi açıp dua etmesi yeterli değildir. Bunun yanında Allah'ın(c.c.) sünnetullah kanununa yani şeriat-ı fıtriyeye uymamız da elzemdir. Tabiî, meşru yollardan rızkı temin etmek için çalışıp çabalamak bir kânun-u İlâhidir. Dünyanın gönlü güzel, insaflı, adaletli, hakperest Müslümanların elinden dönmeye ihtiyacı vardır. Bir gün inşallah o günler de gelecektir ama o günler gelmeden önce bir şeyin gelmesi gerektir. O da hırsın terk edilmesidir.

> "Hem dünyada, milletler içinde şiddet-i hırsla meşhur olan Yahudi Milletinden daha ziyade rızık peşinde koşan olmuyor. Hâlbuki zillet ve sefalet içinde en ziyade sû-i maişete onlar maruz oluyorlar. Onların zenginleri dahi süflî yaşıyorlar. Zaten ribâ gibi gayr-ı meşru yollarla kazandıkları mal, rızk-ı helâl değil ki meselemizi cerh etsin."

Allah[c.c.] bu dünyada kimi insana mal vermediği için yedirtmiyor, kimi insana da mal verip yanında bir de hırs verdiği için yedirtmiyor. Misal olarak Yahudi milleti dünyaya öyle bir hırsla sarılıyor ki, dünyayı biriktirmekten yemeye vakit bulamıyorlar, sefil yaşıyorlar. Allah[c.c.] onlara sadece bekçilik yaptırıyor. İşte kimi müminin içindeki Yahudi ahlakı da ona dünyayı yedirtmiyor. Bundan sebep bizim içimizde Yahudilere benzeyen hangi sıfatımız varsa önce onlardan kurtulmamız gerekir. Biz Yahudiler hakkında bu tarz söylemlerde bulunduğumuz zaman kimileri çıkıp "Siz böyle diyorsunuz ama adamların devletleri var, dünya güçleri var, paraları var." diyor. Hâlbuki onların üç bin yıl içerisinde daha yeni devletleri olmuştur. Üç bin yıl içerisinde altmış, yetmiş yıl çok da kıymetli bir zaman değildir. Onlar üç bin yıl boyunca sürgün sürgün gezmişler, hırslarından dolayı hiçbir millet onları sevmemiş, yersiz ve yurtsuz kalıp birçok devlete sığıntı olmuşlardır. Varlıklı olmalarına rağmen gönül ve rahat-ı kalple o varlıklarından istifade edememişlerdir. Onlar son altmış yetmiş yılda Müslüman memleketi olan Filistin topraklarına çökmüşlerdir; lakin hırs ile dünyaya daldıklarından çok uzak değil ileride yine meskensiz kalacaklar, zillet içerisinde yaşamaya devam edeceklerdir. Bu sebepten meseleye geniş pencereden bakmak gerekir.

> "Hem çok ediblerin ve çok ulemanın fakr-ı hâli ve çok aptalların servet ve gınâsı dahi gösteriyor ki, Celb-i rızkın medarı zekâ ve iktidar değildir, belki acz ve iftikardır, tevekkülvâri bir teslimdir ve lisan-ı kal ve lisan-ı hâl ve lisan-ı fiil ile bir duadır."

Bir meselede bizlere düşen hakkıyla tevekkül ettikten sonra duaya sarılmaktır. İnsan duaya ancak tevekkülden sonra başvurursa muvaffak olur. Yoksa bir işe başlarken onun ön koşullarını oluşturmadan o işi kadere bırakmak tevekkül değil tembelliktir. Mesela bir müteahhit bina yapacağı esnada ustalara "Hangi malzemeleri kullanalım? Binayı nasıl yapalım?" diye sorsa, ustalar da "Bırak çimentoyu, demiri; git elini aç Rabb'ine dua et." dese bu tevekkül değildir. Bu tutum tevekkül olmadığı gibi, sebeplere başvurduktan sonra neticeyi Allah'a(c.c.) bırakmamak da tevekkül değildir. Dolayısıyla bu ikisi arasındaki muazzam denge sağlanmak zorundadır. Zira cennet ucuz değil, cehennem dahi lüzumsuz değildir.

> "Madem rızık mukadderdir ve ihsan ediliyor ve veren de Cenâb-ı Hak'tır. O hem Rahîm, hem Kerîmdir. Onun rahmetini ittiham etmek derecesinde ve keremini istihfaf eder bir surette, gayr-ı meşru bir tarzda yüz suyu dökmekle, vicdanını, belki bazı mukaddesâtını rüşvet verip, menhus, bereketsiz bir mal-ı haramı kabul eden düşünsün ki, ne kadar muzaaf bir divaneliktir!"

Bir insanın hırs ile dünyayı istemesi sonucunda o insan kadar zalimleşebilecek kimse olamaz. O insan para biriktirmek, makam elde edebilmek için herkesi harcar, ezer geçer. Hırs ile dünyaya dalanı Allah'ın(c.c.) bu kadar rezil ve zalim biri hâline getirmesinin nedeni Allah'ın(c.c.) rahmetini ittiham etmesi ve O'na(c.c.) dil uzatmasıdır. Rüşvet, kumar, hırsızlık, hile, faiz, dilenmek, farzları unutturacak kadar geçim derdine dalmak gibi haram yollara tevessül ederek rızık aramak, bütün canlıların rızkına kefil olan Allah'a(c.c.) itimad etmemek ve itham etmek manası taşır. Sultan sizi sarayına davet etse, envai çeşit ikramlarda bulunsa ama siz bir ara markete gidip "Ya aç kalırsam!" diye bisküvi, kek alsanız sultan sizin hakkınızda ne düşünür? "Ben ki koskoca sarayı senin için donattım, bütün hizmetçileri senin uğruna seferber ettim, sayamayacağın kadar çok yiyecek hazırlattım. Senin ise şu yaptığına bak!" demez mi? Aynen bu sultan gibi kâinatın sultanı olan Allah(c.c.) da kâinatı senin için donatmış, bezemiş, döşemiş ve seni kâinatın en şerefli misafiri olarak yaratmıştır. Fakat sen hırs ile hareket edip hayatından, rızkından endişe ediyorsun. Senin işte bu hâl ve hareketin Allah'ın(c.c.) rahmetini ittiham etmektir.

İnsan, dünyalığımı kaybederim endişesi ile iman ve ibadeti terk edip haramlara girse, kısacık dünya hayatına bedel, ebedî saadet olan cennet hayatını kaybeder. Acaba dünyada haram yollarla elde edilen iyi ama geçici bir hayat, ebedî bir gençlik ve cennet hayatının yerini doldurabilir mi?

DÜNYADA CENNETİ **NASIL YAŞARIZ ?**

"Hakk'a tevfîz-i umûr et ne elem çek ne keder,
Gelir elbette zuhûra ne ise hükm-ü kader."

Bizler ne yazık ki işlerimizi Allah'a(c.c.) bırakamıyoruz. Onun için de işlerimizin bitiminde ortaya çıkan neticelere rıza göstermiyoruz. Dünyanın yükünü ve idaresini omuzlarımıza alıp bitmek bilmeyen dünya sorum-luluklarının altında ezilerek kulluğa vaktimizin kalmadığını söylüyoruz. Aldanıyoruz. Hayatın yükünü Allah(c.c.) taşımasına rağmen biz o yükü sahiplenmeye çalışıyor ve nihayetinde şirke meyilli tavırlar sergiliyoruz. Tüm bunlara rağmen bir de Allah'tan(c.c.) huzur talep edip dünyada manevi bir cennet yaşamak istiyoruz. Hâlbuki hayatımızdaki bunca yanlışı alt alta yazıp topladığımızda bize kalan elemden başka bir şey olmayacaktır. İnsan ancak yaptığı işlerin neticesine karışmayı bırakıp teslim olduğu zaman kalbi Allah(c.c.) için atacaktır. Bir müminin istenilen kulluk kıvamına erişebilmesi, korkularını yalnızca Allah'a(c.c.) satabilmesi için kuvvet alacağı yegâne kavramın adı tevekküldür. Eğer insan tevekkülün hakiki manasını hayatına tatbik edebilirse, yalnızca Allah(c.c.) için düşünecek, fiillerini yalnızca Allah(c.c.) için işleyecektir. Önüne çıkan yol ayrımlarında Allah'ın(c.c.) razı olduğu yolu tercih edecektir. Tevekkül eden bir müslüman sebepleri muazzam şekilde kullanır. Sebeplerden çıkan neticelere ise karışmaz. Bir insanın neticelere karışıp karışmadığı duygu değişimlerinden anlaşılır. Sebepleri kullandıktan sonra neticeler duygularımıza hâlen etki ediyorsa biz tevekkülün manasını anlamamışız demektir. Sebeplere sarılmak tevekküldür, ama sebeplere saplanmak tevekkül değildir.

İman hakikatleri, insana sadece ahirette lazım olacak bir nimet değildir. Zira iman netice itibariyle dünyayı da manevi bir cennete çevirir. Bir insanın dünya saadeti için de mecburen iman hakikatlerine sarılması gerekir. Çünkü bu hakikatler hayatında olmayan insan, önce dünyada maddi cennetini kurar sonra da o cennetin içinde kendi idam sehpasını kurar. Günümüzde yatırımını sadece dünyaya ve bedenine yaptığı için ruhi sıkıntılardan kötü düşüncelere meyleden binlerce insan var. Bakıyorsunuz o insana, dünyası lüks ve şatafat içinde ve elinde birçok imkân bulunuyor. İhtişamlı evler, son model arabalar, şirketler, çekler, senetler, güzellik merkezleri, tatil beldeleri, uçaklar, sevdiği tüm yiyecekler hepsi elinin altında mevcut. Dünyada elde edilecek ne varsa hepsini elde etmiş; ama tüm bunların sonunda ya cinnet geçirip hayattan lezzet alamaz hâle geliyor ya da hayatını sonlandırıyor. Peki o insan, bu kadar maddi imkânın ve birikimin içerisinde acaba nesi eksikti de intihara meyletti? Bütün nimetleri anlamlandıran ve nimet yapan özellik eksikti. İman...

Misal olarak ben size birçok elektronik alet hediye etsem ama elektrik vermesem o aletler neye yarar ki? Onların elinizde bomboş teneke yığını olmaktan başka hiçbir anlamı olmaz. Aynen öyle de insanın elinde bütün dünya nimetleri olsa ama o nimetlerin elektriği hükmündeki iman nuru olmasa, o dünya nimetleri insana zulümden başka bir şey olmaz. Onlar insana nimet değil, artık nikmet olur.

> Varsın, tüm yollar çıkmaza girsin. Allah öyle bir yol açar ki, sen tüm çıkmaz yollara şükredersin.

Elektriğin iki özelliği vardır. Elektrik hem nurdur; aletlerin çalışmasına, aydınlanmasına, kendi işlevini görmesine sebep olur, hem de kuvvettir; enerjiyi kendinden alır. O elektrik gibi iman da hem nurdur hem de kuvvettir. Bizim biriktirdiğimiz dünya malları ruhumuzu asla doyuramazken ruhun içine iman girdiği anda o iman hem nur olacak; etrafı görüp ruhu amacına uygun çalıştıracaktır, hem de bu dünyadaki devasa hadiselere meydan okuyabilecek bir kuvvet olacaktır. Yoksa insanın evi, arabası lüks olsa da ruhu lüks olmayacaktır. O lüksün içerisinde aciz kalmış, sürekli ağlayan, bağıran, tatmin olmayan bir ruh vardır. Siz o ruhu mutlu etmek için sadece cesedine yatırım yaptınız. Ruha hiçbir mutluluk veremediniz. Sonra da ruhun hastalıklarına cesede ilaç vererek çözüm aradınız. Ruhtaki hastalıkları cesede verilen ilaçlarla tedavi etmek mümkün değildir. Bir insandan iman giderse o insan kimsesiz, nursuz, kuvvetsiz, her an ölümün endişesini, ayrılığın ızdırabını çeken zavallı bir mahlûk olur. Karanlıklar ve zulmetler içerisinde boğulur.

Ölüme Teselli Yok

İmanın kıymeti zıtlıklar içerisinde daha çok belli olur. Bir gün birisinin, vefat eden sevdiğinin mezarı başında toprağı avuçlayıp “Neredesin? Gelmen lazım, geri dön. Burada beni böyle bırakma!” diye isyan ettiğini gördüm. Onu görünce imansızlığın ne kadar zor olduğunu tekrar anladım. İnsan ölmeden üç gün önce neler yaşar anladım. İnsanın etrafında sevdikleri vefat ediyor. Sevdiğini mezara koymak istemeyen insan bırak sevdiğini, kendisi de adım adım her gün oraya gidiyor. Sevdiği ölmüş, onu mezara koymak istemeyen bir insanın azap çeken ruhuna nasıl teselli verebilirsiniz? Parayla mı? Dünyada biraz daha farklı yerleri gezdirerek mi? Daha lüks bir araba alarak mı? Bunların hiçbiri onun derdine derman olamaz. Çünkü iman yoksa ölüm idamdır, yokluktur. Onun zihninde, sevdiği yokluğa gitti. Sevdiğinden ayrıldı ve bir daha kavuşamayacak. Daha da zor olan, tüm sevdikleri idam sehpasına gittiği gibi kendisi de o yokluğa gidiyor. İnsan belki zamanla sevdiklerini unutur ama her gün aynada gördüğü kendisini unutması mümkün değildir. İnsanın böyle bir acıyla baş etmenin yolunu bulması gerekir.

İnsan bazen yoğun bir trafiğe yakalanıp saatlerce aracın içinde mahsur kalır ve o süreç çok bunaltıcıdır. Arabadan çıkmak ister ama çıkamaz. Hızlı gitmek ister ama gidemez. Emniyet kemerini söküp atmak ister ama atamaz. Aracın içinde olduğundan onun kurallarına uymak zorundadır. Bütün hareketleri araca bağlıdır. Ne zaman ki trafik açılır, insan arabayı bir yere park eder ve araçtan inerse o zaman derin bir nefes alır. Çünkü artık arabanın kurallarına uymak zorunda değildir. Özgürdür. İşte aynı hâl ceset için de söz konusudur. İnsanın cesedi sıkıntılıdır. Sıcakta bunalır, soğukta üşür. Bir virüsle karşılaşsa hastalanır. Biraz beslenmese takatsiz kalır. Cesedin özellik ve kurallarına uyma meselesi insan için çok yorucudur. Ne zaman ki ruh cesetten çıkar, onun kurallarına uymaktan kurtulursa o zaman rahat bir nefes alır. Cennete layık bir hayat yaşar. Bunlar teselli için uydurulmuş hikâyeler değil; asıl mutluluğun sırrını nasıl kazanacağımızı gösteren hakikatlerdir. Eğer, Allah(c.c.) bir kulunu severse ona bu muhteşem mutluluğu yaşatır. Biz mutluluğun sırrını belki çok teknik kavramlarda konuşuyoruz ama o mutluluklar bu hakikatlerin içerisinde saklıdır. Eğer bir kul Rabb'ine yaklaşmak için doğru adımlar atarsa, Allah(c.c.) bunun neticesinde onun hem bu dünyasını manevi cennete hem de ahiretini maddi cennete çevirir. Bunun sırrı Allah'ı(c.c.) vekil yapıp O'na(c.c.) dayanmak ve O'na(c.c.) güvenmektir. Sebepleri mükemmel şekilde kullanıp, sebeplerden ortaya çıkan neticelere asla karışmamaktır. İnsan bu kıvamı yakaladığı an kendisine sıkıntı veren cesedin özelliklerinden bir nevi kurtulmuş olur ve dünyada manevi cenneti kazanır.

23. SÖZ

1. MEBHAS 3. NOKTA

> İman hem nurdur, hem kuvvettir. Evet, hakiki imanı elde eden adam, kâinata meydan okuyabilir ve imanın kuvvetine göre, hâdisâtın tazyikatından kurtulabilir. "Tevekkeltü alâllah" (Allah'a tevekkül ettik) der, sefine-i hayatta kemâl-i emniyetle, hâdisâtın dağlarvâri dalgaları içinde seyran eder.

İnsanın nefsi cılız bir el feneri hükmündedir. Nefsine güvenen insan kâinata baktığında, kâinatı bir bütün göremez. Nasıl el fenerini öne tutsan arka, sola tutsan sağ karanlıkta kalır. İnsan da nefis penceresinden kâinata baktığında kâinatın çoğu karanlıkta kalır, belki önünü bile göremez. İnsan o karanlıkta korkular içinde nereye gittiğini bilemez. Bastığı yer karanlık olduğundan hep tedirginlikle basar. Karanlıkta ayağı ipe takılsa yılan zanneder, çuval görse insan zanneder.

İnsanın bu karanlıktan çıkmasının yolu, ışığı noksan olan cılız el feneri hükmündeki nefsini bir taşa vurup kırmasıdır. O cılız fener kırılıp, iman nuru sineye girdiği anda sanki sihirli bir el elektrik düğmesine değmiş gibi bütün kâinat aydınlanır. Çünkü iman nurunun ilk özelliği kâinatı aydınlatmasıdır.

Allah'a(c.c.) dayanmayan ilimler de el feneri hükmünde meselenin sadece bir tarafını görebiliyor. O taraf hariç dünyanın geri kalanı karanlıkta kalıyor. Bu sebepten eğer kâinat iman nuruyla aydınlanmazsa, bizim çokça kullandığımız pozitif bilimler bile insanın başını belaya sokmaktan başka bir işe yaramıyor. Zira teleskopla gezegenleri ilk görenler "Bu ateş küreleri bize çarpacak, başımıza bomba gibi yağacak." diye kaçacak yer aramışlar, kimileri evlerini tek edip sokakta yatmışlardır. Onlar o kudretli yaratılışa imandan yoksun bir nazarla baktıklarından "Bu güneşi, onca yıldızı, bulutu kim idare ediyor? Bunların her biri başımıza yağarsa biz ne yaparız?" diye düşünmüşlerdir. Hâlbuki Kur'an: "Allah göklerin ve yerin nûrudur." diyor. Yani her şeyin dizgini O'nun(c.c.) elindedir. Güneş, yıldızlar, gezegenler, yağmur bulutları hiçbiri Allah(c.c.) müsaade etmeden bizim kılımıza dokunamazlar. İmanın içinde böyle bir emniyet ve güven vardır. İnsan, iman nuru sinesine girdikten sonra Rabb'ine intisap ederse onun için yer de gök de aydınlanacaktır. O insan geçmiş elemlerinin, gelecek kaygılarının hepsinin, bir Zat'ın elinde olduğunu anlayacak ve huzura erecektir. Her şeyi ve her hadiseyi Allah'ın(c.c.) yarattığını ve takdir ettiğini bilen insan, onlara karşı ne aşırı bir minnet duygusu taşıyacak ne de onlardan gelecek zararlardan fazlasıyla korkacaktır. İnsana bunun kadar güven veren başka bir şey olabilir mi? Dünyada sigortalı bir iş bile insana otuz yıl mutluluk ve güven veriyorsa, kim bilir Allah'a(c.c.) dayanıp inanabilmek ne kadar huzur ve güven verir.

İman nurunun ilk özelliği kâinatı aydınlatmasıyken, ikinci özelliği ise insanı aydınlatmasıdır. Zira biz aydınlanmadıktan sonra kâinatın aydınlanması bizim bir işimize yaramayacaktır.

Şuûnât-ı İlâhiye – İlahi Hâller

Allah Azze ve Celle'de "Şuûnât-ı İlâhiye" denilen ilahi hâller vardır. Şuûnât-ı İlâhiye, Cenâb-ı Hakkın yüce sıfatlarının mahiyetlerinde bulunan ve onları tecelliye sevk eden Zâtına ait kutsal özelliklerdir. O'nun(c.c.) isimlerinin, sıfatlarının tecellisidir. Allah kendi isimlerinin tecellisini anlayalım diye bu ilahi hâllerin çok ufak numunelerini bizlere de vermiştir. Allah'ın(c.c.) insana verdiği latifeler yani manevi organlar vehmîdir. Allah'ta(c.c.) olanlar ise hakiki yani gerçektir. İşte, bizde var olan bu latifelerin aydınlanmaya ihtiyacı vardır. Mesela Allah'ın(c.c.) sonsuz adalet sahibi manasında "Adl" ismi vardır. Allah(c.c.) kendisinde var olan sonsuz adalet duygusunu anlayabilmemiz için bize de o duygunun numunesini vermiştir. Bir insan, adalet duygusunu imanla ne kadar aydınlatırsa Rabb'inin(c.c.) de adil olduğunu o kadar iyi anlar. Yine, Allah'ın(c.c.) sonsuz şefkat ve merhamet sahibi manasında "Rahim" ismi vardır. Allah(c.c.) anlayalım diye o duygunun numunesini bizlere de vermiştir. Hatta bu duygu annelerde o kadar belirgindir ki bir insan dünyanın en rezil insanı da olsa, en büyük hataları da işlese, annesi evladından vazgeçmez. Annedeki bu şefkat nurunu gören bizlerin "Annemin sinesine bu şefkat duygusunu koyan, annem kadar da mı şefkatli olmaz?" demesi ve Allah'ın(c.c.)

sonsuz şefkatine sığınması gerekir. Çünkü bir anne bile, evladından vazgeçmiyorsa Allah Azze ve Celle de senden vazgeçmeyecektir.

Eğer bizde cömertlik duygusunun numunesi olmasaydı, bizler ikram etmenin lezzetini bilmeseydik, Allah'ın(c.c.) "Kerim" ismini, bu hayatı bize neden ikram ettiğini de anlayamayacaktık.

İnsanda Allah'ın(c.c.) isimleri adedince latifeler vardır ve bu latifelerin her biri iman ile aydınlanmaya muhtaçtır. Eğer latifeler iman ile nurlanmazsa kalbi zıtları istila eder ve iman nuru kalpten çıkarak yeri karanlıkla dolar. Adalet nurdur zıddı zulümdür. Şefkat nurdur zıddı vahşettir. Cömertlik nurdur zıddı cimriliktir. Cahiliye döneminde imanla buluşan Hz. Ömer'in(r.a.) "Faruk" lakabını almasına sebep nasıl imansa, Ebû Cehil diye bilinen Amr bin Hişam'ın "Cehaletin babası" lakabını almasına sebep de imansızlıktır. Biri latifelerini imanın nuruyla aydınlatmış, elmas olmuş; diğeri o nurdan mahrum kalmış, kömür olmuştur.

Allah Azze ve Celle'nin sıfatları nur, isimleri de nuranidir, nurdan beslenendir. Yani isimler sıfattan beslenir. Mesela Mehmet bir isimdir. Bu isim yazar, matematik öğretmeni, konuşmacı diye sıfatlarla beslenir. Bir gezegen, Güneş'in nuruyla ne kadar beslenirse Güneş'ten payını o kadar alır. Bir insanın da latifeleri ne kadar nurlanırsa şûunât-ı İlâhiyeyi yani Allah'ın(c.c.) ilahi hâllerini o kadar fazla anlar. Allah'ın(c.c.) esması ile en çok nurlanmış zat Efendimiz'dir(s.a.v.). Bu sebeple bizler, Allah'ın(c.c.) neyden razı olacağını, Allah'ın(c.c.) bizden ne istediğini Efendimiz'e(s.a.v.) bakarak anlıyoruz. Resûlullah'taki(s.a.v.) cömertliği, merhameti, fedakârlığı, sabrı, gayreti, sadakati ve nice güzel ahlakı görüyoruz; "Demek ki Allah böyle kullarını sever." diyoruz.

Bir şeyde nur ve nuraniyet tam olunca madde ortadan kalkar. Dolunay olunca Ay'ı artık göremezsiniz, Ay'da gördüğünüz Güneş'tir. İşte Resûlullah'ın(s.a.v.) bir temsili de Dolunay'dır. Çünkü Şems-i Ezeli onda tam tecelli etmiştir. Bunun için Azîz Mahmud Hüdâyi hazretleri: "Ayinedir bu âlem, her şey Hak ile kaim. Mir'at-ı Muhammed'den Allah görünür daim." demiştir.

Bu devir; "Zina etme. Namaz kıl. Yalan söyleme. Allah'ın razı olacağı işlerde koştur. Gıybet etme." diye kulakların birçok nasihata doyduğu bir devirdir. Bunca nasihate rağmen ise ortada düzelen pek bir şey yoktur. Çünkü nasihat veren, nasihati alan kişideki latifeleri iman nuruyla uyandıramadıktan sonra sözleri havada kalmaya mahkûmdur. Bir insana ahlaki cihette yapılacak iyilik sürekli ahlaki nasihatler vermek değildir. İman hakikatlerini alan bir insanın latifeleri uyanırsa o insan zaten güzel ahlak sahibi olacaktır. Temelde iman olmazsa bizlerin, bir insanda güzel ahlakı inşa edebilmemizin mümkünatı yoktur.

Kâinata meydan okumak; "Varlık âlemindeki her şeyi Allah'ın emrinde bilmek ve O(c.c.) izin vermedikçe hiçbir şeyin ona zarar veremeyeceğine kesin olarak inanmak." demektir. O'nun(c.c.) izni olmaksızın ne arı bal verebilir ne de ateş insanı yakabilir.

Bir insanda hakiki iman varsa kâinattaki sorunlar o insanı üzemez. Bizde hakiki imanın olup olmadığı, kâinattaki hadiselere karşı tepkimizden anlaşılır. Bir öğretmen nasıl ki anlattığı dersin anlaşılıp anlaşılmadığını anlamak için öğrencisini imtihan ediyorsa, Allah(c.c.) da tevekkülün hakiki manasının anlaşılıp anlaşılmadığını anlamak için bizi imtihan eder. Bizlere bela ve musibetler gönderir. Ölüme karşı tavrımızı ölçer. Demek ki başımıza gelen hiçbir şey hikmetsiz değildir. Allah kendisine olan güvenimizi ölçmek için bize onları göndermiştir. İnsan değişen hadiselere karşı değişmeyen bir tavır sergiliyorsa o insan, sırtını yıkılmayan bir yere dayamıştır.

Her birimizin hayatında birçok imtihan olmuştur. Adeta dünyanın yükü sırtımıza yüklenmiş ve biz o yükün altında ezilmişizdir. Peki, bizlerin başına bir iş geldiğinde hangi taraf güçlüyse o mu kazanır? Hayır, Allah(c.c.) kimin yanındaysa o kazanır. İşte bunun adı tevekküldür. Zira Eşref Edip, Bediüzzaman Said Nursî için **"Kar, kış demez, irkilmez, üzülmez, acı duymaz; mevsim bütün ömrünce ılık gölgeli bir yaz."** demiştir. Bunu Said Nursî hazretlerinin ömrü gül gülistan içinde geçtiği için söylememiştir. O ki Afyon hapsinde 35-40 kiloya kadar düşmüş, defalarca zehirlenip işkencelere maruz kalmıştır. O hâlde bile nefsini düşünmemiş, bu asrın gençleri baharı görsün diye El- Hüccetü'z Zehra Risalesi'ni yazmıştır. Demek ki bu zatın, ortada kendi benliğini unutabilecek kadar tevekkülü vardır. Zira sebepler ne kadar kötü ve kuvvetli de olsa başına gelen imtihanda kazanan, Allah'a(c.c.) dayanan olacaktır. İşte bizim en büyük hatamız buradadır. Bizler önümüze Allah(c.c.) yolunda bir imkân açıldığında evvela kendimize bakıyor, gücümüzü ve şartları hesaplamaya başlıyoruz. Sonra da ümitsizliğe düşüyor; "Benim gücüm, param, zamanım buna yetmez." diye bahane üretiyoruz. Hâlbuki Bedir Harbinde 313 sahabe, sayısına ve gücüne bakmadan 1000 kişilik müşrik ordusuna karşı cihat etti. Kendilerinde yetmiş deve, iki at varken düşman ordusunda yedi yüz deve, yüz de at vardı. Onlar da bizim gibi sayıya ve şartlara takılsalardı, o meydan muharebesine çıkmaları mümkün olmayacaktı. Ama onlar tevekkülün sırrına erdikleri için "Allah bize yeter. O(c.c.) ne güzel vekildir. Düşmanların sayısı ve gücü fark etmez. Arkamızda Allah var, O(c.c.) kimin arkasındaysa galip olacak odur." dediler ve cihada gittiler.

Bizler ise duada bile tevekkülü sağlayamıyoruz. Sağlık ile ilgili dua edince ilk olarak doktoru; borca sıkışıp dua edince ilk olarak dayımızı düşünüyoruz. Allah(c.c.) da bizi başka kapılarda görünce "Git işini onlar halletsin." diye tokat vuruyor. Sizin evladınız size güvenmese, komşudan ekmek istese nasıl size ağır gelir. Allah'ın(c.c.) kulu da O'nun(c.c.) huzurunda başkasına el açınca izzetine, gayretine dokunuyor. Bizlerin başımıza gelen hadiseler karşısında tokat yememizin sebebi, Allah'a(c.c.) güvenmememizden kaynaklanıyor.

> Bir kişi Allah'tan başka kimseye ihtiyacı olmadığına inanırsa, Allah da onu başkasına muhtaç etmez.

İnsanın cesedi kuvvet bulmak için ruha dayanır. Ruhumuz ise kuvvet bulmak için başka bir şeye dayanır. Eğer senin ruhun kuvvet için paraya dayanıyorsa paran artınca mutlu, azalınca mutsuz olursun. Şöhrete dayanıyorsa birileri alkışladığında lezzet alır, alkışı görmediğinde bunalıma girersin. Makama dayanıyorsa makam koltuğunda otururken kendini güçlü hisseder, koltuk elinden gittiğinde yıkılırsın. Ama senin ruhun tevekkül eder, bizzat Allah'a(c.c.) dayanırsa ölüm dahi seni sarsamaz. Ölüm senin için sevgiliye kavuşmaktan başka bir şey olmaz. Öyle ki Üstad Bediüzzaman Hazretleri ölümle ilgili merhum Zübeyir Gündüzalp'e: "Zübeyir şimdi kıyamet kopsa, dağlar uçsa, denizler yansa; yap bir parça çay deyip Rabb'imin azametli icraatını lezzetli bir hayretle seyredeceğim." demiş. Bizler ise bu hakikatleri okumamıza rağmen arabamız çizilse dayanamıyoruz. Telefonumuz cebimizdeyken bir yere çarpıp çatırdama sesi gelse "İnşallah belim kırılmıştır." diyoruz. Telefonun kırılmasına tahammül edemiyoruz. Demek ki bir insan Allah'a(c.c.) dayanmadığında, telefonunun kırılması, cebine az para girmesi, makamının elinden gitmesi bile o insanı manevi azaba girdirebiliyor.

> Bütün ağırlıklarını Kadîr-i Mutlakın yed-i kudretine emanet eder, rahatla dünyadan geçer, berzahta istirahat eder. Sonra, saadet-i ebediyeye girmek için Cennete uçabilir. Yoksa, tevekkül etmezse, dünyanın ağırlıkları, uçmasına değil, belki esfel-i sâfilîne çeker.

Bizler cennetin bir tane olduğunu düşünüyoruz ama cennet iki tanedir. Biri dünyadaki manevi cennet, diğeri ise ahiretteki maddi cennettir. Dünyada iman ile manevi cenneti yaşayana ahirette de maddi cennet vardır. Bir insan ahirette nerede olacağını ruhundaki cennet özelliklerinden bile anlayabilir. Eğer bir insan manevi organ dediğimiz latifelerini iman ile nurlandırırsa ortaya tevekkül çıkar ve o insan "Ya Rab! Madem tüm sebep ve neticelerin dizgini Sen'in elinde. Öyleyse benim başıma Sen'in yazdığından başka bir şey gelmez. Bana düşen zahmeti atıp, rahat ve huzuru bulmaktır." der ve dünyada manevi cenneti yaşar. O insan için ölüm, dünyada yaşadığı manevi cenneti ahirette maddi cennet suretinde görmek olur. Tevekkül ölümün soğuk yüzünü bile güzel gösterir. Bir insan eğer ölüme bu nazarla bakamazsa sevdiklerinin mezarı başında "Beni nereye bırakıp da gittin." diye feryat eder durur. Ama ölümün hakikatini bilirse ölümü sever ve daha ölüm gelmeden ölmek ister.

İnsan tevekkül etmeyip "Bu sorumluluklar bana ait, bütün yükü ben taşıyorum. Sebepler de neticeler de benim elimde." diye düşündüğü anda dünyanın ağırlıkları onu aşağıya doğru çekmeye başlar. Bizlerin, dünyanın ağırlıkları ile alaka düzeyimizi anlamamızın bir yolu vardır. Misal olarak benim elimde bir su şişesi olsa, benim o şişeyi ne kadar kuvvetli tuttuğumu ancak şişeyi elimden çektiğiniz zaman verdiğim tepkiden anlarsınız. Allah(c.c.) da bizim dünyaya ne kadar bağlı olduğumuzu anlamak için ara sıra dünyayı elimizden çekiyor. Eğer, Allah(c.c.) elimizdekileri çektiğinde hâlimiz değişmiyorsa bu bizim tevekkül sahibi olduğumuzu gösterir. Elimizdekileri çektiği anda moralimiz bozuluyor, üzüntüden uykularımız kaçıyorsa bu tevekkül değil saplantı sahibi olduğumuzu gösterir.

Denizin bir özelliği vardır. Deniz, kendisine güveneni yani tevekkül edeni üstünde yüzdürür. Güvenmeyip çırpınanı ise batırır. İşte tevekkül ile dünya ilişkisi tam bu şekildedir. Kim ki Allah'a(c.c.) güvenmez sebeplerle boğuşmaya, baş etmeye çalışırsa bilsin ki bataklığın içindedir. Kim de "Ya Rab! Bunların neticesi zaten benim elimde değil, ben aciz bir kulunum." deyip Allah'a(c.c.) sığınırsa bilsin ki göklerdedir. Bunun şartı dünyanın ağırlıklarını atmaktır.

> "Demek, iman tevhidi, tevhid teslimi, teslim tevekkülü, tevekkül saadet-i dâreyni iktiza eder."

Allah'a iman eden insan O'nun(c.c.) her şeydeki birliğini ve tesirini bilir ve O'nsuz hiçbir şeyin gerçekleşemeyeceğine inanır. Allah'ın her şeyde müessir olduğunu bilen ve itikat eden, O'nun(c.c.) sonsuz rahmet, hikmet ve kudretine teslim olur. Allah'ın kudret ve hikmetine razı ve teslim olanlar da üzerlerine düşen vazifeyi yaptıktan sonra, O'na(c.c.) tevekkül edip rahatlarlar.

Allah(c.c.) En'am Suresi 59. ayette şöyle buyurur: "Gaybın anahtarları Allah'ın yanındadır; onları O'ndan başkası bilmez. O, karada ve denizde ne varsa bilir; O'nun bilgisi dışında bir yaprak bile düşmez. O, yerin karanlıklarındaki tek bir taneyi bile bilir. Yaş ve kuru ne varsa hepsi apaçık bir kitaptadır."

Demek ki bu kâinatta Allah'ın haberi olmadan bir yaprak dahi kımıldayamaz. O'na(c.c.) teslim olsak bizi kimse incitemez. Öyleyse Allah'a(c.c.) dayanan, başkalarının kapısında sürünmekten, başkalarına el açmaktan kurtulur.

Nasıl sultanın sarayında sultanın izni olmadan hiçbir işin çözülmez. Sultandan gayrı kime gidersen git ezildiğin, eğildiğin yanına kâr kalır. Aynen öyle Kâinatın Sultanı'nın izni olmadan da kimse sana zarar veremeyeceği gibi, O'nun(c.c.) ikramı olmadan kimse sana fayda da sağlayamaz. İşte insan tevekküldeki bu muazzam sırra erdiğinde iki cihanın saadetini elde etmiş olur.

> Fakat yanlış anlama. Tevekkül, esbabı bütün bütün reddetmek değildir. Belki, esbabı (sebepleri), dest-i kudretin perdesi bilip riayet ederek; esbaba teşebbüs ise, bir nevi dua-yı fiilî telâkki ederek, müsebbebatı yalnız Cenâb-ı Haktan istemek ve neticeleri O'ndan bilmek ve O'na minnettar olmaktan ibarettir.

Tevekkül sebeplere sarılmaktır, sebeplere saplanmak değil. Kişi sebepleri terk edince rahmeti değil azabı hak eder. Zira sultana gitmenin bir yolu, adabı vardır. Eğer sen direkt kapıları tekmeleyip "Ben geldim." dersen ölüm fermanını imzalarsın. Ama saray şartlarına uyar, sultana usulünce gidersen sarayın tüm kapıları sana açılır. Aynen böyle, Allah'a(c.c.) dayanmanın, O'ndan(c.c.) yardım istemenin de bir yolu vardır. Bizlerin elimizden gelen gayreti göstermeden ve sebeplere riayet etmeden Allah'a(c.c.) dayandığımızı söylememiz tevekkül değil tembelliktir. Bizler sultanın kapısına usulüne uygun gitmediğimizde nasıl azaba müstahak olursak, Allah'ın(c.c.)

kapısına sebeplere başvurmadan ve gerekli gayreti göstermeden gittiğimizde de azabı hak ederiz.

Bir işte sebepler âcize, neticeler ise mucizedir. Sebeplerin neticeye tesiri yoktur. Neticeleri yaratan bizzat Allah'tır(c.c.). Bir işin gerçekleşmesi için bize düşen ise neticeye karışmak değil sebeplere başvurmaktır. Bir insan üzerine düşen vazifeyi yapmadan, sebepleri göz ardı ederek "Allah ne takdir ederse o olur." diyorsa bu kesinlikle tevekkül değildir. Zira hayrı da şerri de yaratan Allah'tır(c.c.). Bir insanın içki içmesi de namaz kılması da Allah'ın(c.c.) takdiridir. Ancak içki içmek ya da namaz kılmak kişinin kendi tercihidir. İnsan hangi fiili işlemek isterse onu seçer. Öyleyse bir insan kendi iradesiyle faize, kumara bulaşıp sonra da kazandığı haram paraya "Allah'ın takdiri" deyip işin içinden sıyrılamaz. Zaten başımıza gelen her şey Allah'ın(c.c.) takdiridir. Hâşâ Allah'tan(c.c.) başka ilah mı var ki, başımıza gelenleri yaratsın. Burada önemli olan takdir değil tercih kısmıdır. Sen sana gelen teklifi nasıl değerlendirdin? Hayrı mı yoksa şerri mi tercih ettin? Asıl düşünülmesi gereken kısım burasıdır.

Sevr Sultanlığı

Bizlere her şeyde olduğu gibi sebepleri kullanma noktasında da en büyük örnek Efendimiz'dir(s.a.v.). Mekke döneminin on üçüncü yılında Müslümanlar Mekkeli müşriklerin zulümlerinin artırması sebebiyle yavaş yavaş şimdiki ismi ile Medine olan Yesrib'e hicret etmeye başlamışlardı. Bir gün hicret sırasının kendilerine de geleceğini bilen Hz. Ebû Bekir(r.a.) ise iki deve almış, yolculuk için bekletiyordu. Kureyş müşrikleri, Efendimiz'in(s.a.v.) vücudunu ortadan kaldırmak için kat'î karar almışlardı ve bunun için faâliyetlerini sürdürüyorlardı. Bu sırada Allah Azze ve Celle, Efendimiz'e(s.a.v.) hicret emrini verdi. Bunun üzerine Efendimiz(s.a.v.) Mekke halkının öğle uykusunda olduğu bir gün Hz. Ebû Bekir'in(r.a.) evine gitti ve Allah'ın(c.c.) kendisine hicret için izin verdiğini söyledi. Hz. Ebû Bekir(r.a.) "Yol arkadaşlığı mı ya Resûlullah?" diye sorup "Evet, yol arkadaşlığı." cevabını alınca mutluluktan gözyaşlarına hakim olamadı. Efendimiz(s.a.v.) ve Hz. Ebû Bekir(r.a.), Medine'ye kadar kendilerine kılavuzluk edip yol göstermesi için, henüz müşrik fakat güvenilir, sözünde durmasıyla tanınmış biri olan Abdullah bin Uraykıt ile anlaştılar. İki binek devesini kendisine teslim ettiler. Onunla üç gün sonra Sevr Dağı eteğinde buluşmak üzere sözleştiler. Daha sonra Efendimiz(s.a.v.), Hz. Ebû Bekir'in(r.a.) yanından ayrılarak Hâne-i Saadetine döndü. Bu sırada Cibril-i Emin(a.s.) geldi ve Efendimiz'e(s.a.v.) müşriklerin Darü'n Nedve'de aldıkları kararı bildirip: "Şimdiye kadar yattığın yatağında, bu gece yatma!" dedi. Bunun üzerine Efendimiz(s.a.v.), Hz. Ali'yi(r.a.) çağırdı ve "Yatağımda bu gece yat uyu! Şu yeşil, geniş aba hırkamı da üzerine ört! Korkma! Sana hiçbir zarar erişmeyecektir." buyurdu.

Plan gereği her kabileden seçilmiş eli kılıçlı iki yüze yakın müşrik, gecenin üçte biri geçince, Efendimiz'in(s.a.v.) evinin önünde toplandılar. İçlerinde Ebû Cehil, Ebû Leheb ve Ümeyye bin Halef gibi azılıları ve elebaşıları da vardı. Katiller, gecenin geçmesini, aydınlığın etrafı sarmasını ve Allah Resûlü'nün(s.a.v.) evinden çıkmasını bekliyorlardı. Çünkü; âdetlerine göre bir adamı evinin içinde katletmek korkaklığın en âdisi sayılırdı.

Efendimiz(s.a.v.), eli kılıçlı katillerin Hâne-i Sâadetinin etrafını sardıkları sırada evinden çıktı. Yerden aldığı bir avuç toprağı başlarına attı ve Yasîn Suresi'nin dokuzuncu ayetini okudu. "Onların önlerinden bir set, arkalarından da bir set çektik.

Böylece gözlerini perdeledik; onlar artık göremezler." Bunun üzerine içlerinden hiçbiri onu görmedi ve Efendimiz(s.a.v.) oradan çıkıp Hz. Ebû Bekir'in(r.a.) yanına gitti. Kendileri için acele sefer malzemesi hazırlandı ve bir dağarcığa bir miktar azık konuldu. Sonra, Efendimiz(s.a.v.) ile Hz. Ebû Bekir(r.a.) evin arkasındaki küçük kapıdan çıktılar ve üç gün kalmak üzere 750 metre yükseklikte olan Sevr Dağına tırmandılar.

Mağara oldukça ıssızdı. Önce Hz. Ebû Bekir(r.a.) içeri girdi. Yeri temizleyip düzeltti. Mağaradaki delikleri elbisesini yırtarak tıkadı. Yetmeyince, geriye kalan bir deliğe de ayağını dayadı. Sonra Efendimiz'i(s.a.v.) içeri dâvet etti. Efendimiz(s.a.v.) içeri girdi ve mübarek başını sadık dostunun dizine dayayarak uyudu. Az sonra, Hz. Ebû Bekir(r.a.) deliğe dayadığı ayağında müthiş bir acı hissetti. Ayağını yılanın ısırdığını anladı ama delikten ayağını çekmedi. Hatta, Allah Resûlü(s.a.v.) uykudan uyanabilir diye yerinden bile kımıldamadı. Hz. Ebû Bekir'in(r.a.) canı öylesine acıdı ki gözlerinden ister istemez yaş aktı. Akan gözyaşlarının birkaç damlası Efendimiz'in(s.a.v.) mübârek yüzüne damlayınca Efendimiz(s.a.v.) uyandı ve: "Ne var, yâ Ebû Bekir?" diye sordu. Hz. Ebû Bekir(r.a.) ise: "Yâ Resûlallah! Ayağımı bir şey soktu ama mühim değil. Anam babam sana fedâ olsun." diye cevap verdi. Efendimiz(s.a.v.), ayağa baktı ve yılanın soktuğu yeri mübarek tükürüğü ile meshetti. Allah'ın(c.c.) lütfu ile acı derhâl kayboldu ve Hz. Ebû Bekir(r.a.) şifâ buldu.

O anda Allah'ın(c.c.) emriyle bir örümcek gelip mağaranın girişine ağını gerdi, bir çift güvercin ise gelip yuva kurdu. Efendimiz'i(s.a.v.) evinde bulamayan müşrikler fazlasıyla sinirlendiler ve Mekke'nin her tarafını didik didik aramaya başladılar. Hz. Ebû Bekir'in(r.a.) evine vardılar. Onu(r.a.) da bulamayınca büsbütün öfkelendiler.

Mekke'de Efendimiz'i[s.a.v.] bulamayınca bir tellal çağırttılar ve: "Muhammed'i ve Ebû Bekir'i bulup getirene veya öldürene yüz deve veririz." dediler. İçlerinde ne kadar hırsız, cani ve gözü dönmüş var ise, bu ilânı duyunca kimi eline kılıç kimi de sopalar alarak Mekke'nin dışına çıktılar ve etrafta koşuşturmaya başladılar. Arayıcılar, yanlarına Müdlicoğullarından iki iz takip edici de almışlardı. Bu iz sürücüler işinde öyle mahirlerdi ki atın ayak izine bakarak üstüne binen kadın mı, erkek mi; kilolu mu, zayıf mı; sakin birisi mi, yoksa sinirli birisi mi özelliklerini anlayabilecek nitelikteydiler.

Nihayetinde iz sürücüler Efendimiz[s.a.v.] ile Hz. Ebû Bekir'in[r.a.] izlerini buldular. Takip ede ede gelip Sevr Dağı'nın eteklerine dayandılar. Tam mağaranın önüne geldiklerinde ayaklarının ucuna baksalar veyahut kafalarını eğseler ikisini de göreceklerdi. Ama orada bozulmamış bir güvercin yuvası ve bir örümcek ağı ile Allah Azze ve Celle onları muhafaza etti. Allah'a[c.c.] iman edince anlarsın ki bir güvercin ve bir örümcek ile seni koruyabilecek olan tek zat Allah Azze ve Celle'dir.

Hz. Ebû Bekir[r.a.] müşrikler kendilerini bulunca fazlasıyla telâşa kapıldı ve üzüldü. O'nun[r.a.] o hâlini gören Efendimiz[s.a.v.]: "Neden korkuyorsun?" diye sordu. Hz. Ebû Bekir[r.a.]: "Ya Resûlallah! Beni öldürseler Ebû Kuhafe'nin evi ağlar ama ya Sana bir şey olursa bütün ümmet ağlar. Ben bu yüzden korkuyorum." dedi. Efendimiz[s.a.v.] ise hepimizin iyi bildiği ayeti orada zikretti: "Lâ tahzen! İnnallahe meana. / Üzülme! Allah bizimle beraberdir."

Hz. Ebû Bekir[r.a.] tekrar: "Yâ Resûlallah! Onlardan birisi eğilip de ayaklarının dibinden bir bakıverse bizi görür." deyince, Efendimiz[s.a.v.] yine emîn bir şekilde: "Yâ Ebû Bekir, iki kişinin üçüncüsü Allah olursa, sen âkibetin ne olacağını zannediyorsun? Yakalanacağımızı mı sanırsın?" dedi. (Müslim, 7/108; Müsned 1/4) Sonra da Hz. Ebû Bekir'in(r.a.) iç ferahlığına kavuşması için Allah'a(c.c.) dua etti. (İsfahanî, Delâil, s.278)

Sevr Mağarasına oldukça yaklaşan müşrikler: "Şu mağarayı da arayalım." dediler. Konuşulanları Efendimiz(s.a.v.) ile Hz. Ebû Bekir(r.a.) de duyuyorlardı. İçlerinden biri mağaranın ağzına kadar geldi. Fakat içeri girip bakma lüzumu hissetmeden geri döndü. Ona: "Neden girip içeri bakmadın?" diye sordular. O: "Mağaranın ağzında iki yabani güvercinin yuva kurduğunu gördüm. Orada olduklarına asla ihtimal vermem." diye cevap verdi. Azılı müşrik Ümeyye bin Halef ise, arkadaşlarına hiddetle şöyle bağırdı: "Hâlâ mağaranın orada ne dolaşıp duruyorsunuz. Orada örümceğin ağ bağladığını görmüyor musunuz? Vallahi ben, bu ağın Muhammed doğmadan önce gerilmiş olduğu kanaâtindeyim." dedi. (Belâzurî, 1/260; Şifâ, 1/686) Bunun üzerine mağaranın yanından uzaklaştılar.

Efendimiz(s.a.v.) ve Hz. Ebû Bekir(r.a.) üç gece tedbir için mağarada kaldılar. Bu üç günlük süre zarfında Hz. Ebû Bekir'in(r.a.) oğlu Abdullah(r.a.) kendilerine Kureyşlilerden istihbarat getirirken kızı Esma(r.anh.) ise azık getirip götürdü.

Bu arada, daha önce kararlaştırıldığı üzere kılavuz olarak tutulan Abdullah bin Uraykıt da kendisine teslim edilen iki deve ile pazartesi günü Sevr Dağı'na geldi. Hz. Ebû Bekir(r.a.), iki devesinden üstün olanını Efendimiz'e(s.a.v.) verdiyse de Efendimiz(s.a.v.): "Ben, benim olmayan deveye binmem." diyerek önce Hz. Ebû Bekir'den(r.a.) devenin ücretini öğrendi, sonra deveye bindi. Böylece üç günün ardından mağaradan ayrılıp Yesrib'e, şimdiki ismiyle Medine'ye yürümeye devam ettiler.

Efendimiz(s.a.v.) hicret yolculuğunda sebepleri sonuna kadar kullanıp, Hz. Ali'yi(r.a.) kendi yatağına yatırmış, bir müşriği bile işinin ehli diye kendilerine rehber tutmuştur. Saklanmak için Sevr Mağarasını kullanmış, Hz. Ebû Bekir'in(r.a.) şifası için yılanın soktuğu yeri mübarek tükürüğü ile meshetmiştir. Resûlullah(s.a.v.) bile sebeplere bu kadar başvururken bizim sebepleri kullanmadan; "Allah dilerse verir. Her şey Allah'ın takdiridir." demek ne haddimizedir.

> Tevekkül eden ve etmeyenin misalleri, şu hikayeye benzer: Vaktiyle iki adam, hem bellerine, hem başlarına ağır yükler yüklenip, büyük bir sefineye birer bilet alıp girdiler. Birisi girer girmez yükünü gemiye bırakıp, üstünde oturup nezaret eder. Diğeri hem ahmak hem mağrur olduğundan, yükünü yere bırakmıyor. Ona denildi: "Ağır yükünü gemiye bırakıp rahat et." O dedi: "Yok, ben bırakmayacağım. Belki zayi olur. Ben kuvvetliyim. Malımı belimde ve başımda muhafaza edeceğim."

İlginçtir kendisi için güvenip gemiye binen ikinci adam, yükü için güvenmiyor, gemi batarsa yüküm mahvolur diye düşünüyor. Sanki gemi batınca kendisi kurtulacak da mahvolan sadece yükü olacak. Burada akıl tutulmasından başka bir şey söz konusu değildir. Çünkü yükünü gemiye bırakanın da sırtında taşıyanın da yükünü aynı gemi taşıyor. Birisi yükünü gemiye teslim ettiğinden rahatlıkla seyahatine devam ediyor. Diğeri ise gemi ile yükünün arasında ezilip duruyor. Çünkü ahmak insan kuvveti kendinden bilir, geminin sahibine güveneceğine kendine güvenir. Hâlbuki biraz aklını kullansa der ki: "Güvensem de güvenmesem de beni de yükümü de gemi taşıyor. Zaten gemi batarsa ne yükümü ne de kendimi düşünmeme gerek kalmaz."

İşte bu temsili hikâyedeki ahmak ve mağrur adam biziz. Her birimiz dünyanın yükü altında inim inim inliyoruz. Evin,

> Beklediğini Allah'tan bekleyenin hüsrana uğradığı görülmemiştir.

işin, makamın, geçimin, geleceğin sorumluluklarını sırtımıza yüklüyor onları gereği gibi Allah'a(c.c.) teslim edemiyoruz. Sebepleri kullanıp gayret edeceğimize neticeye karışıp hadsizlik ediyoruz. Çok çalışanın çok kazanacağını sanıyoruz. Hâlbuki bir ömür çalışıp nihayetinde şirketi batan nice insan olduğu gibi oturduğu yerden hiçbir şey yapmadan elindeki parayı yüze katlayan nice insan da vardır. Çünkü neticeyi yaratan Allah'tır(c.c.). Allah(c.c.) sana diler verir, diler vermez. Senin vazifen neticeye karışmak değil sebeplere başvurmaktır.

> Yine ona denildi: "Bizi ve sizi kaldıran şu emniyetli sefine-i sultaniye daha kuvvetlidir, daha ziyade iyi muhafaza eder. Belki başın döner, yükünle beraber denize düşersin. Hem gittikçe kuvvetten düşersin. Şu bükülmüş belin, şu akılsız başın, gittikçe ağırlaşan şu yüklere takat getiremeyecek. Kaptan dahi, eğer seni bu hâlde görse, ya divanedir diye seni tard edecek; ya "Haindir, gemimizi itham ediyor, bizimle istihzâ ediyor. Hapsedilsin" diye emredecektir.

İnsan iki yüz gram olan içi su dolu bir bardağı bir seferde kolaylıkla kaldırır ama onu dokuz saat elinde tuttuğunda iki yüz gram su kendini yirmi kilo olarak hissettirir. Kişi bir süre sonra o bardağı kaldıramaz hâle gelir. İşte dünyada sen olmazsan duracağını zannettiğin işler de aynı bu şekildedir. Aslında onların yükü sandığın kadar ağır değildir. Sen o yükleri tevekkül ile Allah'a(c.c.) teslim etmeyip kendin taşımaya çalıştığından sana o kadar ağır gelir. Günümüzde nice insan dünyadaki sorumluluklarını terk edemediği için ahirete ait vazifelerini terk etmiş durumdadır. Çünkü dünya yükünü bir türlü sahibine teslim etmiyor. Tevekkül edip o yüklerden kurtulsa huzuru bulacak ama bırakmadığından yükleri onu aşağı çekiyor, sonsuz bir azaba doğru sürüklüyor.

Sizin evinize bir misafir gelse ve oturduğu süre boyunca cüzdanını elinde sıkı sıkı tutsa siz; "Bana güvenmiyor mu?" diye düşünür ve bu yaptığının sebebini sorarsınız. Misafir: "Cüzdanıma bir zarar gelmesin diye elimde tutuyorum. Ya çalarsan?" dese öfkelenir onu kapı dışarı edersiniz. Allah'ın(c.c.) kendisine güvenmeyip yükünü teslim etmeyen kuluna azap vermesi de tam bu sebeptendir. Çünkü tevekkül etmemek doğrudan Allah'ı(c.c.) itham etmektir.

> Hem herkese maskara olursun. Çünkü, ehl-i dikkat nazarında zaafı gösteren tekebbürünle, aczi gösteren gururunla, riyayı ve zilleti gösteren tasannuunla kendini halka müdhike yaptın. Herkes sana gülüyor" denildikten sonra o biçarenin aklı başına geldi. Yükünü yere koydu, üstünde oturdu. "Oh, Allah senden razı olsun. Zahmetten, hapisten, maskaralıktan kurtuldum" dedi.

Kâinattaki her şeyi yaratan, ekmeği tarlada bitiren, meyveyi ağaçta pişiren, güneşi lamba gibi diken, yağmuru yağdıran, kıştan sonra baharı getiren Allah'tır(c.c.). Her birimiz bir hayat gemisindeyiz ve hepimizin gemisini götüren yine Allah'tır(c.c.). Bize her şeyi veren O(c.c.) olmasına rağmen ne yazık ki bizler O'na(c.c.) güvenip teslim olamıyoruz. Gemideyiz ama hayat yükümüzü gemiye bırakamıyoruz. Kendimizi aleme maskara yapıyoruz. Meğer gemi üstüne yükü indirmiyor diye güldüğümüz adam bizmişiz. Çünkü Allah'a(c.c.) yalvarmayan, sebeplere yalvarır. Allah'tan(c.c.) korkmayan sebeplerden korkar. Allah'a(c.c.) secde etmeyen sebepler karşısında alçalır. Sonsuz âciz bir insanın kibirlenmesi, başkalarına gösteriş yaparak kendini avutmaya çalışması gülünecek bir hâldir.

Böyle yapan, kendini halka maskara yapmaktan öte bir iş yapmış olmaz.

Bizler yükümüzü Allah'a(c.c.) teslim etmediğimiz gibi bir yol ayrımına geldiğimizde de O'nun(c.c.) tarafını tercih etmiyoruz. Aç kalırım endişesi ile kulluğu terk ediyoruz. "Rızkı veren Allah'tır." deyip rızkımızı haram yollarda arıyoruz. İşimizi büyütmek için faize giriyor, sonra da; "Ben o işi yapmasam evin geçimini, çocukların ihtiyacını kim sağlayacak." diye kendimizi kandırıyoruz. Madem rızkı verenin Allah(c.c.) olduğunu biliyorsun neden rızkını helal kapılarda aramıyorsun? Bizler bir konu hakkında konuşurken çok iyiyiz adeta her birimiz sahabe gibiyiz. Tevekkülü anlatırken en iyi biz anlatıyoruz. Ama iş amele geldiğinde ağzımızdan çıkanları bir türlü uygulayamıyoruz. Gayrimeşru yollardan rızık, makam sahibi tanıdıklarımızdan yardım bekliyoruz. Sebeplere saplanıp yanlış yollardan rızık bekleyen bir insan, saatlerce tevekkül anlatsa, ben ölene kadar mütevekkilim dese bir hükmü kalır mı?

Bir insanın tevekkül sahibi olup olmadığı başına bir imtihan geldiğinde açığa çıkar. Eğer sen bir yol ayrımına geldiğinde Allah'ın(c.c.) değil de nefsinin yolunu seçiyorsan sende tevekkülün varlığından bahsetmek mümkün değildir. "Şu olaylar bir geçsin, şu sıkıntılar bir düzelsin, şu işler bir bitsin ondan sonra Allah'ın yoluna gideceğim." diye nefsine aldanan hiç kimsenin Allah'ın(c.c.) yoluna geldiği görülmemiştir. Çünkü o yol ayrımını Allah(c.c.) bilerek yarattı. "Acaba kulum bu imtihanda tevekkül edip bana mı dayanacak yoksa sebeplere mi takılacak?" diye görmek istedi. Eğer sen karşına çıkan imtihanlarda, rızkı dükkanından, şifayı doktordan, ekini topraktan, huzuru ailenden, gücü makam sahibi kişilerden bilmeye devam edersen bu imtihanı kaybedersin. Çünkü sendeki bu başkalarına minnet etme ve başkalarından medet umma hâli gizli şirktir.

İnsan kendinde var olan bu zaafları tespit edip: “Bende iman zafiyeti var. Ben patronuma, babama, tanıdıklarıma güvendiğim kadar Allah’a güvenmiyorum.” diyerek suçunu itiraf etse çözüme ilk adımı atmış olur. Çünkü kusurunu itiraf eden Allah’tan(c.c.) bağışlanma diler ve Allah’a(c.c.) sığınır. Allah’a(c.c.) sığınan şeytanın şerrinden kurtulur, affa mazhar olur. Onun için bunca kusura rağmen bize düşen iman hakikatleri ile kendimizi sürekli beslemek ve kalbimizdeki şirke medar sebepleri hızla terk etmektir.

> İşte, ey tevekkülsüz insan! Sen de bu adam gibi aklını başına al, tevekkül et. Tâ bütün kâinatın dilenciliğinden ve her hadisenin karşısında titremekten ve hodfuruşluktan ve maskaralıktan ve şekavet-i uhreviyeden ve tazyikat-ı dünyeviye hapsinden kurtulasın.

Tevekkül, Allah’a(c.c.) ve kadere inanmanın bir neticesidir. Tevekkülün üç çeşidi vardır. Tevekkülün birinci çeşidi yapılması gerekenleri yapmadan işi Allah’a(c.c.) havale etmektir. Bu tembel insan işidir.

2015 yılında Kâbe’de vinç koptu ve 107 hacı hayatını kaybetti, 237 hacı da yaralandı. Eğer sen vinçte bir ihmal var mı diye sormadan; “Kader ne yapalım?” dersen bu tembel tevekkülü olur. Bir maden patlamasında onca işçinin canına zarar geldiğinde; “Ne yapalım kader böyleymiş.” diyerek faturayı kadere kesemeyiz. Kazanma hırsı ile bazı şeyleri ihmal edenler ne olacak?

Günümüzde İslam coğrafyalarının çoğu zulüm ve zillet içerisindedir. Peki, bu bizim kaderimiz mi? Evet dersek bizler kadere iftira atmış oluruz. Bu zulüm ve zillet, müminlerin kaderi değildir. Bizler sebepleri yeteri kadar kullanmadığımız için din kardeşlerimiz o durumları yaşıyorlar. Yani problem kaderde değil sebeplere saplanan bizlerdedir. Bugün semadan bazı yardımlar gelmiyorsa bizler tevekkülün şartlarını yerine getiremediğimiz içindir. Çünkü biz yapmamız gerekenleri yapmadan, ellerimizi semaya kaldırarak Allah'tan(c.c.) yardım istiyoruz. Hâlbuki eller semaya öyle kalkmaz. Dua; "Ben bu ellerle yapabileceklerimi yaptım. Yapamayacaklarım için sana ellerimi açtım. Bahtına düştüm ya Rab! Yardım et." diye edilir. Bizler duamızı böyle etmediğimizden Allah(c.c.) da istediğimiz neticeyi vermiyor. Maddi surette bir şeyler gecikiyorsa manevî surette bizim mesuliyetimiz var demektir.

Tevekkülün ikinci çeşidi; yapılması gerekeni yaptıktan sonra işi Allah'a(c.c.) havale etmemektir. Bu hâl günümüzde yediden yetmişe birçok insanda görülüyor. Bir öğrenci sınavı kazanmak için gece gündüz çalışıyor. Rahat yatağından, uykularından, gezmesinden fedakârlık ediyor. Binlerce soru çözüyor, onlarca kitap bitiriyor. Sınav günü geldiğinde sınava girip çıktıktan sonra rahatlaması gerekirken, sınavdan sonra psikolojisi daha da bozuluyor. Çünkü elinden geleni yapmasına rağmen neticeyi Allah'a(c.c.) bırakmıyor. Bir baba oğluna mal bırakma sevdasıyla çalışıyor da çalışıyor. İşler büyüsün diye ne girilmedik faiz ne de söylenmedik yalan bırakıyor. Sanki netice kendi elinden dönüyormuş gibi bir tavır sergiliyor. Neticeyi gereği gibi Allah'a(c.c.) teslim edemediğinden gayrimeşru işlere girip duruyor.

Tevekkülün üçüncü çeşidi ise; olumlu manada olması gerekendir. Yapılması gerekeni yaptıktan sonra neticeyi Allah'a(c.c.) bırakmaktır. Bir insanın kalbinde; "Ben Allah'ın dinini dünyanın her yerine ulaştıracağım." diye çok güzel bir niyet olduğunu, o insanın bu hedefi uğruna gece gündüz mücadele ettiğini, hikmetli projeler ürettiğini ve bu mücadelede hayatına devam ederken bir gün araba çarpması sonucu hayatını kaybettiğini düşünelim. O insan hedeflediği şeyleri gerçekleştiremese bile sebepleri kullanıp, neticeyi Allah'a(c.c.) bıraktığından onun niyeti amelinden hayırlı olur ve Allah(c.c.) ona tüm gayesini gerçekleştirmiş gibi sevabını verir. İşte tevekkülün altındaki ahiret sırrı tam olarak budur.

Bir gün birileri İmam Gazali hazretlerine; "Tevekkül nedir?" diye sormuşlar. "Bütün dünya bir araya gelip engellese dahi Allah'ın senin için takdir ettiği şeyin sana ulaşacağına; bütün dünya bir araya gelip sana yardıma çalışsa bile, Allah'ın senin için takdir etmediği bir şeyin sana ulaşmayacağına inanmaktır." diye cevap vermiş.

Her birimizin boyunu aşan büyük dertleri var ama dertlerimizden de büyük Allah(c.c.) var. İnsanın bunu anlamasının tek yolu tevekkülün ilmini, hakikatini sürekli okuması ve okuduktan sonra amele dökmesidir. Zira herkesin hayatında büyük ya da küçük bazı takıntıları vardır. Bu takıntılar kiminde maddidir, kiminde ise zamanla veya kişiyle ilgilidir. Bu saatten sonra sana düşen kendinde var olan takıntı ile işe başlamaktır. Eğer sendeki takıntı maddi bir şeye ise bugün onu elinden çıkarmanın zamanı. Zamanla ilgiliyse; "Zaman zaten benim değil zamanın da sahibi Allah'tır." demenin zamanı. Bir kişiyle ilgiliyse o kişiyi gözünde büyütmekten vazgeçip, normal bir insana çevirmenin zamanı. İnanın bugün o gün. İnsan bunu yapmadıktan sonra bu hakikatler bir türlü sinesine inmiyor. Sineye inmeyince de o derin sırlı mutluluk bize ulaşmıyor.

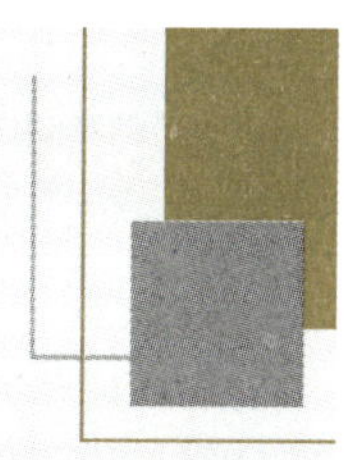

ALLAH'IM **BENİ AFFET**

Yeryüzünde bir maden işlenirken kullanılacağı yere göre kıvamı değişir. Mesela camın hammaddesi kumdur ama sadece kumdan oluşan bir cam çok kırılgan olacağından kumun yanına feldspat, dolomit, kalker ve soda gibi mineraller eklenir. Hatta renkli cam üretiminde bu malzemelere ek olarak altın, uranyum ve kobalt gibi madenler istenilen özelliğe göre belli miktarlarda karıştırılır. İnsanın imanında da böyle bir kıvamı vardır. İmandaki bu kıvam havf ve reca dediğimiz korku ile ümit arasındadır. Arasında demek ortasında demek değil, ikisinin uygun bir kıvamda bir arada bulunması demektir.

Bizler korku ve ümidin dengesini bozduğumuzda imanımızın lezzeti gider. Mesela çok lezzetli bir kuru fasulye yemeğinde tuz yerine şeker katılsaydı lezzet giderdi. Bir tutam tuz yerine bir avuç tuz katılsaydı lezzet yine giderdi. Çünkü kuru fasulyeye lezzet veren, her şeyin belli oranda eklenmesidir. Aynı durum hayatımızda da söz konusudur. İmanın hayatımızda bir yeri vardır. İşin, ailenin, kişisel bakımın, evi temizlemenin de bir yeri vardır. Bunlardan birkaçı eksildiğinde hayatımız bozulur. Çünkü bizim hepsinin belli kıvamlarda hayatımızda olmasına ihtiyacımız vardır. Bu kıvamın imanımızda da olması şarttır. Ama bizler bazı noktalarda olayı kendi nefsimizin istediği şekle sürükleyerek ümit ve korkunun kıvamını kaçırıyoruz. Bunlardan birini alıyor, diğerini bırakıyoruz ve aldığımızı da yanlış kullanıyoruz. Hâlbuki biri olmadan diğeri olmaz. Ümit ve korku birbirini tamamlar. Mesela biz kimi zaman elimize tamamen ümidi alıp korkuyu bir köşeye bırakıyoruz. Allah'ın[(c.c.)] emir ve yasaklarına uymuyor, sonra da ümidi yanlış kullanıp; "Bir şey olmaz, Allah affeder." diyerek dini mesuliyetlerden kaçıyoruz. Tabi ki dilerse Allah[(c.c.)] affedebilir ama O'nun[(c.c.)] affediciliğini dini mesuliyetlerimizi yerine getirmemeye karşı bahane örtüsü olarak kullanmak bir dram meselesidir. Bizler korkuyu geri plana atıp ümide fazla sarılınca; "Allah zaten affeder. Hem benim kalbim temiz." diyerek Kur'an sanki hiç inmemiş, Efendimiz'in[(s.a.v.)] hayatı yokmuş gibi bir hayat yaşıyoruz. Ümidi tembellik mesleğinde kullanıyoruz.

Bizler ümidi tamamen bırakıp korkuyla baş başa kaldığımızda ise yeis, ümitsizlik hastalığına yakalanıyoruz ve "Bundan sonra benden adam olmaz. Çok günahım var." deyip günah işlemeye devam ediyoruz.

Demek ki biz hayatımızdaki her şeyin kıvamını tutturduğumuz gibi havf ve reca noktasında da bir ayar yaparak kıvamı tutturmak zorundayız. İnsan bu kıvamı tutturamadığında Efendimiz'in[(s.a.v.)] birebir yanında ve sohbetinde bulunması dahi ona çare olmuyor. O kişi tıpkı Efendimiz'in[(s.a.v.)] amcası gibi iman nuruna kavuşamadan bu dünyadan gidiyor. Ne kadar ilginç ki bir yerde ümit çiçek çiçek açarken, yandaki bahçeye kokusu dahi gitmiyor. Çiçek bahçelerinin içerisindeki bir bölgenin yağmurdan, güneşten nasipsiz kalması gibi Efendimiz'in(s.a.v.) yakınında olan kimileri de yakın körlüğü yaşıyor. Hz. Nuh(a.s.) imanları kurtarmak için 950 sene mücadele ederken en yakınındaki eşi ve oğlu Kenan imana kör bir hayat sürüyor. Ama kişi kendinde o kıvamı tuttururs da Firavun'un sarayındaki Asiye gibi imana kavuşuyor. Allah Azze ve Celle Firavun'un sarayından Hz. Musa'nın(a.s.) çıkması gibi bazen çölde çiçek açtırıyor.

İnsan bazen sevdiği bir insanı Allah'ı(c.c.) sever gibi seviyor, bazen de korktuğu bir insandan Allah'tan(c.c.) korkar gibi korkuyor. Sen kalbini neyden korkup neyi seveceği noktasında terbiye edemedikten sonra imanını da idare etmen söz konusu değildir.

Kur'anda insana ümit veren öyle bir ayet vardır ki Hz. Ali(r.a.) bu ayet için: "Allah'ın rahmetinin en geniş olduğu ayettir." demiştir. Abdullah b. Ömer(r.a.): "Bu ayet Allah'ın en ümit verici ayetidir." demiştir. Efendimiz(s.a.v.) ise: "Bu ayet dünya ve içindeki her şeyden daha hayırlıdır." buyurmuştur. İşte o ayet Zümer Suresi 53. ayettir. "De ki (Allah şöyle buyuruyor): "Ey nefislerine uyup da günahta haddi aşan kullarım! Allah'ın rahmetinden ümit kesmeyin. Allah (dilerse) bütün günahları bağışlar; doğrusu O çok bağışlayıcı, çok merhametlidir."

Bu ayet Hz. Hamza'nın(r.a.) katilini belki bugün kötü bir şekilde anacakken ona Hz. Vahşi(r.a.) dedirten ayettir. Bir insanın kapkaranlık hayatını nuru pak bir sahabe kıvamına getiren ayet, bu ayettir. O yüzden bu ayetin bize ümit verebilmesinin ilk şartı, bu ayeti Allah(c.c.) sanki bize hitap ediyor gibi dinlemektir.

Ayyaş bin Ebî Rebia(r.a.)

Hz. Ayyaş(r.a.) İslâm davetine ilk uyan bahtiyarlardandı. Efendimiz'in(s.a.v.) İlahî dini ilan ettiği ilk günlerde nurdan halkaya katılanlar arasında o da vardı. Müşriklerin işkencelerinden dolayı Habeşistan'a hicret eden ikinci kafilede hanımı Esmâ(r.a.) ile beraber o da bulunuyordu. Tekrar Habeşistan'dan döndüklerinde ise ikinci bir hicret olan Medine'ye yolculuk başlamıştı.

Efendimiz(s.a.v.) o dönem henüz Mekke'de bulunuyordu ama mü'minlere Medine'ye hicret etmeleri için izin vermişti. Mekke'den ilk ayrılanlardan Hz. Ömer(r.a.), müşriklerin şaşkın bakışları önünde Kâbe'de iki rekât namaz kıldıktan sonra: "Anasını ağlatmak, hanımını dul bırakmak ve çocuklarını yetim koymak isteyen varsa, şu vadinin arkasına gelsin, bana kavuşsun!" diye meydan okuyarak yola çıktı. Hz. Ayyaş bin Ebî Rebiâ(r.a.) ve Hz. Hişam bin Âs(r.a.) da ona arkadaşlık etti. Daha sonra kendilerine katılanlarla birlikte yirmi kişilik bir kafile Medine yolunu tuttu. Hz. Ayyaş(r.a.), Ebû Cehil'in ana bir kardeşi ve Hz. Ömer'in(r.a.) ise hala oğluydu. Ebû Cehil onun Hz. Ömer'le(r.a.) hicret yoluna koyulduğunu öğrenince diğer kardeşi Haris bin Hişam'ı da yanına alarak peşlerine düştü ve onlara Medine'de yetişti. Kurduğu sinsi planla Hz. Ayyaş'ı(r.a.) kandıracak, tekrar getirecek ve işkenceye tâbi tutacaktı. Ebû Cehil, hicret eden Müslümanların yanına gelerek Hz. Ayyaş'ı(r.a.) buldu. O'nun(r.a.) merhamet hissini tahrik etti ve: "Sen gittin diye annem güneşin altında oturmaya yemin etti. Sen gelene kadar eve dönmeyecek, saçına sabun sürmeyecek. Gel, anne katili olma!" dedi. Hz. Ayyaş'ın(r.a.) yumuşadığını hisseden Hz. Ömer(r.a.) müdahale etti. O'nu(r.a.) uyarmak istedi

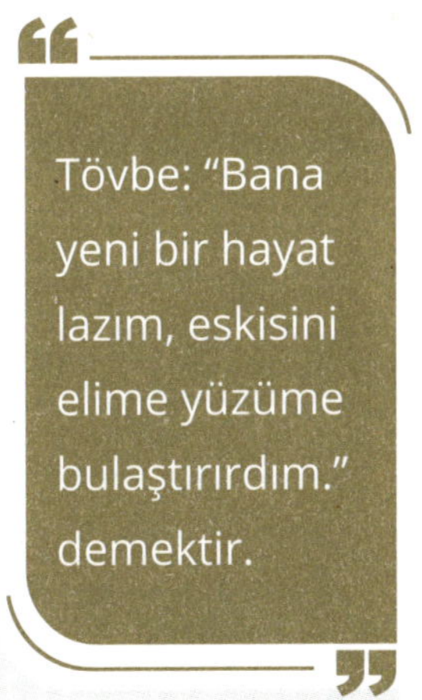

ve: "Ey Ayyaş! Kanma, vallahi bu bir oyundur. İnanma, buna yalan söylüyor. Sabret, az güneş başına vursun; sen sabret az bitlensin. Anan başını da yıkar, içeri de geçer, bütün dediklerinden de vazgeçer." dedi. Ama Hz. Ayyaş(r.a.) annesini çok seviyordu. Onun için de dayanamadı ve: "Ben gideceğim ey Ömer! Annemi görmem, onu bu hâlden çevirmem lazım!" diyerek Ebû Cehil ile gitmek istedi. Hz. Ömer(r.a.) Mekke'ye geri dönen Hz. Ayyaş'a(r.a.) giderken devesini verdi ve: "Ey Ayyaş! Al, bu benim devemdir ve çok hızlıdır. Kandırıldığını düşünürsen, bunlar başka plan çevirirse döner gelirsin." dedi. Ama ne çare! Mekke'ye yaklaştıkları sırada müşrik desisesi işlemeye başladı. Kardeşleri arkalarından gelen Hz. Ayyaş'ın(r.a.) öne sürmesini istediler. Öne geçer geçmez üzerine atıldılar, sımsıkı bağlayarak O'nu(r.a.) Mekke'ye götürdüler. Mekke'ye varınca Ebû Cehil, işkenceye başladı. İlk başta yüz sopa vurdu. Daha sonra da susuz ve ekmeksiz bırakarak atalarının dinine dönmesi için O'nu(r.a.) hapsetti. Hz. Ayyaş'a(r.a.) altı sene boyunca işkenceler yapıldı ve Hz. Ömer(r.a.) bu süre boyunca çok sevdiği dostu için gözyaşı döktü. O'na(r.a.) ara ara mektuplar gönderdi. Eğer Hz. Ömer(r.a.) sadece celalli tarafını ön plana çıkarsaydı dostunu anında siler ve onun için bir damla dahi göz yaşı dökmezdi. Ama O(r.a.) imanını dengede tuttu ve celalli yapısının yanına belli kıvamda merhamette ekleyerek dostunu bırakmadı. Bizlere bu davranışı ile en ufak bir hata da dost silmeme mesajını verdi.

Ebû Cehil, Hz. Ayyaş'a(r.a.) yaptığı işkencelerle hicret etme niyetinde olan diğer sahâbelerin gözünü korkutmak istiyordu. Hz. Ayyaş(r.a.) bir hata yapmıştı. Diğer Müslümanlar ona iyi nazarla bakmıyorlardı. O'nun(r.a.) dininden döneceğinden endişe ediyorlardı. Fakat sonradan vahyedilen bir âyet-i kerimede, kendi nefislerine zulmedenlerin affolunacağı bildirildi. Hicretin yedinci yılında Müslümanlar kaza umresi için Mekke'ye gitmişlerdi. Hz. Ömer'in(r.a.) aklında ise yine dostu Hz. Ayyaş(r.a.) vardı. Hz. Ömer(r.a.), Kâbe'yi gören bir yere oturdu ve kendi nefislerine zulmedenlerin affolunacağı o ayeti okudu. "De ki (Allah şöyle buyuruyor): "Ey nefislerine uyup da günahta haddi aşan kullarım! Allah'ın rahmetinden ümit kesmeyin. Allah (dilerse) bütün günahları bağışlar; doğrusu O çok bağışlayıcı, çok merhametlidir."

Hz. Ömer(r.a.) bir yandan ayeti okuyor bir yandan da: "Ah Ayyaş, bu ayeti duysaydın eminim ki seni hiçbir zincir tutamazdı. Bu ayeti duysaydın koşar gelirdin." diyordu. O esnada bir müddet düşünen Hz. Ömer(r.a.) ayeti bir şeyin üstüne yazarak Hz. Ayyaş'a(r.a.) göndermeye karar verdi. Yaşanan hadiseler ise tam da Hz. Ömer'in(r.a.) düşündüğü gibi cerayan etti ve Hz. Ayyaş(r.a.) ayeti okur okumaz hemen koşarak dostunun yanına geldi ve O'na(r.a.) sarıldı.

Aradan biraz zaman geçti ve Yermük Savaşı zamanı geldi. Savaşta vücuduna yara aldığı için yerde uzanan üç kişi vardı ve bu üç kişiden birisi Ayyaş bin Ebî Rebia(r.a.) birisi Haris bin Hişam(r.a.) diğeri de İkrime bin Ebû Cehil'di(r.a.). Huzeyfetül Adevi(r.a.) elinde su matarası ile dolaşırken "su" diye inleyen birisini duydu. Tam o sahabenin yanına gitti, suyu verecekken arkadan "su" diye yeni bir inilti duydu. Yerde yatan sahabe: "Beni bırak suyu diğer kardeşime yetiştir." dedi. Huzeyfetül Adevî(r.a.) ikinci sahabeye su götürürken "su" diye başka bir inilti daha duydu. Bunun üzerine ikinci sahabe de ağzına suyu vurmadı ve: "Beni bırak sen kardeşime yetiş." dedi. Huzeyfetül Adevi(r.a.) matarayı üçüncü sahabeye götürüp ağzına bir damla su verecekken o sahabe suyu içemeden şehadet şerbetini içti. Huzeyfetül Adevi(r.a.) bari suyu ikinciye götüreyim deyip döndü, baktı ki o da şehit olmuş. Bari birinciye götüreyim deyip ona yetişmeye çalıştı ama o da şehit oldu. Bunun üzerine suyu taşıyan sahabe: "Demek ki onlar suyunu benim ellerimden değil cennette meleklerin ellerinden içecekler." dedi.

Belki yıllarca iman halkasından kopukluk yaşamış, Efendimiz'den(s.a.v.) Hz. Ömer'den(r.a.) uzak yaşamış sahabelerin kalbine bu ayet öyle bir güneş doğurmuş ki vefatları bile dillere destan bir şehadet üzere olmuştur.

Vahşi b. Harb (r.a.)

Zümer Suresi 53. ayetin hayatını değiştirdiği bir diğer sahabe de Vahşi Bin Harb'tir(r.a.). Hz. Vahşi(r.a.) başta insanlığın en güzelini öldüren sonra da insanlığın en şerlisini öldürerek günahının kefaretini ödeyen birisidir. Cahiliye döneminde vahşice işler yaptığından dolayı ona bu künye verilmiştir. Kendisi Cübeyr bin Mut'im'in Habeşli bir kölesidir. Mekke'de Hz. Bilal'in(r.a.) dostudur. Çok iyi bir mızrak atıcısıdır, zaman zaman tören ile Mekkeliler için mızrak atar.

Gün gelir Ramazan'ın on yedinci gününde iman ile inkarın ilk mücadelesi olan Bedir Savaşı gerçekleşir. Bu savaşta Müslümanlar, Müşriklerden yetmiş kişiyi öldürür, yetmiş kişiyi de esir alırlar. Müslümanlardan on dört sahabe de bu dine kurban olup şehit düşerler. Ölen müşriklerin içinde Ebû Cehil, Utbe bin Rebîa, Şeybe bin Rebîa, Velid Bin Utbe gibi başı tutmuş isimler vardır. Son üç isim Ebû Süfyan'ın hanımı olan Hind'in babası, amcası ve kardeşidir. Hind, Bedir Savaşı'nda babasını, amcasını ve kardeşini kaybedince öyle bir atmosfere girmiştir ki artık azığı öfke, yatağı öfke, nefesi öfke olmuş ve intikam tek düşüncesi hâline gelmiştir. Bunun üzerine kendisi hemen Cübeyr bin Mut'im'in yanına koşmuş ve ona: "Vahşiyi hazırla! Onlar benim ciğerimden nasıl parça kopardılarsa bende Muhammed'in ciğerinden parça koparacağım." demiştir. Efendimiz'in(s.a.v.) ciğeri, amcası Hz. Hamza'dır(r.a.) ve artık Vahşi'nin tek bir hedefi vardır. Hz. Hamza'yı(r.a.) öldürmek. Vahşi onu öldürmek için bir yıl boyunca hazırlık yapar. Bu süre zarfında Hind sıkça Vahşi'nin yanına gidip: "Eğer sen benim dediğimi tutarda Hamza'yı öldürürsen, sana söz özgürlük vereceğim. Boynumdaki gerdanlığı, elimdeki bilezikleri hatta ayağımdaki halhalı bile vereceğim." der. Vakit gelir, Uhud Savaşı başlar. Uhud'da Efendimiz(s.a.v.) bin kişi ile müşriklerin üzerine yürüyecekken yolda münafıkların başı olan Abdullah bin Übey İbni Selül üç yüz adamını alarak geri döner. Bunun üzerine karşı tarafın üç bin kişiden oluştuğu savaşta Efendimiz(s.a.v.) yedi yüz kişi kalır. Böyle bir durumda bile Efendimiz(s.a.v.) hiçbir şekilde; "Kaç kişiyiz?" diye saymamış, geri dönenler için; "Nereye gittiler?" dememiştir. Her daim ileriye bakmış ve bu işin sayı işi değil sadakat işi olduğunu göstererek bize çok ince dersler vermiştir.

Savaş başladığında Hz. Hamza(r.a.) önüne çıkan Siba'a ibn Abd al-Uzza ile kılıç vuruşur ve bir darbe ile onu yere düşürür. Hz. Hamza'nın(r.a.) Allah-u ekber diye kılıcını havaya kaldırdığı esnada arkadan onu gözleyen Vahşi mızrağı Hz. Hamza'ya(r.a.) saplar. Zaten önünde olamayacağını ileriki zamanlarda: "Ben onun karşısına çıkacak cesareti kendimde bulamamıştım." diyerek ifade eder.

Vahşi sapladığı mızrak darbesi ile Hz. Hamza'yı(r.a.) şehit edince mızrağı sapladığı yerden çıkarır ve Hz. Hamza'nın(r.a.)

bedenini yararak ciğerini çıkarır. Sonra da o günkü cahiliye geleneğini devam ettirerek organlarını birer birer keser. Efendimiz(s.a.v.) Uhud'un şehitleri arasında gezerken yerde yatan amcasını görür ve: "Ah benim güzel amcam!" der. O sırada Efendimiz'in(s.a.v.) halası, şehitlerin efendisi Hz. Hamza'nın(r.a.) da kardeşi olan Safiye(r.a.) annemiz oraya doğru yürür. O'nu(r.a.) gören Efendimiz(s.a.v.): "Zübeyr koş anneni tut abisini böyle görmesin." der. Ama ne çare Safiye(r.a.) annemiz onları dinlemez ve: "Abicim!" diyerek Hz. Hamza'nın(r.a.) şehit bedeni önünde gözyaşlarına boğulur.

Uhud Savaşı'nda sahabenin dağılmasına sebep olan en ciddi durumlardan biri dağ cesametindeki Hz. Hamza'nın(r.a.) şehadetidir. Bugün Müslümanlar dağınık bir hâlde ise bunun sebebi de başımızda bir Hamza'nın(r.a.) olmayışıdır.

Uhud'da Hz. Hamza(r.a.) ile beraber Mus'ab b. Umeyr(r.a.), Abdullah b. Cahş(r.a.) gibi nice elmas kıymetindeki sahabe şehit olmuş ve bu durum Efendimiz'i(s.a.v.) ziyadesiyle üzmüştür. Savaştan sonra Müslümanlar şehitlerini alıp Medine'ye doğru yola koyulmuşlar ve orada çok ilginç bir vaka gerçekleşmiştir. Medine'de herkes şehidine ağlarken Resûlullah'ın(s.a.v.) gözü Hz. Hamza'nın(r.a.) yalnız kalan evine ilişmiş ve Efendimiz(s.a.v.):"Ah amcacığım, senin için ağlayan da yok!" diye üzüntüsünü dile getirmiştir. Bunu duyan Ensar: "Koşun koşun! Resûlullah bu kadar üzgün hâldeyken biz başka gözyaşı dökemeyiz." demişler ve kendi şehitlerine ağlamayı bırakıp Hz. Hamza(r.a.) için gözyaşı dökmüşlerdir. Tarihin hiçbir sayfasında böyle bir vakaya bir daha rast gelmek mümkün değildir. Medine'de herkesin yüreği yangın yeriyken, onlara evlatlarının kanlı kıyafetlerini anında bıraktırıp Hz. Hamza'nın(r.a.) şehit bedeninin başında gözyaşı döktüren Resûlullah'a(s.a.v.) olan sevgilerinin ispatıdır.

Hz. Hamza'yı[r.a.] öldürmesi için Vahşi'yi görevlendiren Hind, Hz. Hamza'nın[r.a.] şehadetiyle sözünü tutar ve Vahşi'yi özgür bırakır. Vahşi güya artık özgürdür ama o günden sonra kalbinde sürekli anlam veremediği bir tutsaklık başlar. Aklına sürekli Mekke'de eski arkadaşı Bilal bin Rebah[r.a.] ile yaptıkları konuşmalar gelir. Vahşi "Ben ne yaptım?" diye kendini sorgulamaya başlar.

Hicretin beşinci yılında Hendek Savaşı yaşanır. Vahşi, bu sefer orada Müslümanlarla köle olarak değil bir efendi olarak savaşır ve ensardan bir sahabeyi şehit eder. O sahabeyi öldürmesi ile içi daha da karışır ve yüreğindeki sıkıntı gün geçtikçe artmaya başlar.

Hicretin sekizinci yılında Efendimiz[s.a.v.] on bin asker ile Mekke'ye doğru yürür ve orayı fetheder. Mekke'yi fethederken gönülleri de fetheden Efendimiz[s.a.v.] Mekke'ye girdiğinde ilk olarak amcasını öldüren adamı sorar: "Vahşi nerede?" der. Bizler birisi bize en ufak bir şey yapsa hemen o kişiye kinlenir, yağmurlu günde dahi ona su vermek istemeyiz. Ama alemlere rahmet olarak indirilen Resûlullah[s.a.v.] bize burada da çok büyük miraslar bırakıyor ve Mekke'yi feth eder etmez ilk olarak ciğerini söken insanı soruyor.

Efendimiz'in[s.a.v.] Mekke'ye geldiğini duyan Vahşi, onunla karşılaşmamak için orayı terk etmiş ve Tâif'e kaçmıştır. Efendimiz[s.a.v.] Mekke'nin fethinden sonra kendisi de Tâif'e gitmiş ama Vahşi bu sefer de Şam'a kaçmıştır. Resûlullah[s.a.v.] Tâif'e gelip: "Vahşi nerede?" diye sorduğunda oradakiler: "Ya Resûlullah Vahşi buradan Şam'a kaçtı." demişlerdir. Efendimiz[s.a.v.] öyle engin bir merhamete sahiptir ki gözünün bebeği amcasını öldüren bir insanın imanı için bile onun peşine düşmüştür. Her sözünde emin olduğu gibi; "Bir kişinin senin vesilenle hidayete ermesi, senin için üzerinde güneşin doğup battığı her şeyden daha hayırlıdır." sözünün mücadelesini de bu şekilde vermiş ve yine bize en güzel örnek, üsve-i hasene olmuştur.

Normal şartlarda Vahşi'nin gelip Efendimiz'den(s.a.v.) eman dilemesi; "Ne olur beni affet." diye ayaklarına kapanması gerekirken Efendimiz(s.a.v.) Şam'da bulunan Vahşi'ye bir mektup göndermiş ve içine Furkan Suresi 68. ayeti yazmıştır. "Onlar, Allah ile birlikte başka bir ilaha tapmazlar; haksız yere, Allah'ın dokunulmaz kıldığı insan hayatına kıymazlar, zina etmezler. Zira (bilirler ki) bunları işleyen kimse cezasını bulacak."

Efendimiz(s.a.v.) bu ayet ile önce Vahşi'deki imanın kanseri şirki tamir etmiştir. Vahşi mektubu alır almaz ona sarılmış ve: "Ben ki amcan gibi bir dağı devirdim. Bana hâlâ gel mi diyorsun?" demiştir. Sonra da: "Allah beni bu günah ile affetmez." diye Resûlullah'a(s.a.v.) cevap yazmıştır. Efendimiz(s.a.v.) Vahşi'nin peşini bırakmamış ve ona bir mektup daha yazıp Nisa 48. ayeti göndermiştir: "Allah kendisine ortak koşulmasını asla bağışlamaz; bundan başkasını dilediği kimse hakkında bağışlar. Allah'a ortak koşan kimse büyük bir günah işleyerek iftira etmiş olur." Buna karşılık Vahşi tekrar: "Ya Resûlullah! Allah benim gibi adamı diler mi? Bende ümit yoktur." diye cevap yazmıştır. Efendimiz(s.a.v.) ise üçüncü ve son mektubunu göndermiş ve bu kez dünya ve içindeki her şeyden hayırlı gördüğü Zümer Suresi 53. ayeti yazmıştır: "De ki (Allah şöyle buyuruyor): "Ey nefislerine uyupta günahta haddi aşan kullarım! Allah'ın rahmetinden ümit kesmeyin. Allah (dilerse) bütün günahları bağışlar; doğrusu O çok bağışlayıcı, çok merhametlidir." Hz. Vahşi(r.a.) mektubu alır almaz imana kavuşmuş ve bu vaka asırlardır bizler için ümit olmuştur.

Bizler Hamza'nın(r.a.) katili değiliz, Hz. Aişe(r.a.) annemize iftirada bulunup dil de uzatmadık. Sadece Allah'ın(c.c.) emanetini kirlettik. Gözümüzü haramlarla, dilimizi gıybet, dedikodularla, kulağımızı duymamamız gereken kelamlarla, kazancımızı faizle, haram lokmalarla kirlettik. Ama bizler her şeye rağmen Allah'a(c.c.) koşsak ve: "Ya Rab affet!" desek inanın o kapıda bize de yer vardır. Zaten insan bataklığın en dibine kadar batsa da Allah'tan(c.c.) başka çalacağı bir kapısı var mıdır?

Hz. Vahşi(r.a.) iman eder etmez Efendimiz(s.a.v.) O'nu(r.a.) yanına oturtur ve Hamza'yı(r.a.) nasıl öldürdüğünü anlatmasını ister. Hz. Vahşi(r.a.) anlattıkça Efendimiz(s.a.v.) gözyaşlarına boğulur. Sahabeler bir iki kez: "Ya Resûlullah üzülüyorsun." deyip Hz. Vahşi'yi(r.a.) susturmaya çalışsalar da Efendimiz(s.a.v.): "Hayır hayır, anlatsın." der. Hz. Vahşi(r.a.) anlatır, Efendimiz(s.a.v.) ağlar ve nihayetinde ona: "Ey Vahşi! Fazla gözüme gözükme. Seni her gördüğümde amcamı hatırlarım da sana olan görevimi yerine getiremem." der. Efendimiz(s.a.v.) böyle bir atmosfer de bile kendi nefsini değil Allah'ın(c.c.) rızasını ön planda tutar. Hem Medine'de olup hem de Resûlullah'ın(s.a.v.) gözüne görünmeden bir hayat sürmek çok zordur. Hz. Vahşi tüm bu zorluklara göğüs gerer ve kendisine Mescid-i Nebevî'de bir kolonun arkasında yer ayarlar. Efendimiz(s.a.v.) kolondan dolayı O'nu(r.a.) göremez ama O(r.a.) Efendimiz'i(s.a.v.) hutbe verirken göz ucuyla izler. "Ey Vahşi artık gözüme gözükebilirsin." der mi diye her an bir ümitle bekler. Bu bekleyiş sürerken emrihak vaki olur. Efendimiz(s.a.v.) vefat eder ve Hz. Vahşi(r.a.) o sözleri hiçbir zaman duyamaz.

Resûlullah'ın(s.a.v.) vefatından sonra Hz. Ebû Bekir(r.a.) halife olur ve bir süre sonra Müseylemetül Kezzab denen yalancı Yemame'de peygamberlik iddiasında bulunur. Haber

Medine'ye ulaşınca Hz. Ebû Bekir(r.a.), Halid bin Velîd'in(r.a.) komutasındaki orduyu Yemame'ye doğru yola çıkarır. Hz. Vahşi(r.a.) hemen eve koşar ve Hamza'yı(r.a.) öldürdüğü mızrağı alıp orduya katılır. Ordu savaş yerine gelir, ciddi ve sıkıntılı bir savaş süreci yaşanır. Günler süren savaşta Müseyleme Ölüm Bahçesi denilen yere girer ve Müslümanlar ona ulaşamaz. Bunun üzerine Bera İbni Mâlik(r.a.) "Beni bahçenin içine atın. Ben oraya girdikten sonra içerden kapıları size açarım. Zaten ben şehadeti arzularım." der. Sahabe dediği gibi yapıp onu bahçenin içine atar. Bera İbn'i Mâlik(r.a.) girince içeriden kapıyı açar. Bundan sonra Hz. Vahşi'nin(r.a.) yapacağı tek şey vardır o da Uhud'da yaptığının aynısıdır. Hz. Vahşi(r.a.) elinde mızrakla Müseyleme'yi arar ve: "Ben cahiliye döneminde İslamın en hayırlısını öldürdüm. Şimdi ise kafirlerin en şerlisini öldürerek bu işin kefaretini ödeyeceğim." der. Nihayetinde Hz. Vahşi(r.a.) dediğini yapar ve Müseyleme'yi öldürür. Ardından hemen secdeye kapanır ve: "Ya Resûlullah! Artık sana görünebilir miyim?" der. Bilmiyoruz Efendimiz(s.a.v) O'na(r.a.) ne dedi ama Hz. Vahşi(r.a.) bu yaptığı ile günahının kefaretini ödedi.

Bizlerin Allah'tan(c.c.) başka gidecek kapısı yoktur. Ne hâlde olursak olalım Allah'ın(c.c.) affedici olması ve merhametiyle yaklaşması ümidimizi artırır. Fakat ümit meselesinin bir de olmazsa olmazı vardır. O da korku yani mehafetullahtır.

Bizler ümidin kıvamını tutturamadığımız zaman ümit adı altında vurdumduymaz, tembel, gamsız bir hâle geliyoruz. Hissiz, ahireti unutmuş, yalnızca dünya için çabalar sıradan bir yaşam sürüyoruz ve sonra da "Benim kalbim temiz." deyip nefsin aldatmasını, ümit etmek ile karıştırıyoruz. Eğer Allah(c.c.) korkusu yüreğimizi sıkmıyorsa orada bir problem vardır.

Efendimiz(s.a.v.) korku ve ümidi hep olması gereken ölçüde yaşamış ve havada bir kara bulut belirse endişe duymuştur. Çünkü birçok kavmin helakı bu şekilde başlamıştır. Yine o günlerden bir gün Cibril-i Emin(a.s.) gelip: "Senin ümmetine helaket yoktur." demiş de Efendimiz(s.a.v.) ancak o zaman rahat bir nefes almıştır. Bu vakadan sonra Resûlullah(s.a.v.) bu sefer de ümmeti için korkmuş ve "Ya ümmetim dünyaya dalarsa ya ümmetimin arasında ihtilaflar, ayrılıklar başlarsa." diye başka endişeler yaşamıştır. Çünkü ihtilaf hezimetin sebebidir.

Eski zamanlarda yaşayan mukarrebinden zatların üstlerine çay dökülse, rüyalarına kötü bir şey bulaşsa onlar: "Ben ne hata ettim de Allah böyle bir haber gönderdi." diye hayatlarını sorgulamışlardır. "Gözüm bakmaması gereken bir şeye mi baktı? Dilim etmemesi gereken bir kelam mı etti? Kulaklarım işitmemesi gereken bir şey mi işitti? Kalbim Allah'ın rızası dışında bir şeye mi meyletti?" diye endişe ve korku duymuşlardır. Bizler ise tevekkül ile rahatı karıştırıyoruz. Allah'tan(c.c.) ümit etmeyi Allah'tan(c.c.) korkmamak zannediyoruz. Hâlbuki tevbe ettikten sonra büyük günah olmayacağı gibi günahta ısrar ettikten sonra da küçük günah yoktur. Her bir günah içinde küfre giden bir yol vardır. Bizler bunu bilmediğimiz zaman havf ve recanın dengesini yakalayamıyoruz. Bu ise imanın kıvamının bozulmasına sebep oluyor. Çünkü iman belli miktar ümit belli miktarda korkunun birleşmesiyle oluşuyor.

İnsandaki korkunun en kıymetlisi Allah(c.c.) korkusudur. Yalnızca bu korku suistimal edilemez. Lakin Allah'tan(c.c.) korkmak demek hâşâ bir yılandan, akrepten korkar gibi korkmak demek değildir. Çok sevdiğimiz birinden ayrı kalmaktan, onu üzüp incitmekten korkmak demektir. Bizlerin en başta Allah'ın(c.c.) bize olan sevgisini, şefkatini, merhametini kaybetmekten korkması gerekir.

Allah(c.c.) Uhud Savaşı'ndan sonra müminlere: "Bakın, bu şeytan ancak kendi yandaşlarını korkutur. Mümin iseniz onlardan korkmayın, benden korkun." (Âl-i İmrân / 175) buyurmuştur. Çünkü Uhud Savaşı'nda müşrikler üç bin kişilik ordu ile Mekke'den yola çıkmış ve bunu duyan Medine münafıkları müminlerin kalbine korku salmak için etrafta; "Onlar kaç kişi biz kaç kişiyiz? Onlara göre sayımız da gücümüz de çok az." diye konuşmuşlardır. Allah(c.c.) ise Mü'minlerin kalplerindeki korkuya bir ayar vermek için bu ayeti indirmiştir. Çünkü Allah'tan(c.c.) hakkıyla korkan bir insan başka hiçbir şeyden korkamaz. Kişideki korkunun neye olduğu ondaki imanın sahte mi gerçek mi olduğunu gösterir. İş yerinde patronun namaz kılmana müsaade etmiyor mu? Ailen iman davasında hizmet etmene karşı mı çıkıyor? Dostların seni dünyaya mı çağırıyor? Kalbin haram bir sevdaya meyletmek mi istiyor? İşte tam buralarda sende ne ağır basıyor? Allah(c.c.) korkusu mu yoksa işini, aileni, çevreni, sevdiğini kaybetme korkusu mu? Tercihin sendeki imanının kalitesini ortaya serer. Zira insan bir Allah'tan(c.c.) korkmadığı zaman binler ilahtan korkar hâle gelir. Bu dönemde put illa taştan, helvadan oluşmaz, Allah(c.c.) ile bağını koparmaya teşebbüs eden ne varsa onlar senin putundur.

Esved bin Yezid en-Nehai (r.a.)

Esved bin Yezid en-Nehai(r.a.) Allah(c.c.) dostu bir zattır ve onun Alkame(r.a.) isminde çok sevdiği bir dostu vardır. Son dönemlerini yaşadığı bir gün Esved(r.a.), korkusundan ötürü olduğu yerde hafif hafif titremeye başlar. Alkame(r.a.) Esved bin Yezid'in[r.a.] ehl-i takva bir zat olduğunu bildiği için ona: "Ey Esved! Bilirim ki senin gibi ehl-i takva insanlar işlediği bazı günahlarına tutunup acaba Allah affeder mi korkusunu yaşarlar. Sen de böyle günahlarından mı korkuyorsun?" der. Esved[r.a.] ona: "Ne günahından bahsediyorsun. Ben kâfir ölürüm, imansız giderim diye korkuyorum." diye cevap verir. Esved[r.a.] vefatından sonra yakın dostu Alkame'nin[r.a.] rüyasına girer. Alkame[r.a.] bakar ki Esved[r.a.] tarif edilmez güzellikte, muazzam bir yerdedir. Alkame[r.a.] "Ey Esved! Sen neredesin? Söylesene burası cennet mi?" deyince Esved[r.a.]: "Dostum inan ki peygamberlikle aramda dört parmak mesafe kaldı." der.

Kişideki imanın sahihi akıbetinden endişe ile bilinir. O zaman bizim şunu çok iyi anlamamız gerekir. Kendinden emin gibi gözüken, hâşâ Allah[c.c.] ile anlaşması varmış gibi yeryüzünde yürüyen kibirli insanlar asıl akıbetinden korkulması gereken insanlardır.

Allah[c.c.] bir kudsi hadisinde: "İzzetime yemin olsun ki, ben kuluma ne iki korkuyu ne de iki emniyeti veririm. Eğer (kulum) dünyada benden emin(korkusuz) olarak hareket ederse, ben onu kıyamet günü korkuturum. Şayet (kulum) bu dünyada benden korkarsa, ben onu kıyamet gününde emin (korkusuz) kılarım." buyurur.

Eğer sen dünyada ahiretinden emin bir hayat yaşıyorsan ahirette korkacağın günler seni bulacak demektir. Ama sen dünyada; "Benim ahiretim, akıbetim ne olacak?" diye korku duyuyorsan ahirette eminliğin garantisi de bu duyduğun korkular olacaktır. Bizlerin ümit ve korkudaki olması gereken kıvamı yakalayamadıktan sonra salih bir imana sahip olması mümkün değildir.

Ömer bin Hattâb (r.a.)

Hz. Ömer(r.a.) Hac ibadetini yerine getirmek için Arafat'taydı ve arkasında da Selmân-ı Fârisî(r.a.) vardı. Hz. Ömer(r.a.) o an: "Allah'ım! İslâm devleti genişledi, altımdakiler çoğaldı, benim gücüm zayıfladı. Ne olur bir an önce katına al. Benden önce sana ulaşan iki dostuma kavuştur ve bu ağır yükü bana taşıtma." diye dua etti. (İbn Sa'd, Tabakât, III, 393.) Hz. Selmân(r.a.): "Bu hâl nedir?" diye sorunca da: "Vallahi korkuyorum Selmân. Ben halife miyim, yoksa sultan mıyım?" diye cevap verdi.

Hz. Selmân(r.a.) hakikatli bir dosttu, hak ne ise onu konuştu. "Eğer sen Müslümanların malından aldıysan onu kendin ve yakınların için kullandıysan sultansın. Yoksa korkma, sen bir halifesin!" dedi. İşte imamet ile saltanat arasındaki fark tam olarak buydu.

Bir gün Hz. Ömer(r.a.) rüyasında etini koparan bir horoz görünce bu rüyayı; "Herhâlde acemlerden birisi beni şehit edecek!" şeklinde tefsir etti. Arkadaşları: "Ey Ömer! Medine'de toplam dört tane acem köle var. Ne gerekiyorsa uygulayalım!" deyince; "Olmaz, rüya üzerinden adam mı yargılanır? Suç işlemeden ceza verilir mi?" diyerek onları engelledi. Sonra da orada konuyu kapatarak Mescid-i Nebevi'de kendisinin şu duasına amin denmesini istedi: "Ya Rabb! Bana şehadeti rızık olarak ver. Medine'de ölmeyi bana kolaylaştır!"

Kızı Hafsa(r.a.) annemiz duayı duyunca: "Babacığım Peygamber'in şehrinde düşman mı var ki seni şehit etsin?" diye sordu. Hz. Ömer(r.a.) ise: "Bilmediğiniz bir hadise var!" dedi ve anlatmaya başladı: "Bir gün ben, Ebû Bekir, Osman ve Efendimiz Uhud'un üstünde yürüyorduk. Dağ sallanmaya başladı. Efendimiz Uhud'a seslendi: 'Ey Uhud! Yerinde dur. Senin üstünde bir Nebi, bir Sıddık, iki de şehit vardır.' O bir Nebî Efendimiz bir sıddık ise Ebû Bekir'dir.

Şehadet de Osman ile bana düştü ey kızım! Bu Efendimiz'in beşaretidir." (Buhârî, Ashâbu'n-Nebî, 6; Tirmizî, Menâkıb, 18)

Hz. Ömer(r.a.) bir gün, Medine çarşısında gezerken, Mugîre b. Şû'be'nin Hristiyan kölesi Fîrûz en-Nihâvendî (Ebû Lü'lü) ile karşılaştı. Firuz: "Ey Mü'minlerin Emîri! Muğîre bana ağır haraç koydu, onu hafiflet." deyince Hz. Ömer(r.a.) konuyu öğrenmek için "Haracın nedir?" diye sordu. Firuz: "Günlük iki dirhem." deyince Hz. Ömer(r.a.) tekrar "Sanatın nedir?" diye sordu. Köle "Tüccarım, nakkaşım, demirciyim." buyurdu. Aldığı cevaplar üzerine Hz. Ömer(r.a.) "Bu sanatlara göre haracını çok görmüyorum. Hem duyduğuma göre, sen 'Yel değirmeni yapabilirim.' demişsin." dedi. Hristiyan köle: "Evet" diye onu doğrulamıştı ama haracı hafifletilmediği için de kızmıştı. O kızgınlıkla Halife Hz. Ömer'e(r.a.) şöyle dedi: "Sana öyle bir değirmen yapayım ki doğudan batıya dillere destan olsun!" Hz. Ömer(r.a.) son cümle üzerine: "Köle beni tehdit etti!" deyip evine gitti.

Zilhiccenin sonlarına doğru bir sabah namazı vakti, Hz. Ömer(r.a.) imamette namaz kıldırmaktaydı. O esnada arkasındaki acem, Mecusi köle Firuz özel suikast hançerini çıkardı. Altı kez Hz. Ömer'e(r.a.) vurdu ve onu ağır yaraladı. Firuz kaçarken hançeri on üç sahâbiye daha vurdu ve onlardan da altısı şehit oldu. En son Abdurrahman b. Avf(r.a.) cübbesini onun üstüne atınca Firuz kaçamayacağını anladı ve hançerle kendisini de öldürdü. Hz. Ömer(r.a.) "Ey İbn-i Abbâs, bak bakalım beni kim yaraladı!" diye sordu. İbn-i Abbâs(r.a.) bir müddet dolaşıp döndü ve kendisini hançerleyenin, Muğîre bin Şu'be'nin kölesi olduğunu söyledi. Bunun üzerine Hz. Ömer(r.a.): "Allah canını alsın, ben ona mârufu, doğru olanı emretmiştim!" dedi ve ilave etti: "Ölümümü, İslâm'a girdiğini iddia eden birinin eliyle yapmayan Allah'a hamdolsun!" (Zühri, Megazi, 68)

Hz. Ömer(r.a.) ağır yaralanınca İbni Abbâs(r.a.) onu hasta yatağında ziyarete gitti ve: "Buradaki Ömer'dir, Peygamber arkadaşıdır, cennetle müjdelidir!" diye konuşmaya başladı. O'nun(r.a.) bu sözleri üzerine Hz. Ömer(r.a.) "Kimi neyle övüyorsun sen?" dedi. İbni Abbâs(r.a.) "Vallahi sende olmayan tek bir vasfı söylemedim." deyince Hz. Ömer(r.a.) gözyaşları içinde: "Allah bana 'Sevabın ile günahın eşit!' desin ötesini istemiyorum. Eğer Allah beni bağışlamazsa vay Ömer'e, vay Ömer'in anasına. Duysam ki bütün insanlar cennette, bir tek insan cehennemdedir. Vallahi korkarım ki o ben olayım! Duysam ki bütün insanlar cehennemde, bir tek insan cennettedir. Vallahi umarım ki o ben olayım!" dedi. Bunlar cennetle müjdelenmiş bir zatın sözleriydi.

Birisi bize; "Kur'an eski çağlarda kaldı!" dese kızıyoruz. Peki hakikatler eskide mi kaldı ki uymuyoruz? Onlar Kur'an'ı bize yaşantıları ile tefsir eden zatlarken biz neden onların hayatları eski çağlarda kalmış gibi yaşıyor, korku ve ümidi onlarla aynı kıvamda taşıyamıyoruz?

Halid bin Velîd (r.a.)

Otuz beş savaşa katılmış ve tüm savaşları kazanmış yenilmez bir komutan olan Hâlid b. Velid(r.a.) bir gün yataklara düşer ve ölüm döşeğindeyken arkadaşı Said ibni Zeyd'e(r.a.) "Ben her savaşa düğün gibi dönmek için değil ölmek için giderdim. Vücudumda kılıç darbesi yememiş bir parça yok. Ben ki şimdi deve gibi burnumun üstüne düşmüş ölüyorum. Korkakların evi yıkılsın! Ben şimdi korkaklar gibi yatakta ölüyorum!" diyerek dert yanar. Sonra da: "Evladım, bana kalan altımdaki at ve kılıcım. Bunlar da bendeyken Allah'a yürümek istemiyorum. Kabrimi o kılıçla kaz. Zîra kahramanlar kılıç sesinden hoşlanır. Sonra atımı, kılıcımı alıp Ömer'e teslim et. O(r.a.) ne yapacağını bilir."diyerek vasiyetini verir. Hz. Halid'in(r.a.) vefatından sonra vasiyeti gereği emanetler Halife Ömer'e(r.a.) teslim edilir. Hz. Ömer(r.a.) kılıçla atı alınca; "Ya Halid! Vallahi yiğit olduğunu biliyordum ama bu kadarını bilmiyordum." der. (Sâdık Dânâ, İslâm Kahramanları, c. 1, sf. 68-69, Erkam Yayınları, İstanbul, 1990.)

Halid bin Velîd'in(r.a.) derdi kılıçla ölememek, yatakta ölmekti. Bizim derdimiz ise evden, yataktan çıkmamak, rahatımızı, konforumuzu terk etmemek. Dünyanın her yanında Müslümanlar zulüm altındayken, nice insan imandan bihaber ölüp giderken yalnızca kendimiz için yaşamak. Bizler bu ahval ile mi sahabeyi anlayacağız? İş yerlerimizi terk etmeyerek, sevdiğimiz şeylerden vazgeçmeyerek mi onlarla aynı cennete talip olacağız? Zira Ebü'd Derda asırlar öncesinden bize sesleniyor ve diyor ki: "Bilmeyip de yapmayanlara bir kez yazıklar olsun. Bilip de yapmayanlara yedi kez yazıklar olsun!"

Bakalım bizler bu hakikatleri bildikten sonra havf ve reca'nın ince kıvamını nasıl koruyacağız? Bu hakikatleri duymamıza rağmen duymamış, bilmemize rağmen bilmemiş gibi mi davranacağız? Allah(c.c.) bu meseleyi hakkıyla anlayıp amel etmeyi hepimize nasip etsin. Yoksa Allah(c.c.) muhafaza bir Allah'tan(c.c.) korkmayan binlerden Allah(c.c.) gibi korkuyor. Bir Allah'ı(c.c.) sevmeyi bilmeyen binleri Allah(c.c.) gibi seviyor. İnsan için bırakın ahireti dünyada bile bundan daha büyük bir bela daha büyük bir musibet yoktur.

İnsanın kalbine hiç bitmeyen bir ümit ve hep dirilerek artan bir Allah(c.c.) korkusu kadar güzel bir şifa yoktur. Bir ayet nice sahabenin hayatını değiştirmiş, ölmüş ruhlarını tekrar diriltmiştir. Bizler de aynı ayeti okuyor, defaatle aynı ayeti duyuyoruz ama bizim kalplerimizde bir dirilme olmuyor. Eski hayatımıza kaldığımız yerden devam ediyoruz. Onlarla aynı lezzeti duyamıyoruz. Çünkü belli noktalarda hâlâ uykudayız. Nasıl ki uykuda olan bir insanın ağzına güzel bir yemek verilse o insan ondan lezzet alamaz. Bizim de latifelerimiz gaflet uykusunda olduğundan bu ayetlerden alınması gerektiği kadar lezzeti alamıyor, duyulması gerektiği kadar sancıyı bir türlü duyamıyoruz. Bizlerin bu hakikatlerden gereken ölçüde yararlanması için evvela rahatımızı, konforumuzu terk edip daimî bir şekilde iman hakikatleri ile kendimizi beslememiz gerekiyor. Nefis ne söylüyorsa onun zıddına mukabelede bulunmamız icap ediyor. Lakin bizim nefsimizle vicdanımız iç içe girdiğinden bizler içeriden gelen nefsin cümlelerini vicdanın cümlesi zannediyoruz. Nefis; "Şimdi canım namaz kılmak istemiyor. Biraz evinde kal, bu yorucu işlere koşturacak zamanın mı var?" diyor ve bizleri aldatıyor. Hâlbuki Allah'ın(c.c.) yarattığı bir insan, Allah'ın(c.c.) emrettiği namazı kılmak istemez mi hiç? Allah'ın(c.c.) en sevgili kulu olan Muhammed Mustafa'ya(s.a.v.) benzemek için koşturup mücadele etmez mi?

Dolayısıyla bizim sahabelere benzememiz için, onlar gibi koşturmamız, o yüzden birlik olmamız, omuz omuza bu gayreti sağlamamız elzemdir. Bizler bu hakikatleri sürekli tekrar edeceğiz; "Allah'ım bahtına düştüm, aç şu körelmiş vicdanımı." diye dua dua yakaracağız, birbirimize yardımcı olacağız, omuz olacağız. Aynı Hz. Ömer'in(r.a.) dostu Hz. Ayyaş'a(r.a.) merhamet edip onu bırakmadığı gibi biz de birbirimizi bırakmayacak, ümidimizi kesmeyeceğiz. Biliyorum bu çok zor ama sabredeceğiz, ceht edeceğiz, hidayet ve tevfiki Erhamü'r-Râhimînden isteyeceğiz. Allah(c.c.) yolunda olduktan sonra her zor bize kolay gelecek ve "Aşık der inci tenden, incinme incitenden, kemalde noksan imiş, incinen incitenden." diyeceğiz.

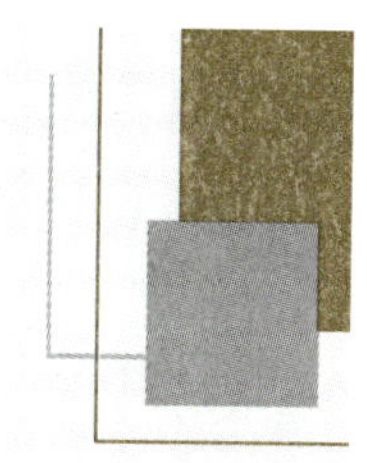

KALBİNİ YORDUĞUN **YETER**

Günlük hayatta başımıza gelen imtihanlar Allah'ın(c.c.) bizlere gönderdiği hususi uyarı mektuplarıdır. Bizler bu uyarıları almamıza rağmen bir şey olmamış gibi hayatımıza devam eder, mektubu gereği gibi okuyamazsak bu sefer daha büyük bir uyarı gelmesi muhtemeldir. Onun için bizlerin başımıza gelen musibetlerde; "Acaba Allah bana ne demek istiyor?" diye sıkça mülahaza etmemiz gerekir.

Ölümün ne yaşı ne sağlığı ne de sırası vardır. Bir bakıyorsun üç aylık bebek boğazına bir şey kaçıp ölüyor. Bir bakıyorsun sapasağlam insan kalp krizi geçirip hayata gözlerini kapıyor. Kimsenin şu an ölmemeye garantisi yoktur. Allah(c.c.) için ölüme bir sebep yaratmak zor değildir. Allah(c.c.) her gün bir şehir kadar cenazeyi kabre boşaltıyor ama biz gafletimizden bunu fark etmiyor, etsek de gereği gibi önemsemiyoruz. Kalbimiz dünya ile o kadar alakadar ki bu olayların sebebini bir türlü anlamıyoruz.

İnsan dünyaya hak ettiğinden daha fazla değer verip dünya imtihanını bitirirse neticesi hayır olmayacaktır. Bu cihetle birazdan bahsedeceğimiz imanî meseleler çok önemlidir ama kimileri bunun da önemini yeteri kadar bilmiyor.

Ben bir gün arkadaş ortamında muhabbet ediyor, imanî meselelerden bahsediyordum. İçlerinden birisi: "Biz bunları zaten biliyoruz, tekrar tekrar dinlemeye gerek yok." diye klasik bir cümle kurdu. Ben de: "Vallahi, benim çok ihtiyacım var." dedim. Ardından kitabı çevirerek ona uzattım ve "Biliyorsan sen bize anlat." dedim. O kişi diliyle: "Yok hocam estağfurullah, öyle demek istemedik." dese de enaniyetinden geri adım atmadı. Biraz muhabbetin ardından da: "Bizim Allah'a canımız feda. Ömrümüz O'nun(c.c.) yoluna feda olsun. Bazen yanlış işler yaptığımız oluyor. Arada alkol içiyor, faize giriyor, bahis oynuyoruz ama Allah'a öyle bir muhabbetimiz var ki bildiğin gibi değil." dedi.

Allah(c.c.) eğer bir insanın ölmesini isteseydi, bir sebep yaratır ve canını anında alırdı. Ama Allah(c.c.) bizden bunu istemiyor, ömrümüzü kendisi için harcamamızı istiyor. Zaten can vermek de can almak da O'nun(c.c.) bir "kün" emrine bakar. Ölümü de hayatı da yaratan Allah'tır(c.c.) ve biz böyle samimiyetsiz kelamlarla ancak kendimizi kandırırız. Çünkü bir fıçının içinde ne varsa dışına da onu sızdırır. Bal varsa bal, sirke varsa sirke akıtır. Onun için bu tarz insanların; "Ben arada haramlara bakar, günahlar işlerim ama benim içimde öyle bir iman var ki bildiğin gibi değil." sözlerine itibar etmeyin. Bu hâl ve sözler Allah'ı(c.c.) kandırmaya çalışmaktan başka bir şey değildir. Birisi size: "Benim sana canım feda." dese ama siz darda kaldığınızda size on lirasını bile vermese siz onun bu sözüne inanmazsınız. Çünkü on lirasını veremeyen, canını hiç veremez.

Bir insanın Allah'ın(c.c.) varlığını kabul etmesi başkadır. Allah'a(c.c.) iman etmesi bütün bütün başkadır. Bugün teslis inancındaki biri de "Allah var." deyip O'nun(c.c.) varlığını kabul etmektedir ama bu kabul ediş Allah'ın(c.c.) istediği ölçüde değildir. Zamanında müşriklerin ileri gelenlerinden Ebû Cehil: "Ben Allah'ın varlığını inkar etmiyorum." demiş ama "Sağlığı bana bu put verir. Makamı bana bu put verir." diye eklemiştir.

İnsan, Allah'ın(c.c.) varlığını kabul etmekle iman etmiş olmaz. O'ndan(c.c.) başka bütün ilahları reddederse iman etmiş olur. Bizlerin "La ilahe illallah" demeden önce kalbimizdeki bütün putları yıkması gerekir. Zaten kelime-i tevhid cümlesi de bunu gerektirir. İnsan "La ilahe" diyerek önce diğer putları reddeder. Sonra "illallah" der, Allah'ın(c.c.) bir olduğunu kabul eder.

Bu asırda putların ismi Lat, Menat, Uzza değil; dükkân, araba, ev; para, makam, kariyer; eş, evlat, annedir. Putlar isim değiştirmiştir. Allah(c.c.) bir gün elimizden her şeyi aldığında bizler Allah'ın(c.c.) başka kapılar açacağına inanmayıp: "Nasıl elimden gider, nasıl kaybettim?" diye ortalığı yıkarsak, gidenler bizim putumuz olmuştur. İşleri büyütüp dükkan üstüne dükkan açtığımız için hayatımızın en büyük mutluluklarını yaşıyorsak, hislerimizi bu olaylar yönlendiriyorsa o zaman putumuz hayırlı olsun. Her insanın putu farklıdır; çünkü hislerini yönlendiren şeyler farklıdır. Bir üniversite öğrencisinin mutluluğunu veya hüznünü KPSS'yi kazanıp kazanamaması etkiliyorsa onun putu KPSS'dir. Evli bir çiftin hislerini eşi, evlatları belirliyorsa putu onlardır. Kalbimizdeki putların ne olduğunu anlamamız için elimizden gidince üzüleceğimiz, bize gelince sevineceğimiz şeyleri iyi analiz etmemiz gerekir. İnsanın sevincini, hüznünü, şevkini yöneten şeyin yalnızca Allah(c.c.) olması gerekir.

Bir gün tüccar İmam-ı Azam Ebû Hanife Hazretleri'nin yanına birileri gelmiş ve "Ya imam, gemilerin batmış." demişlerdir. İmam bu duruma: "Elhamdülillah" diye karşılık vermiştir. Aynı kişiler bir müddet sonra tekrar gelip: "Ya imam! Batan gemiler senin gemilerin değilmiş." demişlerdir. İmamın tepkisi değişmemiş yine: "Elhamdülillah." olmuştur. İmamın bu tavrı insanların dikkatini çekmiş ve iki hâlde de neden "Elhamdülillah" dedin diye sormuşlardır. İmam: "Gemin battı diye haber geldiğinde kalbimi yokladım. Dünya malının yok olmasından dolayı herhangi bir üzüntü yoktu. Bu hâle şükrettim. Sonra batan geminin bana ait olmadığına dair bir haber geldi. Tekrar kalbime baktım. Dünya malına kavuşmaktan dolayı bir sevinç yoktu. Bu hâle de şükrettim. Allah'a hamdolsun ki bizim kalbimizi dünyaya bağlamadı." demiştir.

Bizde nasıl bir iman varsa, basit bir telefona, dünyalık bir makama, saç boyasına, çocuğumuzun sınavda başarılı olmasına, kalbimiz bağlanıyor. Onun için bizlerin kalbimizdeki putları yıkmadan; "Ben Allah'a iman ediyorum." demesi sahtekârlık oluyor.

Bizler nasıl bizim sözümüzü dinlemeyen, sürekli olumsuz davranışlarda bulunan ama "Anne, baba ben sizi çok seviyorum." diyen bir evladı istemeyiz. Önce hâl ve hareketlerini düzelt deriz. Allah(c.c.) da Rab'lığını kabul etmeyen, hissiyatlarını başka şeylerin yönlendirdiği kullar istemiyor. Kalbi alakamızın sağda solda olmasını değil yalnızca her şeyin dizginini elinde tutan kendisine ait olmasını istiyor.

İnsanın kalbindeki putları yıkabilmesi için evvela def-i şer, zararları uzaklaştırıp; sonrasında celb-i nef'a, faydalı şeylere yönelmesi gerekiyor. Çünkü bizler odamızı güzelce süsleyecek olsak önce orayı kirlerinden arındırır, temizlik yaparız. Sonra içine süslerimizi koyarız. Aynen öyle bizlerin kalbimizi imanla süslemeden önce de içindeki putları bir bir defetmesi gerekiyor. Bizler bunu yapmadığımız zaman ne sıkıntı ne stres ne dert peşimizi bırakıyor. Gün geçtikçe masiva kalbimize yerleşiyor ve Allah'tan(c.c.) gayrı her şeye tapar hâle geliyoruz.

Şirke Düşüren Hâller

Şirk affedilmeyen bir günahtır. İnsan bu dünyada çok büyük günahlar işlese ve "Allah'ım ne olur affet!" diye kalben niyaz etse, Allah(c.c.) dilerse onu affeder. Ama şirk için bu geçerli değildir. Allah(c.c.) Nisa Suresi 48.ayette: "Şüphesiz Allah kendisine ortak koşulmasını asla bağışlamaz. Bunun dışındaki (günah)ları ise dilediği kimseler için bağışlar." buyurmuştur. Şirk üzere ölümden sonra kulun affının hiçbir şekilde mümkün olmayacağını Allah(c.c.) ayeti ile ayan beyan ilan etmiştir. Onun için insanın ölmeden evvel Allah'tan(c.c.) başka önünde eğildiği, Allah'tan(c.c.) başka uğrunda çalıştığı, Allah'tan(c.c.) başka sevip korktuğu, Allah'tan(c.c.) başka etrafında pervane olduğu ne varsa hepsinden kalbini temizlemesi gerekir.

Bu asırda şeytan hücumu imanın köklerine yapıyor. İmanımız elden gidiyor diye telaşa düşmemiz gereken yerde ibadetlerimizin sayısını artırarak imanımızı ayakta tutmaya çalışıyoruz. Bizlerin elbette ibadetlere ihtiyacı var ama ihtiyacın da bir sırası vardır. Önce kalbimizdeki putları kırıp hakiki imana ulaşacağız, sonra Allah'ın(c.c.) varlığına inanacağız. Bu sayede ibadetlerimiz bir mana kazanacak. Yoksa iman evraklarımız tam olmadan ibadetlerimizin hiçbir hükmü kalmayacaktır.

Bir öğrencinin üniversite sınavına gireceğini varsayalım. O öğrenci bir yıl boyunca sınava en iyi şekilde hazırlansa ama sınav günü kimliğini unutsa o öğrenciyi sınava almazlar. Bir kişi iş başvurusunda bulunsa ve başvurusunun kabulü için gerekli evraklarında eksikler olsa, o kişinin işe dair çok güzel bilgisinin olması bile bir anlam ifade etmez ve evrakları eksik olduğu için onu işe almazlar. Dünyanın adi işlerinde bile bir evrak eksikliğinde neticeye ulaşamıyorsak, ahirete gittiğimizde iman evraklarımızda eksik çıkarsa, namaz, oruç, tesettür, kurban gibi ibadetlerimizin olması da bizi kurtarmaz. İmanımız Allah'ın istediği gibi değilse onlar da bir işe yaramaz.

Kalp muhabbetin merkezidir. Kalp sever. Kalpte iman varsa bizzat Allah'ı(c.c.) sever. Diğer sevdiklerinin tamamını da Allah(c.c.) için sever. Çünkü kalp Allah'ın(c.c.) mekanıdır. Kalbin içi Allah'tan(c.c.) başkası için kullanılamaz. Ama kalbe şirk girince Allah ile başka sevgililer de o kalbin içine girer. Allah(c.c.) başka sevgilileri o kalpte kabul etmez ve orayı terk eder. Allah(c.c.) bunu daha iyi anlayalım diye bu duygunun numunesini bize de vermiştir. Bizler nasıl eşimizin kalbinde başkasına muhabbet olmasını kabul etmez, o kalpten çıkar gidersek Allah(c.c.) da başka sevgilerin olduğu kalbimizde kalmak istemiyor ve gidiyor. Onun için insanın kendisini ölmeden evvel sık sık denemesi, kalbindeki putları keşfetmesi ve o putları kırması gerekir. Arabanın, eşinin, evladının, işinin, paranın, makamının, dükkanının, ayakkabının kalbinde ne kadar yer ettiğini sor kendine. "Bunlar olmasa ne olur?" diye bir düşün bakalım.

Üstad Bediüzzaman kalbimizdeki putları kırmanın bir formülünü Risale-i Nur'larda 20. Mektup dersleri ile bizlere veriyor. Bu mektupta on bir kelimeden oluşan **"Lâ ilâhe illallâhu vahdehu lâ şerike leh, lehü'l-mülkü ve lehü'l-hâmdü yuhyi ve yumit ve hüve hayyun lâ yemût biyedihi'l-hayr**

ve hüve alâ külli şey'in kadir ve ileyhi'l masir." tevhid cümlesini tek tek açıklıyor.

> Biz huzuru elimizin yetişmediği şeylere ulaşmakta zannediyoruz. Huzur Allah'ı bulmakta...

Yirminci Mektup'ta ifade edilen her bir kelimenin ihtivâ ettiği her bir mâna; insan ruhunun mâhiyetinde olan acz, fakr ve zaafı ile birlikte, nihâyetsiz düşmanlarının varlığı, eli yetişmediği ihtiyaç dâiresinin genişliği ve talip olup ama güç yetiremediği sâadet-i ebediye gibi büyük ve derin yaralarını tedavi eden birer ilaç, yeni duyduğu birer müjde, duymaktan hadsiz zevk aldığı birer lezzet olarak tarif edilmektedir. O yüzden her bir kelime ya bir şifâ, ya bir müjde, ya da mânevi zevk veren bir tablodur. Her bir kelime; Allah'ın(c.c.) bir ismine dayandığı ve onun izâhı olmak hasebiyle, mârifetullah ve onu tanımaktan gelen huzur ve sevgiyi ifâde eden muhabbetullâhtır. Ama biz bu satırlarda ikinci kelime olan, "Vahdehu! Allah birdir!" kelimesini anlatacağız. Bu kelimenin kalbe bıraktığı şifaya ve müjdelere bakacağız.

20. MEKTUP

2. KELİME

وَحْدَهُ (Vahdehu) Şu kelimede şifâlı, saâdetli bir müjde vardır. Şöyle ki: Kâinatın ekser envâ'ıyla alâkadar ve o alâkadarlık yüzünden perişan ve keşmekeş içinde boğulmak derecesine gelen ruh-u beşer ve kalb-i insan وَحْدَهُ kelimesinde bir melce, bir halâskâr bulur ki; onu bütün o keşmekeşten, o perişaniyetten kurtarır.

İnsanın kendisini çepeçevre saran gelecek kaygısı, evladını iyi yetiştirme stresi, geçim derdi gibi dünya yüklerinden kurtulmasının çaresi bunca yükün içinde Allah'ın(c.c.) birliğini yakalaması ve "Vahdehu" nun sırrına ermesidir.

Alaka, sevginin ilk tohum hâlidir ve kalbin bir özelliğidir. İnsan bir şeye; "Ne kadar güzel!" dediği anda ona alaka duymaya başlamış demektir. Kimisinin alakası futbolken kimisinin alakası iş yerinde kariyer sahibi olmaktır. Alaka başlangıçta masum gibi görünse de netice itibari ile tehlikelidir. Ufak bir alaka ile başlayan futbol sevdası ileride fanatikliğe dönüp hayatına son verme ile bitebilir. Haberlerde bunun örneğine rast gelmemiz de buna delildir. O kişinin kalbinde futbolun bu kadar yer etmesi bir anda olmamıştır. Kişi futbola başta ufacık bir alaka göstermiş ve bu serüven sevgiye, aşka dönüşme şeklinde devam etmiştir.

İnsanın ruhu her şeyle alakadardır. O yüzden insan her şeyden lezzet alabildiği gibi acı da çekebilir. Şefkatli bir anne evladının başarısıyla mutlu olacağı gibi evladı uyuşturucu bataklığına düştüğünde de acı çeker. Annenin sevinç ve hüznünün oranını ise evladına olan alaka düzeyi belirler. Evladına ne kadar çok düşkünse ya o kadar çok acı çeker ya da mutlu olur.

İnsanın alakasını bir yere fazlasıyla bağlamasının en büyük sebebi o şeyi hayatın amacı zannetmesidir. Birinin ev almaya, araba sahibi olmaya, iyi bir işe girmeye, hayırlı bir eş bulmaya, üniversiteyi kazanmaya, dükkânı büyütmeye, spor yapıp bedenini güzelleştirmeye bu kadar bağlanmasının sebebi tam budur. İnsan hayatın amacının Allah'ı(c.c.) tanımak ve O'na(c.c.) kul olmak olduğunu bilmezse böyle geçici şeylere ömrünü sarf eder. Ruh ancak ve ancak Rabb'ini bilir ve O'nu(c.c.) severse lezzet alır. Lakin bizler bu hakikati bilmediğimizden şeytan bizi boş şeylerin peşinde koşturuyor. Biz ise şeytanın bizi kullandığını bile anlayamıyoruz. "Ev almaya da ihtiyacımız var. Bu dönemde kirada oturmak çok zor. İyi bir gelecek için kariyere de ihtiyacımız var. Artık hiçbir yer diplomasız adam istemiyor. Çocuklarımın isteklerini yerine getirebilmem için dükkânı büyütmeye de ihtiyacım var. Diğer çocuklar istediklerini elde ederken onlar başkalarının gözüne bakarak mı büyüsün?" deyip herkesin ihtiyacını kendi ihtiyacımız gibi hissediyor ve ihtiyaç listemizi kabartıyoruz. Sonra da bu ihtiyaçlarımızı elde edemeyince acılarını hissetmeye başlıyoruz ve hayat bizim için zindan oluyor.

Alaka sahamız genişledikçe üzüntülerimiz de artıyor ama hayvanlarda durum böyle olmuyor. Mesela bahçemizdeki tavukların önünde tavuk mangal yapıyoruz. Belki mangal için bahçedeki tavukların evlatlarını kesip gözlerinin önünde pişirip yiyoruz ama o tavuklar hâlâ bahçede gezinmeye devam ediyorlar. Dünyada çıkan ekonomik kriz bir keçinin hiç umurunda olmuyor. Keçi hayatına kaldığı yerden devam ediyor. Çünkü hayvan için hayat andan ibarettir; onlar anı yaşadıkları için alakaları o kadar oluyor.

İnsan, varlık alemindekilere bir taş gibi duyarsız olmadığı gibi, bir ağaç ve hayvan gibi de ilgisi sınırlı değildir. İnsan diğer bütün varlıklardan farklı olarak bütün kainatla alakadardır. Yağmurla, depremle, sinekle, inekle, atomla, yıldızla ve hakeza bütün varlıklarla alakadardır. Onlardan gelen güzel şeylerle mutlu olduğu gibi, menfi şeylerle de huzursuz ve mutsuz olur. Bir yerde savaş çıksa insan oradaki mazlumlar için ağlar. Dünyanın öbür ucunda kutup ayılarının nesli tükense üzülür. İnsan, yazın güneş çıksa; "Of bu ne sıcak!" diye söylenir kışın kar yağsa; "Of bu ne soğuk!" diye söylenir. Tüm bunlar insanın kainatla ne kadar alakadar olduğunu gösterir.

İnsan eğer sevgi ayarını yapamazsa kalp ilk alaka duyduğu şeye sonsuz sevgi verir. Çünkü insanda sevmenin sınırı yoktur. Bizler bir şeyi telef olana kadar sevebiliriz. Sevdiğine kavuşamadığı için, tuttuğu takım dünya kupasını alamadığı için, üniversiteyi kazanamadığı için, şirketleri batıp iflas ettiği için intihar edenlerin intihar sebebi tam da burasıdır. O kişi alaka ayarını iyi yapamamıştır.

İnsanın elinin yetişmediği, gücünün yetmediği şeylerin kalbinde birikmesine stres denir. Stresli bir insan olguların, hadiselerin başıboş olduğunu düşünmektedir. İnsanın içinde bulunduğu stres hâlinden kurtulmasının tek yolu gerçekleşen olayların başıboş olmadığını ve her birinin dizgininin Allah'ın(c.c.) elinde olduğunu bilmesidir. İşte bu vahdehu - Allah(c.c.) birdir - demenin ta kendisidir. Bizim kesrette boğulduğumuz ne kadar esbap varsa milimi milimine, rengi rengine, atomu atomuna, zerratı zerratına, hüvesi hüvesine hepsinin dizgini bizzat Allah'ın(c.c.) elindedir. İnsanın hayatında bunu anlaması şarttır çünkü kişinin dayandığı merci düşmanlarından büyük değilse kazanmasının ihtimali yoktur. Bizlerin yalnızca dilde "Allah büyük!" demesi kazanmamız için yeterli değildir Allah'ın(c.c.) büyüklüğünü hücrelerimize kadar hissetmemiz gerekir. İşte vahdehu kelimesi öyle müjdeli bir kelimedir ki okuyacağımız her yer insana adeta psikolojik bir terapidir.

> "Yani, وَحْدَهُ (Vahdehu) mânen der: Allah birdir. Başka şeylere müracaat edip yorulma. Onlara tezellül edip minnet çekme, onlara temelluk edip boyun eğme, onların arkasına düşüp zahmet çekme, onlardan korkup titreme."

"Allah birdir." demek sadece, "La ilahe illallah!" demek değildir. Allah'tan(c.c.) başka ilah olmadığı gibi Allah'tan(c.c.) başka rızık veren, şifa veren, çocuk veren, huzur veren, hayat veren de yoktur demektir. Ticaret esnasında büyük bir firma ile anlaşma yapmanı sağlayıp işlerini büyüten Allah(c.c.) olduğu gibi işlerinin gidişatını bozup iflas etmeni sağlayan da Allah'tır(c.c.). Diziniz ağrıdığında ağrıyı yaratan Allah(c.c.) olduğu gibi doktorun verdiği ilacı kullandığınızda şifayı veren de Allah'tır(c.c.). Eve gidip çocuğunuz boynunuza sarıldığında huzuru yaratan Allah(c.c.) olduğu gibi eşinizle kavga edip huzurunuzu kaçıran yine Allah'tır(c.c.). Başınıza gelen her şeyi yaratan Allah'tır(c.c.) çünkü her şeyin dizgini O'nun(c.c.) elindedir. Madem her şeyin dizgini Allah'ın(c.c.) elindedir o zaman bizim ne gelecek kaygısı çekmemize ne de elde edemediklerimiz için üzülmemize gerek yoktur. Bize düşen dünya için değil sadece ahiret için kaygılanmaktır. Çünkü bizler sultanın sarayında kimi razı edersek edelim sultanı razı etmeden istediklerimizi elde edemeyecek, sıkıntılarımızı gideremeyeceğiz. Bunu okurken anlamak zor değildir; lakin başımıza bir imtihan geldiğinde uygulamak oldukça zordur. Bu sebeple dünya ile ahireti arasında kalan birçok insan dünyayı ahirete tercih etmektedir.

Mesela size Allah(c.c.) yolunda hizmet etmeniz için güzel bir kapı açılsa; ama siz dünyadaki işlerinizi aksatmamak için bu kapıdan içeri ya girmeseniz ya da girmenize rağmen gereği gibi vazifelerinizi yerine getirmeseniz bir müddet sonra dünyalık işleriniz de tıkanacaktır. Çünkü asıl razı etmeniz gerekeni razı etmediniz. Eğer siz sultanı razı etseydiniz sarayındaki bütün işleriniz çözülecekti. Kalbinizi Allah'a(c.c.) tapulasanız Allah(c.c.) kalbinizi başkalarına ezdirmeyecekti; ama sizler olay anında bildiklerinizle amel etmeyip sultanın huzurundayken vezirin ve hizmetçinin önünde eğildiniz. Sultan da sizi önünde eğildiklerinizin eliyle tokatladı. Huzuru çocuktan zannettiniz, evladınız hayırsız bir evlat oldu ve tüm huzurunuzu elinizden aldı. İş yerini büyütünce sıkıntılarınızın gideceğini düşündünüz; ama iş yeriniz ile beraber sıkıntılarınız da büyüdü. Çekler, senetler geceleri uykularınızı kaçırmaya başladı. Sağlığınıza, gençliğinize güvendiniz, Allah(c.c.) hastalıkla imtihan etti. Siz tüm bu hâl ve hareketlerinizle kâinata geliş amacınızı anlamsızlaştırdınız, Allah(c.c.) da sizi onların eliyle tokatladı. Bu hâle düşmememiz için elde etmek istediğimiz ne varsa Allah'tan(c.c.) istememiz ve beklediğimiz ne varsa da Allah'tan(c.c.) beklememiz lazımdır. Allah'ın(c.c.) sonsuz kudretinden istemenin şartı ise duanın kabul olacağına inanarak istemektir. "Ya Rab! Verirsen ver, vermezsen verme." der gibi istemek ise edebe münafidir.

Günümüzde insanlar istediklerini başkalarından istemeye alıştıklarından ilahları yer değiştirmiş durumdadır. Bazı insanlara bakıyorsunuz çocuğunu okula her sabah babası bıraktığı için yahut da dükkanını ona babası açtığı, altına arabasını babası aldığı için babasını -haşa- Allah(c.c.) gibi görüyor. Çünkü kalbinin bütün alakasını babası değiştiriyor. O insan, bir müddet sonra; "Babamın varlığı yeter." moduna giriyor. Kimileri üniversitede arkadaşından ders notlarını almak için kimileri de şirkette patrondan iş kapmak için onun karşısında şekilden şekle giriyor, eğildikçe eğiliyor. İnsanın elimden gitmesin diye kaybetmemek için uğraştığı her şey, onun kalbinde bir put hâline dönüşüyor ve o insan bir müddet sonra ilahları karıştırıyor. Hâl böyle olunca da Allah'ın(c.c.) gelecekte daha güzel bir şey vereceğine dair kadere iman sıfırlanıyor. Çünkü gelecek güzellikler hep başkalarından bekleniyor.

Hz. Yusuf(a.s.) Allah'ın(c.c.) Cemil ismine ayine olduğundan çok güzeldir. Onun için Mısır sarayında kadınlar elma soyarken Hz. Yusuf'u(a.s.) görünce ellerini kesiyor ama fark edemiyorlar. Bu vakayı bilen Aişe(r.a.) annemiz ise: "Yusuf'u görenler Efendim'i görselerdi bıçakları sinelerine vururlardı." diyor.

Kâinatta Resûlullah'tan(s.a.v.) daha güzel hiçbir şey yoktur; lakin O'nun(s.a.v.) güzelliği dahi arızidir. Güzelliğinin kaynağı kendinden değil Allah'tandır(c.c.). Uğruna müptela olduğumuz dünya bile Allah'ın(c.c.) esmasının 70.000 perdeden geçip, O'nun(c.c.) gölgesinin gölgesinin gölgesine değerek oluşmuştur. Güneş varlığı ile bütün bütün güzeldir ama onun güzelliğine sebep olan ısısı, ışığı, nuru artabilir, azalabilir niteliktedir. Çünkü onun nurunun kaynağı da "Nuran-nur" olan Allah'tır.(c.c.) Allah(c.c.) için artacak veya eksilecek hiçbir şey yoktur. O(c.c.) sonsuz ve mutlak güzellik sahibidir. İşte böyle bir Allah(c.c.) bize "Sevdiğim şeyler elimden gider diye korkma, titreme, üzülme. Sevdiğin ne varsa hepsinin fabrikası benim elimde. Ben sana istediğin her şeyi veririm ama bir şartla. Benden başka kimsenin kapısına gitmeyeceksin!" diyor.

> Çünkü Sultan-ı Kâinat birdir. Her şeyin anahtarı O'nun yanında, her şeyin dizgini O'nun elindedir; Her şey O'nun emriyle halledilir. O'nu bulsan, her matlubunu buldun; hadsiz minnetlerden, korkulardan kurtuldun."

Allah'ın(c.c.) bütün sıfatları sonsuzdur ve mutlaktır. Varlık âlemindeki bütün icraatlar o sonsuz sıfatlarla yapılmaktadır; yaratma hususunda sebeplerin hiçbir tesirleri yoktur. Onlar sadece birer alet, birer vasıta ve birer perde görevi yaparlar. Bizim problemimiz, sebeplere kalbî alaka duymak ve onlara bir sıfat yüklemektir. Sebepler birer perdedir ve perdede iki özellik vardır. Perde ya gizler ya da gösterir. Perde, evin perdesiyse gizler; sinema perdesiyse gösterir. Kainattaki tüm sebeplerde de bu iki özellik olduğundan imanı istenen düzeyde olmayan biri sebeplerin üzerindeki Allah'ın(c.c.) mührünü göremez ve elmayı ağaçtan, sütü inekten, şifayı ilaçtan, huzuru eşinden, rızkı işinden bilir. Allah'ın(c.c.) yarattığı sebeplerden ötürü Allah'a(c.c.) kulluk edemediğini iddia eder ve "İşlerim çok yoğun, Kur'an okumaya hiç zamanım kalmıyor. Patron iş yerinde namaz kılmama müsaade etmiyor." diye modern cahiliye cümleleri kurar. Sanki Allah(c.c.)

ona ibadet etmesin diye yoğunluk vermiş gibi bir suizanda bulunur. Kimileri de bilimin Kur'an ile zıt olduğunu düşünüp Allah'ı(c.c.) inkâr etme yoluna gider. Bir çocuk bile sanatın sanatkârsız olamayacağını bilirken o insan, Allah'ın(c.c.) kendisini bulmamız için gönderdiği esbapta Allah'ın(c.c.) mührünü göremez ve O'nu(c.c.) inkâr eder. Allah'ın(c.c.) varlık delilleri içinde Allah'ı(c.c.) kaybeder. Bilimdeki sebepler perdesi kimilerine hakkı hakikati gösterip o insanı tevhide erdirirken kimilerine de göstermez; o insan sebepler içinde boğulur, karanlıkta kalır.

İnsanın stres içinde boğulup tevhide erememesinin en büyük sebebi iman eksikliğidir. Allah(c.c.) ile arasına perdeler koymasıdır. Allah(c.c.) "Ben kuluma şah damarından daha yakınım." demesine rağmen bizler Allah(c.c.) ile aramıza perdeler koydukça Allah'ın(c.c.) yakınlığını hissedemeyecek kadar O'ndan(c.c.) uzaklaşıyoruz. Bizler sebepleri ne kadar yırtabilir ve onları olmaları gereken yere koyabilirsek o kadar Allah'a(c.c.) yaklaşacağız.

Mümin her şeyin tedbir ve dizgininin Allah'ın(c.c.) kudret elinde olduğunu bildiği için, hiçbir şeyden endişe ve telaş etmez. Mümin bilir ki; Allah(c.c.) bir musibeti alnına yazmış ise "Bundan kurtuluş yok." der teslim olur, aynı şekilde musibeti alnına yazmamış ise, hiçbir güç o musibeti başına bela edemez; bu tevekkül ve düşüncesi mümini rahatlatır ve cesur kılar. İşte bu düşünce bir nevi psikolojik yükün, yani hadiseler karşısında endişe ve telaş etmenin tevekkül vasıtası ile kadere atılması demektir.

İnsanın sebepleri yırtabilmesi için yalnızca bir hakkı vardır ve o da bu dünyadadır. Buna rağmen bizler yapacağımız hayırlı işleri erteliyor, Allah'ı(c.c.) tanımayı, O'na(c.c.) kulluk ve ibadet etmeyi hep ileri tarihlere atıyor, hata ediyoruz. Belki yarın olabilir; ama biz olamayız bunu hiç düşünmüyoruz.

Gelin sizler de bu hataya düşmeyin ve ertelemeyin. Bu dersler, belki işleriyle sürekli meşgul olan birisi için dükkanını kapatmanın, güzelliğine meftun birisi için tesettüre girmenin, sürekli "canım" dediği nefsini dinleyen biri için namaza başlamanın, mala mülke değer veren biri için Allah(c.c.) yolunda infak etmenin vaktidir. Sen de senin için neyin vaktiyse belirle ve sebepler perdesini yırt ki sana şah damarından yakın olan Allah'ı(c.c.) kalbinde hisset.

Sahabelerin Deveye Bakışı

Ceziret-ül Arap'ta sahabenin eli ayağı deveydi. Onlar taşıma işleri için ve yeri geldiğinde kesip karınlarını doyurmak için deveyi kullanırlardı. Bir gün Efendimiz'e(s.a.v.) Ğaşiye Suresi'nin 17.ayeti indi: "Devenin nasıl yaratıldığına bakmazlar mı?" Ayet iner inmez sahabe dışarı çıktı ve her gün gözünün önünde olan deveye baktı ama bu bakış geçmiş bakışlardan farklıydı. O gün sahabe deveye, Kur'an'ın, imanın nuruyla baktı. Deve sanatında onun yaratıcısı olan San'i-i Zülcelal'i gördü, onun üzerindeki esma nakışlarını fark etti. Kur'an sahabedeki sebepler perdesini yırttı ve sanata sanatkâr hesabına baktırdı. Eskiden deveye bakarken sadece "İşimize yarıyor." diye bakan sahabe, ayetten sonra deveyi sanatkârı gösteren bir perde olarak gördü ve tevhide ulaştı.

Bizlerin de sahabe gibi tevhidi yakalayabilmemiz için satırlardır okuduğumuz bu iman derslerini bilmesi, hayatına tatbik etmesi çok ehemmiyetlidir. Dürbünle uzağa bakmak isteyen birinin uzaktaki hedefi net görebilmesi için nasıl dürbüne saatlerce ayar vermesi gerekir; aynen öyle insanın baktığı her şeyde Allah'ı(c.c.) görebilmesi içinde iman dersleri ile kalbine ayar vermesi gerekir. Üstad Bediüzzaman insanın hakiki tevhide erebilmesi için tevhid melekesi maliki olması gerektiğini yani her şeyi Allah'a(c.c.) bağlama kabiliyetinin gelişmesi için sürekli iman dersleri ile beslenmesi gerektiğini söyler.

Dünyada herkes her işi yapamaz, her işin ustası olamaz ama herkesin usta olmak zorunda olduğu bir iş vardır. Bu iş ise tevhid melekesi maliki olmaktır. İnsan her an, baktığı her şeye Allah(c.c.) namına bakmak zorundadır. Ayetin; "Devenin nasıl yaratıldığına bakmazlar mı?" dediği gibi bizim de kıyafetlerimize, arabamıza, evladımıza, kariyerimize, bedenimize ve daha sahip olduğumuz nice nimetlere bu nazarla bakmamız elzemdir. Bu işte usta olmak ise hem dersini almakla hem hayatımıza tatbik edip, pratik yapmak ile elde edilir.

Allah'a(c.c.) iman eden bir insan, ne güneş ve hava gibi cansız varlıklara ne meyve ağaçları gibi yarı canlılara ne de kendisine yardım elini uzatan insanlara değil, bütün bunların yaratıcısına hamd eder, şükreder, minnettar olur. Bunların hiçbiri O(c.c.) dilemedikçe insana ne fayda ne de zarar verebilirler. Bu şuura sahip olmak ise insan için büyük bir emniyet ve huzur kaynağıdır. Tevhid gözlüğünü takan bir insan, başına ne gelirse gelsin; "Bunu yaratan Allah'tır." diyecek ve kalbi sükunete erecektir. Çünkü insanın başına gelen her olayı Allah'ın gördüğünü bilmesi ve "Ben her an Allah'ın huzurundayım." demesi huzurun ta kendisidir.

Biz huzuru dünyada elimizin yetişmediği şeylere ulaşmak zannediyoruz. Vallahi aldanıyoruz. Huzur Allah'ı(c.c.) bulmaktadır.

Yeni kitap önerimiz
için karekodu
telefon kameranıza
okutunuz.
Aynı karekod ile her hafta başka bir kitap

Başım Secdeye Gitmiyor Allah'ım

Benden Vazgeçme ya Râb

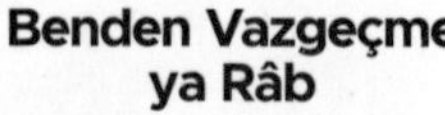

Takıntılarından Kurtul VESVESEN

Allah Sevdiğine Dert Verir

Mutlu Evliliğin Sırları

Bahtına Düştüm ya Râb

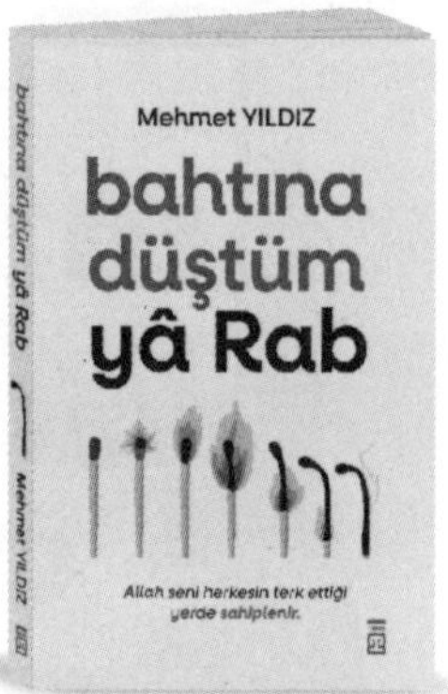

Allah ile Konuşturan Namaz

Bu Kitabı Sakın Okuma!

Nasıl Dayandın yâ Resulullah